ON SE RETROUVERA

Du même auteur

Je voulais te dire... Florent Massot, 2010 ; Livre de Poche n° 31935.

Laëtitia Milot
Johana Gustawsson

On se retrouvera

roman

Fayard

En couverture : © Robert Jones / Arcangel Images
et Éric Robert / VISUAL PRESS AGENCY
pour le portrait de Laëtitia Milot
Couverture : Cheeri

ISBN : 978-2-213-67725-5

Le sang se lave avec les larmes et non avec le sang.

Victor HUGO

1

Je ramasse les boîtes éventrées et balaye les débris de biscuits, accroupie au fond du magasin. Les pans de ma jupe neuve traînent sur le sol noir de crasse.

Je maudis tout haut ces foutus gamins. Même bande, même bordel.

La porte grince et l'insupportable carillon tinte. Il est presque dix heures du soir et je suis vraiment épuisée. Je me redresse en brossant ma jupe de la main et remarque quelques tâches marron sur le coton blanc. Satanés gosses. Du bout de l'index, je gratte les traces de chocolat tout en me dirigeant vers la caisse, un sourire artificiel plaqué sur le visage. Le client, un grand échalas aux cheveux gras, jette un billet froissé de 50 francs sur le comptoir pour payer ses deux packs de bières et ses chewing-gums. Il fait glisser les quelques pièces de monnaie que je lui rends dans la poche de son jean et repart sans un mot. Je lui emboîte le pas, verrouille la porte d'entrée et retourne la pancarte rectangulaire afin d'indiquer que le magasin est désormais « fermé ». J'attrape mon sac, mon gilet, éteins les lumières et sors par la porte de derrière.

J'ai raté le dernier bus, mais la demi-heure de marche qui m'attend me ravit : au printemps, dès que le soleil dégringole, la nuit se charge d'odeurs délicieuses à capturer à pleins poumons.

L'air est doux. Je garde ma laine à la main et avance d'un pas mou. Je n'ai aucune envie de rentrer à la maison. Je me sens davantage chez moi entourée de ces chênes et buissons épineux. Je connais par cœur cette route nationale qui traverse la garrigue : chaque boucle, chaque ligne droite, chaque flaque orange projetée sur l'asphalte par les lampadaires. Peu fréquentée le soir en semaine, quelques voitures aux vitres embuées viennent s'y garer le week-end, le temps d'ébats coupables.

Au détour d'un virage, j'aperçois au loin quelqu'un qui marche dans ma direction, de l'autre côté de la route. Soudain douchée par la lumière du réverbère, la silhouette devient plus nette : je distingue une robe sombre et une queue de cheval qui se balance de droite à gauche, rythmée par la foulée. Cette fille aussi doit rentrer chez elle, après le travail, mais elle ne semble pas apprécier la balade. Elle marche vite, les yeux rivés sur le bitume.

Des phares se mettent à danser juste derrière elle. La voiture freine à son niveau et se met à rouler au pas. La fille doit connaître le gars. Il va sûrement lui proposer de la ramener. Mais elle continue à marcher, pressant même la cadence.

La lumière opaque projetée par les phares m'aveugle et, pendant quelques secondes, je ne vois plus rien.

– Nooon ! Laissez-moi !

La fille a crié d'une voix rauque et plaintive.

– Hé ! Foutez-lui la paix !

Les mots ont dévalé de ma bouche. Une impulsion.

Le moteur vrombit, les pneus crissent. La voiture accélère, braque, fait demi-tour. Un autre coup de frein sec positionne son nez pile à ma hauteur. Encore un malin qui fanfaronne avec sa caisse pour impressionner les nanas.

Du coin de l'œil, je vois la fille qui détale. Je m'attends à ce que la vitre descende. Il va m'insulter, je vais l'ignorer, et il décampera, comme la fille. Mais rien. Seulement le bruit des roues sur les gravillons. Je sens que quelque chose ne tourne pas rond. Il faut que je déguerpisse et vite. J'accélère le pas, puis me mets à courir avec l'urgence d'un cheval qu'on vient d'éperonner. Mais je n'ai le temps de rien : un coup violent dans le dos me propulse en avant. Mes genoux percutent le sol et je tombe dans une pluie de craquements.

Une douleur fulgurante me paralyse les jambes et me coupe le souffle.

– Ah, tu veux jouer, pouffiasse...

Sa voix est jeune, claire, presque féminine.

Il colle sa main sur mon crâne, saisit une poignée de cheveux et fait pivoter ma tête à 90 degrés. Mes cheveux se tendent comme une corde et mon corps glisse sur le goudron. Il me tire vers la garrigue, derrière l'épaisse rangée de chênes.

Je hurle si fort que ma gorge et mes poumons me brûlent. Je me débats, je frappe de toutes mes forces dans ce bras qui me traîne comme un butin de chasse. J'essaye de m'agripper aux racines, aux herbes, à tout ce qui passe à ma portée. Mon chemisier se relève jusqu'à mon soutien-gorge, exposant mon ventre aux cailloux et aux branches sèches. Mes genoux et mes jambes sont déjà couverts d'écorchures noirâtres, mélange de sang et de terre.

L'homme relâche brutalement son emprise, mon front cogne contre le sol. Une douleur infernale me transperce le crâne. Mes oreilles bourdonnent et les bruits alentours deviennent sourds, comme chargés d'un écho. Je sens qu'il me retourne, mais mon corps ne répond plus, je ne suis qu'une poupée entre ses mains. Une grappe de tâches noires apparaît devant mes yeux. Je n'y vois plus rien, que le buste d'un homme marbré de noir. Ma tête se met à voler, un coup à droite, un coup à gauche. Je cligne des yeux et l'image devient plus claire. Il me gifle, assis à califourchon sur moi, éclairé par deux grosses lampes torches posées de part et d'autre de mon corps, à un mètre environ. Je découvre un visage gras et couperosé, couvert de sueur. Des lèvres fines. Des cheveux mi-longs, châtains, séparés par une raie au milieu, ramassés derrière les oreilles. Un ventre qui déborde d'un T-shirt bleu délavé. Je fixe chaque courbe, chaque pli, chaque détail. Je ne veux rien oublier de l'homme qui va me prendre une partie de moi-même. J'essaye de lui donner des coups de genoux dans le dos, mais impossible de bouger les jambes. Alors je ferme les poings et je me mets à frapper de toutes mes forces contre son torse. Il ne bouge pas. J'ai l'impression de m'attaquer à un mur. Mes doigts me font atrocement souffrir, mais je continue à boxer, en criant comme un animal enragé. Il penche la tête de côté et esquisse un sourire. Puis, d'une main, il m'attrape les bras et les replie contre ma poitrine, comme en signe de prière. De l'autre, il arrache ma culotte, la frotte contre son nez et la fourre dans sa poche. Je me tords dans tous les sens pour le faire basculer, mais il semble avoir pris racine dans le sol. Je n'ai pas le temps d'esquiver le poing qui percute ma pommette gauche et mon nez. Le sang dévale sur mes lèvres ; le goût de fer me force à cracher plusieurs fois. Il plaque ses paumes sur mes épaules, me colle au sol, prend son élan, et me pénètre d'un coup sec. Il commence lentement, puis de plus en plus vite. De plus en plus fort. Mon sexe, mes fesses, tout me brûle. J'ai l'impression qu'une bête aux mâchoires carnassières dévore mon ventre de l'intérieur.

1, 2, 3, 4…

Je compte ses déhanchements.

22, 23…

Puis je ne compte plus les déhanchements. Je compte, c'est tout. Pour oublier, pour fuir.

Quand il éjacule, sa bouche se tord, embarquant quelques mèches grasses. Il gémit. Il se retire en abandonnant une traînée gluante sur ma cuisse.

Je me sens partir. Ma vision se brouille. Je cligne plusieurs fois des yeux avant de les rouvrir. Une image se plaque contre ma rétine. Une image insensée. Une image terrifiante. Mes lèvres tremblent, mes mâchoires s'entrechoquent. Je sens des larmes froides goutter dans mes oreilles.

– Ta gueule, espèce de pute ! Qu'est-ce t'as ? T'es pas contente qu'on soit venus à quatre pour te bourrer ? Y te plaisent pas, mes copains ?

Celui qui se tient debout, à droite, à mes pieds, me broie la cheville de son talon. La douleur sourde me donne un haut-le-cœur. Une barbe noire et drue, des joues émaciées, un regard vitreux : je le reconnais, c'est le dernier client, le grand maigre venu m'acheter des bières. Il me flanque des coups de pieds dans les jambes pour les écarter encore plus. Pendant ce temps, un autre s'agenouille entre mes cuisses. Regard doux, pommettes saillantes, nez fin et droit. Il est beau, beau comme un ange. Il ne peut pas me faire du mal, celui-là. Sa main prend d'assaut ma gorge, écrasant ma trachée. Je tousse et sens la bile envahir mon palais. Il me demande de le regarder. Je relève la tête. Je dois relever la tête. Je ne veux pas que ça fasse encore plus mal. Non. Plus bas. Il veut que je regarde plus bas. Je serre les dents et baisse les yeux. Il descend la fermeture Éclair de son pantalon et expose son érection. Il me replie les cuisses sur le ventre et donne un coup de hanches brutal. J'ai l'impression que mon vagin se fend de part en part. La souffrance infernale m'encercle les reins. Il y va encore plus fort que l'autre. Je tourne la tête, mais il me prend la mâchoire entre le pouce et l'index pour me forcer à le regarder.

– Ça te plaît, hein ? Dis-le que t'aimes ça !

Sifflements des autres. Applaudissements.

Je ne peux pas. Je ne peux pas dire que j'aime « ça ». Son poing s'écrase sur mon menton, ma lèvre se fend. Le goût métallique se répand dans ma bouche.

– J'aime…

Ma voix n'est qu'un murmure. Je sens les filets de sang qui s'accrochent à mes lèvres comme des barreaux de prison. Il lâche un son rauque d'approbation.

Je le vois aller et venir, aller et venir. À chaque pénétration, je me sens mourir un peu plus.

Son visage se plisse, les coins de sa bouche s'avachissent. Il attrape mes hanches à pleines mains et se maintient à l'intérieur de moi. Longtemps.

Il s'écarte et remonte son slip en se retournant vers les deux autres.

Je ne crie pas, car je sais qu'il n'y a personne pour entendre mes cris. Je ne cherche même pas à me relever, je ne bouge pas d'un centimètre. Cela ne ferait que retarder la fin de… « ça ».

Le gros porc au T-shirt bleu décroise ses bras flasques et lève une main à la hauteur de ses yeux. Ma culotte dépasse de sa poche.

– Il est où, l'autre morveux ?

Un brun à la peau mate fait deux pas en avant, en tirant sur les manches de son blouson en jean. Il a l'air jeune, bien plus jeune que les autres. Presque un gamin.

– Vas-y. Elle est tout à toi. Fais-la bien gueuler, c'te salope.

Le porc lui tape si fort dans le dos qu'il est propulsé en avant, à mes pieds.

Il me jette un coup d'œil furtif, puis baisse les yeux.

– Ben qu'est-ce t'as, merdeux ? Tu te dégonfles ?

Son regard se balade comme s'il était pris au piège et cherchait une issue. Nouvelle tape dans le dos. Il trébuche mais se retient de me tomber dessus. Il est debout entre mes cuisses maintenant. Les pieds joints. Figé. Sa bande derrière lui. Ses yeux plantés dans les miens.

– Pars. Va-t'en, je lui réponds en silence. Ne le fais pas. Ne me fais pas de mal. Je t'en prie.

Ses yeux me scrutent. Ses yeux m'écoutent. Je continue.

– Va-t'en. Dis-leur d'arrêter. Dis-leur de me laisser tranquille. Dis-leur. Je t'en supplie.

– Hé, c'est quoi ton problème ? T'arrives pas à bander, ou quoi ?

Cette fois, c'est l'ange qui s'énerve.

J'oublie les élancements qui paralysent ma colonne vertébrale et secoue la tête.

– Non, je t'en prie, ne cède pas. Dis-leur non. DIS-LEUR NON, l'implorent mes yeux.

Comme s'il luttait contre une force invisible, le gamin brun pose un genou à terre. Puis l'autre. Les autres sifflent, applaudissent. Il défait sa ceinture. Encouragements bruyants, sauvages. Il déboutonne son jean. Ses yeux me demandent pardon. Je comprends que c'est fini. Que j'ai perdu. De nouvelles larmes froides coulent dans mes oreilles.

Comme les autres, il s'accroche à moi. Comme les autres, il me pénètre bestialement. Comme les autres, il me fait tellement mal que je voudrais crever.

Je veux partir loin de mon corps. De la douleur. D'ici. Je pense à papa et maman qui m'attendent à la maison. Je pense à la Sainte-Victoire qui se dresse de l'autre côté de la route. Je pense à la bière que j'ai bue au déjeuner. Au sourire d'une cliente, cet après-midi.

Il se relève. Ses yeux m'évitent. Les autres lui tapent dans le dos alors qu'il rajuste son pantalon.

Le grand maigre s'avance vers moi en avalant d'avides bouffées d'une cigarette pincée entre le pouce et l'index. Ses paupières sont agitées de petits tremblements, comme parcourues de décharges électriques. Il se positionne entre mes cuisses, remonte mon chemisier jusque sous mes aisselles et rabat mon soutien-gorge au-dessus de ma poitrine. Les deux autres frappent des mains. Sa cigarette se met à virevolter dans l'air comme un insecte hésitant. Des cendres tombent sur mon visage. L'extrémité incandescente se rapproche de mon œil droit, passe avec lenteur devant l'autre, puis s'écrase sur mon téton gauche. Je ressens la brûlure jusque dans mon omoplate et pousse un cri sourd. Il maintient la cigarette jusqu'à la fin du petit grésillement. Jusqu'à ce qu'elle s'éteigne. La douleur et l'odeur de ma chair brûlée me donnent envie de vomir.

De nouveaux cris d'encouragement.

Il se débarrasse du mégot d'une chiquenaude. Il attrape mes seins et les comprime violemment alors qu'il me pénètre. Une douleur intolérable s'étend comme un élastique de mon bas-ventre à mes seins. Le type s'agrippe à ma poitrine. À chaque coup de rein, il enfonce un peu plus ses ongles dans ma peau. Soudain, il ralentit sa cadence, ôte son polo et me le jette sur le visage. Une odeur âcre, mélange de transpiration et de moisissure, se propage dans mes narines, sur ma langue et dans ma gorge. J'arrête de respirer par le nez et me mets à avaler de grandes goulées d'air par la bouche. Il me laisse son polo sur le visage jusqu'aux dernières saccades. Puis il se relève, récupère son T-shirt maculé de sang et de morve, et rejoint les deux autres, la braguette béante.

Ils lui demandent à quoi il a « joué ».

– Elle ressemblait plus à rien. Elle me donnait la gerbe, j'arrivais plus à bander, répond-il avec une moue de dégoût, tout en reboutonnant son jean.

Je passe mes mains sur mon visage. J'effleure les boursouflures, les entailles, ravivant une douleur insoutenable. Maman me caressait les joues comme ça quand j'étais petite, du bout des doigts, en me chantant « Douce nuit ».

Je ramène les bras le long de mon corps. Mes doigts se mettent à pianoter lentement. Ils battent la mesure. Ils m'accompagnent. « Douce nuit, sainte nuit, dans les cieux... »

Le gros au T-shirt bleu sifflote entre ses dents en se rapprochant à pas lents. Il prend son temps. Il s'agenouille, glisse sa main sous ma hanche droite et me retourne. Je retombe comme un poids mort, face contre terre.

« Douce nuit, sainte nuit, dans les cieux, l'astre luit… »

Il m'attrape les cheveux à la racine, me tire la tête en arrière le plus loin possible, puis la projette contre le sol. Mon arcade sourcilière gauche éclate, le sang pisse. Je me tais. Il m'ordonne de me mettre à quatre pattes. J'obéis. Je relâche la tête entre mes bras tendus. Le sang goutte et éclabousse les herbes sous mon nez. Deux pieds se plantent dans mon champ de vision, suivis de deux cuisses. Puis d'un sexe dressé. Une main pousse ma tête en avant. La pression sur ma nuque se fait plus forte. Il veut que j'ouvre la bouche. J'ouvre la bouche et il introduit son membre d'un seul coup. J'ai un haut-le-cœur violent. Au même moment, on m'enfonce brutalement quelque chose dans l'anus. Le craquement est aussi sec que le claquement d'un fouet. Je hurle. Un cri qui n'a plus rien d'humain, étouffé par le sexe qui va et vient dans ma bouche. Les à-coups contre mes fesses sont féroces. Je ressens la douleur jusque dans mes côtes. Il jouit, mais l'autre n'a pas fini. Il se déhanche encore de longues minutes, forçant son sexe jusqu'au fond de ma gorge. Il me maintient tout contre lui, je n'arrive même plus à déglutir. Quand il éjacule, je repousse le liquide avec ma langue pour ne pas l'avaler. Il se redresse. Je me laisse retomber sur le ventre.

Je décide de ne plus bouger. De ne plus faire. De ne plus accepter. D'être morte.

Je ferme les yeux. Une voix m'insulte, m'ordonne de me retourner. Je reste allongée, le visage dans la terre. L'un d'eux s'approche, glisse un pied sous mon ventre et tente de déplacer mon corps inerte et mou. Il m'attrape un bras, le soulève à 90 degrés, le lâche. Je n'oppose aucune résistance, ma main s'écrase sur le sol. Il lâche un « merde ! » entre ses dents. Ils échangent quelques mots. Je ne les entends plus clairement. Leurs voix s'éloignent.

Au loin, le moteur rugit. Puis plus rien. Plus un bruit. Je ne bouge pas. Je reste allongée. Peut-être l'un d'entre eux est-il toujours là ? Peut-être l'un d'entre eux va-t-il recommencer ? Je me mets à compter. Je dois rester immobile jusqu'à 1 000. 1 000, pour être sûre.

1…

2…

3…

…

… 689. Je tends l'oreille. Rien.

690…

...

... 999...

1 000.

Toujours ce silence. Ce silence rassurant.

Je rampe jusqu'aux chênes, ramène mes jambes en position fœtale et bascule sur les genoux. Mon estomac se contracte et je vomis. Puis les pleurs jaillissent, stridents, déchirants mais bienfaiteurs, comme messagers de ma délivrance. Je me mets à quatre pattes, m'accroche à l'arbre, pousse sur mes pieds pour me relever. Mes bras s'agrippent au tronc afin d'aider mes jambes vacillantes. Lorsque je me sens stabilisée, je fais mes premiers pas.

2

Elle marquait des pauses, parfois au milieu d'un mot, pour repousser la douleur infernale qui parcourait tout son corps. Elle fermait les poings, plissait son visage cireux durant quelques secondes, rouvrait péniblement les yeux. Déglutissait. Sa langue recouverte d'une épaisse pellicule blanche humectait ses lèvres striées de gerçures. Puis elle reprenait là où elle s'était arrêtée. Elle regardait droit devant elle, les yeux brillants. Elle parlait au présent. Comme si ces hommes se forçaient encore en elle. Sa voix ne butait pas sur les mots dérangeants. Ni sur les détails atroces. Ils coulaient de sa bouche comme si elle en avait oublié le sens ; comme si elle ignorait le décalage troublant entre sa voix posée, plate, et l'atrocité de la scène. Toute censure psychologique avait disparu. Pour laisser place à une certaine… aisance. L'aisance du soulagement. De la libération.

La paume qui serrait ses doigts devint moite ; la pression de l'étreinte, inconfortable. Elle tourna la tête. Le visage qui la scrutait avait perdu sa couleur d'été. Il était figé dans la douleur, comme ces corps momifiés sous les vagues de cendres à Pompéi. Le choc avait ravagé sa beauté, tirant la peau aussi sèchement que le cuir d'un tambour ; distordant les traits harmonieux, effaçant la candeur. Les yeux verts étaient ligotés par la souffrance. Les yeux félins de sa fille. Son trésor de fille. Sa Margot.

Margot sentit la main de sa mère frémir au creux de la sienne. Les os saillants se contracter. Elle caressa la petite patte sèche avec insistance, y enfouit son visage. Une odeur douceâtre, presque vinaigrée, lui remonta dans les narines. Elle ferma les yeux et pressa ses lèvres sur la paume fiévreuse.

– C'était il y a trente ans, ma chérie.

Margot releva brusquement la tête.

– Trente ans ?

– Oui, ma chérie, trente ans, répéta sa mère.

Les paupières de Margot balayèrent vivement ses iris verts. Puis ses yeux s'agrandirent, comme s'ils voulaient jaillir de sa tête. Sa lèvre inférieure se mit à trembloter, recueillant la goutte de sueur qui s'était logée sous son nez.

La femme devina la question coincée dans la gorge de sa fille. L'effroyable question. Elle acquiesça d'un hochement de tête lent mais assuré. Le souffle coupé, Margot suivit la ligne imaginaire tracée par le visage creusé.

Soudain, sa mère écarquilla les yeux, et ses doigts osseux s'accrochèrent au drap rêche. Le tracé cardiaque s'emballa sur le moniteur, zigzagant de façon chaotique sur l'écran noir. Une nuée de blouses blanches s'engouffra dans la chambre. Des mains empoignèrent Margot et la poussèrent vers la porte. Elle s'agrippa au chambranle, les yeux rivés sur sa mère, prisonnière de cette forteresse blanche.

Ma poitrine cogne si fort que je n'entends plus les bips affolés des machines, ni les ordres aboyés des médecins et des infirmières. Je n'entends plus que ces coups, étouffés comme ceux d'un marteau contre une enclume capitonnée. Comme si j'étais enfermée en moi-même, accrochée à mon cœur.

– MAMAN !

Je veux crier plus fort que ce martèlement tenace, mais ma voix est cotonneuse, lointaine, faible. Impuissante, comme moi. Ma maman… Elle porte un masque grotesque. On dirait que ce n'est pas elle, là, avec ce visage déformé par la douleur, ces yeux ronds terrifiés, ce corps anguleux bouffé par la mort. Elle ouvre grand la bouche comme pour prendre une inspiration, mais c'est un cri qui en sort. Court, grave, guttural. Son regard passe de l'épouvante à la surprise.

Sur l'écran du moniteur, les pointes aiguisées se fondent en une ligne plate. Un son électronique, strident, insupportable, emplit la chambre minuscule.

*

Margot cligna des yeux comme si un rayon de soleil lui léchait le visage. Pourtant, la pièce était aussi sombre qu'une cave.

Merde, où je suis ?

Elle aurait aimé se poser cette question quelques secondes encore. Errer dans les délices du doute, juste avant le réveil. Ces quelques secondes nonchalantes où tout semble possible. Où l'on se demande si on n'a pas rêvé. Mais Margot savait très bien où elle était.

Chez Maman.

Sur le canapé. Le visage enfoui dans le coussin imprégné de l'odeur maternelle, comme un flacon vidé de son parfum.

Écran noir. Noir absolu. Comme si la mort de sa mère avait marqué la fin de son monde, la fin de tout.

Le cancer diagnostiqué, Margot avait lutté comme si la maladie avait été sienne et n'avait jamais rien envisagé d'autre que la guérison. Elle s'était raccrochée à cette certitude : sa mère ne pouvait pas mourir là, maintenant, après cinquante petites années de vie. Elle avait l'intuition que ce n'était qu'une bataille.

Elles vaincraient ce foutu cancer et n'en reparleraient plus. Mais elle avait confondu intuition et espoir.

Margot avala le reste de sa canette de Coca débullé et la reposa sur la table basse. Elle alluma la télé, pour un bruit de fond réconfortant. Une course-poursuite entre grosses berlines américaines aux sirènes hurlantes : des flics vociféraient, des coups de feu éclataient. Pas si réconfortant que ça, finalement. Mais c'était du bruit, et c'était tout ce qui comptait. Du bruit pour faire taire les souvenirs nauséabonds, les images, les mots, l'horreur tatoués dans son esprit.

Elle monta le son, se leva et emprunta le couloir jusqu'à la chambre de sa mère. Elle s'arrêta dans l'encadrement de la porte et contempla les trois coussins méticuleusement disposés sur le couvre-lit en piqué marseillais. Sur la table de chevet, un livre de poche : *L'Homme qui devint Dieu*. Ainsi qu'un petit carnet. Sa mère en avait choisi un rouge, cette année. En cuir. Margot s'assit au bord du lit et saisit le calepin. Elle fit courir les pages sous ses doigts et tomba sur le 2 février. « *Le musée est le seul lieu du monde qui échappe à la mort.* » L'écriture était serrée, les lettres couchées les unes contre les autres. 3 février : « *On ne peut comprendre la vie qu'en regardant en arrière, on ne peut la vivre qu'en regardant en avant.* » 1er mars : « *La mort ne surprend point le sage : il est toujours prêt à partir.* » Elle referma aussitôt le carnet en pressant la couverture pendant quelques secondes, puis le reposa à sa place. À côté d'une demi-douzaine de boîtes de médicaments.

L'odeur sucrée et un tantinet aigre que dégageait la peau de sa mère, cette odeur d'hôpital, de maladie, lui obstruait encore les narines. Margot ouvrit le placard. Des effluves de romarin et de lavande envahirent la petite pièce.

Maman, toi et tes huiles essentielles, tu en mets partout. Toujours trop.

L'odeur vinaigrée revint lui fouetter le visage, alourdit sa langue, descendit dans sa gorge. Margot se précipita vers les toilettes en courant. Ses genoux heurtèrent le carrelage avec un claquement sec. Elle s'accrocha au rebord froid de la cuvette et vomit. Elle se sentait dévorée de l'intérieur, comme si le désespoir et le vide avaient copulé puis abandonné leur rejeton dans son cœur.

Elle s'essuya les lèvres et se traîna jusqu'à la salle de bains. Elle fit couler du dentifrice directement dans sa bouche, mâcha la pâte mentholée, rajouta un peu d'eau et se gargarisa avec le mélange. Quelques mèches folles avaient glissé devant ses yeux, elle les rabattit sur le sommet de son crâne. Sa mère lui calait toujours ses boucles rebelles derrière les oreilles. « *Voiiiilà. Comme ça, on voit tes yeux de chat.* » Du bout des doigts, elle retraça le chemin suivi par la main maternelle : la caresse sur le front puis sur la tempe jusqu'à la pointe de sa chevelure, en une ultime torsade autour de l'index.

Dans le miroir, Margot aperçut la robe de chambre en polaire rouge de sa mère, à côté du radiateur. Elle l'attrapa d'un geste vorace, l'enfila, la boutonna, remonta le col et y plongea le nez.

Est-ce que son odeur va disparaître ? Est-ce qu'elle va quitter ses habits ? cette maison ? Et sa voix ? Est-ce que je vais oublier sa voix ?

Elle courut jusqu'au salon et se planta devant le téléphone. Elle souleva les pans de la robe de chambre et attrapa son portable dans la poche de son jean. Ses doigts volèrent sur le clavier, puis elle le colla à son oreille, ignorant la sonnerie stridente qui rebondissait contre les murs. Elle laissa sonner jusqu'à ce que le répondeur se déclenche. Une voix, qui effleurait les mots plus qu'elle ne les prononçait, résonna dans l'appartement. « *Bonjour, vous êtes bien chez Christiane. Merci de me laisser un message après le bip sonore. À très vite !* » Margot appuya sur la touche « appel ». De nouveau la sonnerie tonnante. La voix effacée.

Elle recommença les mêmes gestes, encore. Et encore. Jusqu'à ce que l'écho de cette voix devienne intolérable. Elle rangea le portable dans sa poche et se laissa tomber sur le canapé, enfouit son visage dans le col de la robe de chambre et ferma les yeux.

Ça sent le café au lait. Le pain de mie frais. Le savon. Et la vanille, un peu. Ça sent un gâteau dégusté un dimanche. Un après-midi ensoleillé.

Son regard bascula vers les quatre cadres photo posés sur le confiturier, serrés comme s'ils se donnaient l'accolade. Un résumé de ses trente années de vie. Margot en robe de princesse. Classique. Incontournable. Le fantasme partagé par toutes les petites filles. « *Jusqu'ici il n'y a qu'elle qui se soit franchement bien débrouillée*, avait dit maman en regardant la retransmission du mariage de William et Kate. *Les autres, eh bien les autres, le seul prince qu'elles ont pu dégoter, c'est celui du goûter !* »

Margot et son équipe de volley-ball posant dans un gymnase, le trophée de la victoire à la main.

Margot le jour de la remise des diplômes de son école de commerce. Ses années parisiennes. *Ces années passées à me cogner à des clones en ballerines Prada, foulard Hermès autour du cou, aussi serré qu'une laisse, et Vuitton Speedy 30 au creux du bras, maigre comme une patte de mouche.*

Margot et maman devant Buckingham Palace, à Londres. *Notre premier voyage en amoureuses, payé avec mon tout premier salaire.*

Elle sursauta. Des coups étouffés à la porte d'entrée.

– Margot ? Margot, c'est moi.

Silence.

– Je veux juste savoir si ça va.

Silence.

– Laisse-moi juste t'embrasser et je m'en vais. Promis.

Margot hésita, puis traversa lentement le couloir, déverrouilla la porte et l'ouvrit à demi. Une jeune femme au visage mutin et à la coupe garçonne lui sourit.

– Salut ma chérie belle.

Le sourire d'Alice s'avachit un peu, comme si elle avait du mal à le maintenir en découvrant son amie. Margot et ses cernes couleur hématome. Son teint blême. Ses lèvres gercées. Ses boucles sauvages qui retombaient sur une robe de chambre élimée. Son regard vide, perdu.

– Je n'ai pas trop envie de voir du monde.

Sa voix aussi était brisée.

– Je sais… C'est pour ça que je suis là. Pour faire barrière contre le monde.

Alice tendit le bras et lui caressa la joue du bout des doigts. Elle s'avança comme on approche un animal apeuré, avec douceur et précaution. Posa ses deux paumes sur les épaules de Margot. Attendit une seconde, fit un pas supplémentaire, puis l'entoura de ses bras, l'étreignit doucettement. Margot se laissa enlacer, comme insensible à cette démonstration de tendresse.

– Il faut que tu pleures, ma chérie belle. Il faut que ça sorte, murmura Alice.

– Je n'y arrive pas.

Le ton était déterminé, presque cassant.

– T'as mangé quelque chose ? demanda Alice.

Margot se libéra de l'étreinte et fit signe que non.

– Je t'ai apporté quelques trucs, reprit Alice en attrapant le sac Monoprix qu'elle avait laissé dans l'entrée.

Sans prendre la peine de fermer la porte, Margot tourna les talons et se traîna au salon.

– Je vais préparer quelque chose et je te le laisserai au frigo, au cas où tu aurais un creux plus tard, continua Alice en suivant son amie.

– Je n'ai pas faim...

– Faut bien que tu te nourrisses, ma chérie belle. Une omelette avec un peu de salade, ça va passer, non ? Ou un sandwich au fromage ? Et je vais mettre en route du café. On peut se faire un café gourmand, j'ai acheté des meringues et des chocolats, hein ?

Margot ne répondit pas et s'emmitoufla dans une épaisse couverture. Alice entreprit de ranger ses courses dans la petite cuisine attenante.

Le bruit des sachets froissés et celui, cotonneux, ouaté, du réfrigérateur, filtra dans le salon. Une symphonie aussi familière que douloureuse.

Je n'entendrai plus maman fermer les placards et les portes comme on frappe des cymbales, ni ses pantoufles à talons claquer sur le carrelage. Je ne goûterai plus ses crèmes renversées, ni ses petits plats où chaque ingrédient est mesuré avec le cœur, je ne la verrai plus laver les pots à moutarde pour garder les verres ni émietter le pain rassis pour en faire de la chapelure. Je ne l'entendrai plus. Je ne la verrai plus.

– Alice, tu peux parler ? Parle. Parle-moi d'autre chose, supplia soudain Margot depuis le salon.

Les talons d'Alice cessèrent de marteler le sol de la cuisine. Elle répondit d'une voix haut perchée, en continuant à s'affairer, comme si la requête de son amie avait été des plus normales.

– Euh... eh bien... oui... euh... J'ai eu les Londoniens au téléphone, ce matin. Ils nous envoient les visuels des invendus de Westwood, Millen et Reiss demain soir au plus tard. Pour les autres, on a tout reçu, même Guess et BCBG. Mais c'est même pas ça, la bonne nouvelle. Tu sais ce que c'est, la bonne nouvelle ? C'est que Jenny Packham et Jimmy Choo veulent signer ! Ouais, ma chérie belle, on va les avoir dans notre collection !

La voix d'Alice montait *crescendo* pour couvrir le bruit de l'eau qui coulait, puis des œufs qu'elle battait avec énergie. Elle sortit de la cuisine, un torchon sur l'épaule, un autre à la main. Son amie était allongée sur le canapé, les mains croisées sur le ventre, les yeux rivés au plafond.

– Et... je me disais aussi... Tu pourrais peut-être partir quelques jours... pour te reposer... t'aérer la tête... après l'enterrement...

– Je n'ai pas envie de partir d'ici. Je veux rester chez Maman.

Alice éteignit le poste de télévision qui piaillait toujours, vint s'asseoir au pied du sofa et prit les mains de Margot dans les siennes.

– Je sais, ma chérie belle, je sais... Mais ta mère voudrait certainement te voir reprendre du poil de la bête, tu ne crois pas ? Tu ne manges rien, tu es toute pâlotte... Il ne manquerait plus que tu nous fasses une anémie ou que tu tombes malade... Il faut que tu prennes un peu l'air, que tu sortes de tout ça, dit-elle en désignant le salon d'un mouvement du menton. Tu ne peux pas rester enfermée ici pendant trente ans, hein ?

Le visage de Margot se crispa de dégoût, comme si elle venait d'ingurgiter un aliment aigre. Elle lâcha un râle aux sonorités animales.

Alice se pencha vers son amie et lui posa la main sur le front.

– Margot ? Qu'est-ce qu'il y a ? Qu'est-ce que tu as ?

La panique pointait dans sa voix.

Le râle se transforma en plainte. Puis Margot se mit à marmonner.

– Seule… Laisse-moi seule… Je veux rester seule… seule…

Alice colla sa joue contre celle de son amie.

– D'accord ma chérie, d'accord… je m'en vais. Je suis là, si tu as besoin de quoi que ce soit. Tu le sais ça, hein ? Je suis là, chuchota-t-elle.

Elle pressa ses lèvres sur le front frais de Margot en lui caressant le sommet du crâne et sortit du salon. Une minute plus tard, elle refermait doucement la porte de l'appartement derrière elle.

Les yeux hagards, Margot chuchotait toujours, comme un malade en plein délire.

– Trente ans… Maman a été violée… violée… il y a trente ans… Je suis… je suis l'enfant de… Maman a été violée il y a trente ans et je suis l'enfant de son violeur.

Sa voix passa du chuchotement au hurlement.

– JE SUIS L'ENFANT DE SON VIOLEUR !!!

Elle serra les poings et se mit à cogner dans le dossier du canapé. Encore et encore, avec chaque fois un peu plus de violence et de hargne. Elle cognait ce père criminel, l'acte de souffrance qui l'avait enfantée, les années de mensonge. Elle continua jusqu'à ce que son corps soit secoué par des spasmes. Puis elle poussa un cri sombre, noir, un cri qui n'avait plus rien d'humain, et enfouit sa tête dans le coussin, au creux de l'odeur maternelle. Elle hoqueta et, enfin, expulsa les sanglots qui affluaient par vagues en ruisselant sur ses joues comme une pluie rageuse.

*

Margot n'aurait pas su dire combien de temps elle était restée là, à pleurer, prostrée dans le sofa. Ses larmes avaient imbibé le coussin et formé une flaque froide sous sa joue. Elle se leva en reniflant et traversa le couloir jusqu'à la salle de bains. Elle attrapa la boîte de mouchoirs sur l'étagère, au-dessus du lavabo, et s'immobilisa soudain. Le miroir ne lui renvoyait plus la même image. Elle dégagea les mèches qui lui tombaient devant les yeux, enroula sa chevelure sur elle-même et la coinça dans son col, cala ses derniers cheveux follets derrière ses oreilles. Sans quitter des yeux son reflet.

Qu'est-ce que j'ai de toi, maman ? Les yeux verts. Le visage rond. Le nez. Droit. Simple. Sans caractère. Qu'est-ce que j'ai de... de l'homme qui... de ce monstre ?

Margot déboutonna avec empressement la robe d'intérieur qui tomba à ses pieds, puis ôta le reste de ses vêtements comme si tout son corps la démangeait et que leur contact lui était devenu intolérable. Elle s'inspecta avec une objectivité médicale.

Qu'est-ce qui n'est pas à maman dans ce que je vois ? Ma peau mate ? mes pieds grecs ? mon long cou ? mes cheveux épais ? Est-ce que c'est pour ça qu'elle disait toujours que je ressemblais à ma grand-mère ? Parce qu'elle refusait de retrouver en moi les traits de cet homme ? Cet homme qui l'a violée, battue, laissée pour morte ? Tu préférais penser que ces petites choses que tu ne reconnaissais pas en moi venaient de ta mère... Bien sûr. Bien sûr, maman, comme je te comprends... Et si j'avais été un garçon, est-ce que je lui aurais ressemblé, à lui ? Si j'avais été un garçon, maman, tu m'aurais gardé ?

Inconsciente de sa nudité, Margot se dirigea vers le salon d'un pas de somnambule. Elle grimpa sur le canapé, se percha sur l'accoudoir et saisit une demi-douzaine d'albums, ainsi qu'une boîte en fer-blanc, rangés sur une étagère de verre. Elle déposa le tout sur le tapis, poussa la table basse et s'assit en tailleur par terre. Elle vida le contenu de la boîte devant elle, étala les photos d'une main impatiente. Toutes, sans exception, étaient à sa gloire. Margot prend son bain. Margot mange sa purée. Margot fait ses devoirs. Margot à la plage. Mais aucun cliché de Christiane bébé, enfant, adolescente ou femme. Absolument aucun. Elle fit glisser le premier album vers elle et se mit à le feuilleter avec avidité. Les photos avaient été disposées avec soin, au-dessus de légendes à l'écriture appliquée. Jusqu'à ce que Margot ait été en âge de se servir de l'appareil, sa mère n'apparaissait sur aucune photo.

Ah, voilà. 1991. En 1991, maman avait... elle avait mon âge aujourd'hui... Trente ans.

Christiane posait devant le gâteau d'anniversaire préparé par sa fille, et offrait un sourire emprunté à l'objectif. Margot décolla le cliché et courut à la salle de bains. Elle plaça la photo à la hauteur de son visage et se planta face au miroir. Mêmes boucles sauvages, même regard clair. Mère et fille se ressemblaient jusque dans leur langage corporel. Cette manière de planter les coudes sur la table et de poser négligemment le menton sur le revers de la main. Cette façon de pencher la tête légèrement sur le côté gauche.

Elle s'assit sur le rebord de la baignoire et frissonna au contact de l'émail sous ses fesses nues.

Qu'avait-elle hérité de LUI ? La moitié d'elle, forcément. Elle tressaillit. Une partie d'elle venait de cet animal. Elle lista mentalement les aspects de sa personnalité. Surtout ceux qui semblaient venir de nulle part.

Sa violence ? Est-ce que j'ai hérité de sa violence ? C'est possible, ça, d'hériter du côté sombre de quelqu'un qu'on ne connaît pas ?

Des gouttes de sueur perlèrent sur sa peau glacée. Pourquoi sa mère avait-elle choisi de garder l'enfant du viol ? Comment avait-elle fait pour supporter la vue de cet être chaque jour ? Cet être qui devait lui rappeler le moment le plus atroce de son existence ? Comment avait-elle pu l'aimer et le chérir au quotidien, en prendre soin, lui dévouer sa vie ?

Comment tu as pu m'aimer, maman ?

Les questions, plus terrifiantes les unes que les autres, s'emmêlaient, se bousculaient, s'entassaient sans livrer la moindre réponse. Margot ne savait pas. Et ne saurait certainement jamais.

Elle attrapa la serviette posée sur le radiateur et s'essuya le visage.

J'ai rayé le mot « père » de mon vocabulaire... Non. En fait, ce mot n'a jamais fait partie de mon vocabulaire.

Jamais. Margot n'avait jamais interrogé sa mère sur son géniteur. Comme si son absence avait été naturelle. Pourtant, aucun mâle n'avait endossé le costume du père de substitution. Elle n'avait pas non plus traversé de crise existentielle qui l'aurait embarquée dans une quête effrénée de ses origines. Elle s'était contentée de la maigre explication de sa mère : l'homme en question les avait abandonnées en apprenant sa grossesse. Un scénario bateau. Un scénario bateau qui lui convenait parfaitement.

Margot perçut soudain une sorte de claquement régulier. Ou plutôt, un grincement. Elle scanna la pièce des yeux. Et comprit d'où provenait le bruit : elle serrait si fort les mâchoires qu'elles claquaient par réflexe. Elle ouvrit grand la bouche et appuya avec le bout de ses doigts sous ses oreilles pour calmer les élancements.

Pourquoi m'as-tu lâché cette bombe avant de partir, hein ? C'était quoi, le but ? Soulager ta conscience ? Égoïste. Espèce d'égoïste ! Maintenant je dois me traîner ces poubelles. Et seule, Maman. Toute seule !

Elle bascula ses jambes à l'intérieur de la baignoire et se laissa glisser le long de la paroi glaciale. Elle ferma la bonde, ouvrit le robinet d'eau chaude, y ajouta un filet d'eau froide. Elle ramena ses genoux sous son menton et les encercla de ses bras. L'eau recouvrit progressivement son corps endolori. Elle en recueillit un peu au creux de ses mains et s'aspergea le visage.

Maman, comment je vais faire sans toi ?

3

Elle revoyait les fleurs. Les fleurs partout. Rouges, roses, orange, blanches. Elle n'avait voulu ni couronnes, ni gerbes. Non, que des bouquets. Des bouquets ronds qui sentaient bon le printemps. Ceux que l'on offre pour dire « Je t'aime » ou « Merci ». Pas ceux qu'on laisse en signe d'adieu.

Margot hissa le dernier carton sur la table de la cuisine en ignorant les larmes qui roulaient en silence sur ses joues. *Ton petit appartement, maman. Complètement vide. Comme si j'avais désassemblé le puzzle de ta vie et remis toutes les pièces dans leur boîte.* Elle ferma les quatre rabats et scella le tout avec deux bandes de Scotch.

Elle avait pensé ne garder que les photos et un ou deux vêtements. Lorsqu'on aime, les souvenirs suffisent, se disait-elle. Mais chaque objet portait un morceau du passé dans lequel elle piochait, chaque jour, un peu de réconfort. Cette fugace matérialisation des souvenirs faisait brièvement resurgir le cocon maternel bienfaiteur. Margot n'avait donc pu se résoudre qu'à donner la vaisselle, les meubles et quelques bibelots. Des œuvres de charité passeraient les récupérer dans la semaine.

Elle chargea les cartons dans sa voiture et se mit au volant. Puis elle sortit du dédale des ruelles du centre d'Aubagne et roula vers le sud, en direction de Carnoux.

Vingt minutes plus tard, elle s'installait dans un canapé de cuir capitonné, devant un thé fumant et une assiette de navettes.

– Tu es toute maigre, ma Margot. Faut que tu manges un peu, hé ? Tiens, sers-toi. À la fleur d'oranger, comme tu les aimes.

La dame à la crinière blanche poussa vers elle l'assiette de biscuits. Margot sourit, prit une navette et y goûta du bout des lèvres. Le vieux visage se plissa de joie, dessinant des sillons gracieux au coin de ses yeux.

– Tu sais, c'était très beau, Margot. Très beau, ce que tu as fait pour Christiane. Elle est partie dans les bras de Dieu de la plus belle manière qui soit.

Margot plongea le regard dans son breuvage.

– Merci, Angèle.

Angèle versa un peu de lait dans son thé et fit tinter sa cuillère en tournant le mélange.

– Alors, qu'est-ce qui t'amène, ma chérinette ?

Margot mâchonna rapidement le reste de sa navette.

– Je t'apporte la collection Marcel Pagnol de maman. Elle voulait que ce soit toi qui aies ses livres.

– Merci ma puce. Tu es un amour.

Angèle posa sa paume fraîche sur la sienne.

– Comment tu vas, ma chérie ? Alice se fait beaucoup de souci pour toi, tu sais…

Alice avait donc parlé à sa mère… Elle devait être très inquiète, en effet.

– Ça va, ça va…

Les mots se bousculaient dans la bouche de Margot.

– Je sais que vous étiez des amies de longue date avec maman, mais je ne sais pas quand vous vous êtes connues, toutes les deux…

Angèle baissa les yeux et lissa sa jupe de la main.

– Elle avait à peine vingt ans et moi plus du double.

– Ah… et comment vous vous êtes rencontrées ?

– On travaillait dans le même Prisunic, à l'époque.

– À Aubagne ?

– Oui.

Margot regardait Angèle avec insistance, attendant la suite. Angèle fixait les motifs du tapis oriental.

– Ta mère s'installait tout juste en ville. Elle était enceinte de toi. Alice avait deux ans et Bernard venait de me quitter... On était toutes les deux dans la même galère, quoi... Alors on est un peu devenues la famille l'une de l'autre...

– Tu sais où elle vivait avant ?

– Avant Aubagne ? Ben... plus au nord, je crois... Du côté de Belcodène ou de Fuveau, quelque chose comme ça... Elle aimait pas trop parler d'« avant », comme tu dis. Ce que je sais, c'est qu'elle était fâchée avec tes grands-parents, ça oui. Et qu'elle ne leur a plus reparlé, après.

Margot ouvrit la bouche de surprise. Elle avait l'impression que deux mains puissantes venaient de saisir son cœur et de le froisser en boule, comme une feuille de papier. Elle qui croyait que ses grands-parents étaient décédés avant sa naissance ! Elle avait manifestement pris les explications de sa mère de façon beaucoup trop littérale.

Angèle triturait sa jupe fleurie, les yeux rivés sur les mouvements répétitifs de ses doigts flétris.

– Ce que je sais aussi, c'est qu'elle n'avait plus de contacts avec celui qui l'avait mise enceinte. Je ne dis pas « ton père », parce qu'elle faisait des bonds comme ça (elle plaça sa main à la hauteur de sa tête) quand elle entendait ces mots-là.

Angèle n'était donc pas au courant du viol de Christiane.

Si maman n'en a pas parlé à Angèle, elle n'en a parlé à personne.

– Elle t'a dit pourquoi elle m'avait gardée ?

Les yeux d'Angèle devinrent aussi ronds que des billes et son visage prit une teinte rubiconde.

– Pourquoi elle t'a gardée ? Mais bon sang, Margot, tu as des drôles de questions, toi ! Ta mère t'a gardée parce que c'était une femme comme y faut et que quand elle a senti la vie en elle, l'instinct maternel a pris le dessus, même si c'était un salopard qui l'avait engrossée ! Voilà pourquoi !

– C'est ce qu'elle t'a dit ?

– Non, elle ne m'a jamais dit pourquoi. Et je ne lui ai jamais demandé. Mais je sais bien que ta mère n'était pas de celles qui se font avorter.

Margot ne voulait surtout pas glisser vers un débat autour du droit à l'avortement. Angèle n'avait pas pu avoir d'enfant et elle avait dû attendre près de quinze ans avant de pouvoir adopter Alice. Elle ne pouvait pas comprendre. Chacun pense en fonction de ses blessures, de toute façon.

Angèle empoigna sa tasse d'une main tremblante et en avala une rasade, comme s'il s'agissait d'un petit remontant. Des larmes voilaient ses yeux sombres.

Perdre une amie de trente ans, c'est perdre un peu de soi, songea Margot. Elle lui caressa le dos pour l'apaiser, l'embrassa sur la joue et se leva.

– Tu t'en vas déjà, ma puce ?

– Oui, je dois y aller. Je rentre chez moi à Aix et je voudrais décharger les cartons avant que la nuit tombe. Il vaut mieux que je prenne la route maintenant.

– Attends, attends, je vais te donner de la ratatouille et du lapin que j'ai cuisinés ce matin. Bouge pas.

Angèle courut presque jusqu'à la cuisine. Margot entendit des couvercles se refermer sur ce qui comblerait son dîner et, probablement, son déjeuner du lendemain. Puis le froissement des sacs en plastique. Angèle revint en trottinant, tendit le sachet à Margot et lui claqua une bise sur la joue.

*

Une heure plus tard, fraîchement douchée, Margot avalait une première fourchette de la ratatouille d'Angèle. Cuits à la perfection, les légumes fondaient sur la langue. Elle s'arrêta à la troisième bouchée : son estomac se fermait déjà comme une huître. Elle reposa la fourchette dans le Tupperware, avala une gorgée d'eau et alluma son ordinateur. L'appétit finirait bien par revenir... Elle devait choisir les pièces qui seraient mises en ligne le mois prochain, et elle n'avait pas encore eu le temps de regarder les propositions d'Alice. Alice. Si son amie n'avait pas été là, ces dernières semaines... Non, elle ne préférait même pas y penser.

Margot compulsa ses messages, répondit aux plus urgents, ouvrit l'e-mail contenant les catalogues de leurs fournisseurs et se plongea sans passion dans la présélection de son associée. Elle comparait machinalement les modèles aux références notées par Alice, sans lire ses commentaires sur telle robe de cocktail ou telle paire de talons aiguille. Impossible de se concentrer...

Le viol de sa mère flottait dans son esprit comme une bannière au vent. Lui, et toutes les questions qu'il engendrait. Margot secoua la tête avec colère – comme si elle avait pu les chasser aussi facilement.

Qu'est-ce que je veux faire de tout ça ? Enterrer ce drame familial ? Ou bien le déterrer ?

Nouveau mouvement de tête, plus lent cette fois. Comment ignorer tous les points d'interrogation qui peuplaient son passé ? Ils ligotaient littéralement son cerveau.

Elle se déconnecta de sa messagerie et créa un document Word qu'elle intitula « Éléments ». Puis elle posa ses mains à plat sur le bureau et ferma les yeux. La panique qu'elle avait ressentie à l'hôpital en écoutant le récit de sa mère sur « cette nuit-là » refluait. La même horreur. La même détresse.

Margot inspira et expira profondément plusieurs fois. Le récit de Christiane lui revenait par bribes. Des phrases décousues.

Elle se mit à pianoter sur son clavier, repoussant les détails barbares le plus loin possible.

– *Une demi-heure de marche entre son lieu de travail et sa maison.*

– *Elle était sur une route nationale.*

– *Les jeunes y garaient leurs voitures le week-end pour s'envoyer en l'air.*

– *Au nord d'Aubagne, peut-être Belcodène ou Fuveau (d'après Angèle).*

En somme, elle n'avait rien. Absolument rien d'utilisable. Margot rabattit le clapet de l'ordinateur d'un coup sec et planta ses coudes sur son bureau. Ses doigts se mirent à masser ses arcades sourcilières, ses paupières, ses tempes, en dessinant de petits cercles sur les points douloureux. Elle releva la tête et son regard se mit à errer dans la pièce, avant de se fixer sur la demi-douzaine de cartons alignés au pied du canapé deux places. Elle se leva d'un bond pour aller déchiffrer les inscriptions en majuscules qui figuraient sur chacun d'eux. Le cinquième fut le bon. Elle arracha les deux bandes de Scotch, déplia les rabats, et en extirpa six boîtes de format A4 qu'elle empila par terre. Toute la paperasse retrouvée chez sa mère.

Elle replia ses jambes, fit glisser ses talons sous ses fesses, et commença par les quatre boîtes de couleur noire. Factures d'électricité, de téléphone, quittances de loyer, relevés de compte, fiches de paye, les papiers défilaient devant ses yeux feuille par feuille, mais elle ne trouvait pas ce qui l'intéressait. Elle continua avec les deux dernières boîtes. La première contenait toutes les cartes postales qu'elle avait envoyées à sa mère. L'autre était pleine de tickets de cinéma, de théâtre, de dépliants de musées, de programmes de spectacles et de coupures de journaux, avec Alice et elle en photo. Margot essayait de ne pas réfléchir, de ne pas se laisser aspirer par les souvenirs ni happer par le manque. Sa cage thoracique semblait rétrécir un peu plus à chaque inspiration, mais elle ignorait la peine et la douleur, voraces, pour mieux se concentrer sur sa recherche. Elle cherchait des documents en rapport avec ses grands-parents, des lettres échangées, peut-être même encore scellées, des pièces administratives... Quelque chose, n'importe quoi, qui la mettrait sur la piste d'elle-même.

Non. En fait, si elle était honnête, ce qu'elle souhaitait vraiment, c'était mettre la main sur sa moitié manquante.

Voilà, c'est dit.

Elle voulait savoir qui était cet homme qui lui avait refilé ses gènes et peut-être plus encore. Mais elle ne trouverait rien dans les affaires de sa mère. Christiane avait mis trop de soin à enterrer cette partie-là de son existence pour conserver quoi que ce soit de son passé maudit.

Je devais lui suffire, comme rappel de ce passé.

Ce n'était pas comme ça qu'elle trouverait le chemin. Mais elle savait maintenant où chercher.

*

Le lendemain matin, à neuf heures moins cinq, Margot se garait sur le boulevard Sakakini, dans le Ve, à Marseille.

Elle parcourut d'un pas vif les quelques mètres qui la séparaient du numéro 78, puis pénétra dans l'imposant cube de verre strié d'acier qui abritait les locaux du quotidien *Marseille-Matin*. Un jeune homme dégingandé en chemise à carreaux et dont le col bâillait, révélant une pomme d'Adam proéminente, se tenait debout derrière un comptoir en demi-lune. Margot lui demanda où se trouvaient les archives. Il entrelaça ses longs doigts et, à grands gestes, lui expliqua le chemin avec l'entrain d'un employé de Disneyland. Margot le remercia, poussa la porte à gauche du comptoir, longea un couloir étriqué, éclairé par des néons capricieux, et déboucha sur une double porte rouge.

Elle frappa deux coups timides. Attendit. Seuls crépitaient les plafonniers fatigués. Elle osa deux coups plus secs. N'obtenant toujours pas de réponse, elle actionna la poignée. Une odeur de grenier, mélange de poussière et de carton mouillé, lui piqua le nez. Des rayonnages métalliques quadrillaient la pièce sans fenêtre, touchant presque le plafond. Sur les étagères reposaient, agglutinés, des tomes épais aux reliures sombres. Margot eut l'impression d'entrer dans un placard.

Elle lança un bonjour sonore aussitôt étouffé, ouaté par l'espace confiné.

– Je range un truc, j'arrive !

La voix avait la tonalité acidulée de l'enfance. Elle plongeait dans les aigus, sans devenir stridente, et s'enrobait de douceur.

Margot entendit des pas lourds derrière elle et se retourna. Elle remarqua d'abord des collants rayés rouge et blanc qui disparaissaient sous un kilt. Puis de grosses bottes noires à semelle épaisse. Un T-shirt à la gloire d'Obama. Des cheveux rouge orangé relevés en un chignon désordonné. La jeune fille qui se tenait devant elle dégageait une énergie contagieuse. Elle souriait. Du genre de sourire qui change la face du monde.

Elle passa derrière l'unique table de l'endroit et ouvrit un large agenda bleu marine.

– Vous êtes madame Delmieu, c'est ça ? Rendez-vous de 9 heures 30 ?

Margot baissa les yeux comme une gamine prise en flagrant délit de bêtise.

– Non... je... Enfin, je n'ai pas rendez-vous...

– Ah... En fait, il faut nous contacter avant de passer, comme ça je peux dégrossir la recherche, sinon ça peut prendre des heures et on n'est ouvert au public que jusqu'à 13 heures. Vous cherchez quoi, madame euh...

– Bellaud. Je cherche un ou des articles sur un fait divers. Un viol.

Sa voix était tombée d'une octave à la fin de sa phrase.

La jeune fille prenait des notes sur un bloc de Post-it jaunes.

– Vous êtes journaliste ?

– Non.

– De quand datent les faits ?

– Mars 1981. Ou avril. Je ne sais pas...

– Waouh ! OK... c'est vaste ! À quel endroit ?

– Je ne sais pas non plus.

– OK... Bon, le mieux, c'est que vous repassiez la semaine prochaine, fit la jeune fille en jetant un coup d'œil à son agenda. Mercredi prochain, 10 heures 30, ça vous va ?

Elle lut tant de déception dans les yeux de sa visiteuse qu'elle se sentit obligée de se justifier.

– Je suis désolée, mais nous ne sommes ouverts que deux matinées par semaine et mardi prochain, tout est déjà complet...

– Je ne peux vraiment pas rester ce matin ? Je peux me charger moi-même des recherches ? insista Margot.

– Je n'ai le droit de recevoir qu'une personne à la fois, c'est la règle absolue. Et ce matin, j'enchaîne les rendez-vous... Je suis vraiment désolée... Vous n'êtes pas disponible, mercredi prochain ?

– Si si... Je voulais juste... Ces informations sont très importantes pour moi.

– Je suis vraiment désolée, madame Bellaud...

– Ça va, d'accord, ce n'est pas grave. Mercredi, donc, répondit Margot, avec une pointe d'agacement.

– J'aurais besoin de vos coordonnées, s'il vous plaît, continua la jeune fille, sans perdre une once de son amabilité.

Margot lui épela son nom, dicta son numéro de téléphone et son adresse e-mail, puis tourna les talons sans la remercier.

– Attendez ! Attendez, madame Bellaud ! J'ai besoin de plus d'infos que ça pour commencer mes recherches ! Auriez-vous le nom de la victime, ou celui de l'agresseur ?

Margot sentit sa gorge se contracter. Elle pivota et s'éclaircit la voix.

– Il y avait plusieurs agresseurs, mais je ne connais pas leurs noms. Je n'ai que celui de la victime.

– OK... Bon, ben... c'est déjà mieux que rien. Je vous écoute.

– Christiane Bellaud.

La jeune fille releva lentement le regard, pour le rebaisser aussitôt sur son Post-it bariolé d'informations. Ses pupilles volèrent plusieurs fois de gauche à droite. Elle était certainement en train de lier les dates. De comprendre que cette Christiane était la mère de sa visiteuse.

– Venez.

Elle posa son stylo, contourna la table, attrapa Margot par le bras et la conduisit devant un des rayonnages.

– Voilà. 1981 est là, expliqua-t-elle à Margot en indiquant une étagère. Vous avez les archives de *La Dépêche provençale* et du *Journal du Midi*. Vous savez que *Marseille-Matin* n'existe que depuis 1999, date de la fusion – si on peut appeler ça comme ça – de *La Dépêche provençale* et du *Journal du Midi* ?

Margot hocha la tête.

– Non, je le précise, parce qu'il y a des gens qui me demandent *Marseille-Matin* de 1976… Vous avez une petite table dans le coin, là, derrière ce rayonnage, vous n'avez qu'à vous y installer. Bon, mon premier rendez-vous va bientôt arriver. Je vous laisse, et je compte sur vous pour ne rien déchirer et ne rien emporter. J'en serais tenue pour responsable, sinon. OK ?

Margot acquiesça, sonnée.

– Ah oui ! Et éteignez votre portable, s'il vous plaît. Si le grand manitou passe par là et que votre téléphone sonne, il est capable de vous le faire bouffer !

La jeune fille lui prit la main, la pressa entre ses deux paumes et lui adressa son incroyable sourire.

– Je suis sûre que vous trouverez ce que vous cherchez. Faites-moi signe si vous avez besoin d'aide. Moi, c'est Sophie.

Et elle partit telle une bourrasque, ses chaussures martelant le sol en lino comme des coups de tonnerre.

Margot s'empara d'un premier tome, celui du mois de mars 1981 – bon sang, ce truc était encore plus lourd qu'elle l'imaginait – et alla s'asseoir à la table aussi minuscule qu'un bureau d'écolier. Elle posa sa besace à ses pieds et s'extirpa de sa doudoune, qu'elle accrocha au dossier de sa chaise.

Quelques heures plus tôt, elle était accroupie par terre, chez elle, au milieu des cartons éventrés, à compulser frénétiquement les agendas, répertoires et carnets de sa mère, dans l'espoir de trouver un indice, une piste. Son envie de savoir avait fait place à un besoin vorace, obsessionnel. Ou bien était-ce un devoir moral ? Oui, ce devait être ça : un « devoir moral ». C'était plus acceptable, cela donnait à sa quête un caractère plus noble, plus altruiste. Elle se « devait » donc d'en savoir plus sur cet événement qui avait bouleversé, pour ne pas dire anéanti, la vie de sa mère, avant d'ébranler la sienne. La seule question qu'elle laissait volontairement de côté pour l'instant concernait ses grands-parents. Elle se lancerait sur leur trace plus tard. Elle ne pouvait pas tout mener de front. En fait, si elle tenait à sa santé mentale, il ne valait mieux pas.

Ma santé mentale... Mmmh...

L'obsession avait tissé sa toile dans son cerveau, altérant au passage ses fonctions vitales et collectionnant les points d'interrogation comme l'araignée ses proies. Les violeurs avaient-ils été punis ? Son géniteur avait-il fait de la prison pour son crime ? Et, surtout, qui était-il ? À quoi ressemblait-il ?

Elle avait eu l'idée de venir fouiller les archives de *Marseille-Matin* en découvrant les articles conservés par sa mère. Ceux qui relataient les succès de l'entreprise créée avec Alice.

Alice. Mince ! Elle devait l'appeler ce matin. *Et merde !* Elle avait complètement oublié d'éteindre son portable. Elle le sortit de sa besace. Trois appels manqués, un message. Elle aspira de l'air entre ses dents serrées. *Mais il va me lâcher, celui-là ?! Si je ne le contacte pas, c'est que je n'ai pas envie de le voir ! C'est pourtant simple, non ?*

Elle ne pouvait pas dire les mots. Ces mots. Elle les voyait s'échapper de sa bouche et planer autour d'elle comme une nuée d'insectes aussi noire que de l'encre. Se poser sur ses cheveux. Sur ses yeux. Sur ses lèvres. S'introduire dans ses oreilles avec un bourdonnement incessant. Dans son nez. Non, elle ne pouvait pas s'asseoir dans le cabinet de son psy et parler de la mort de sa mère. Elle le rappellerait lorsqu'elle se sentirait le courage d'ouvrir les vannes pour libérer sa souffrance. Pas avant.

Elle éteignit son téléphone et le fourra dans la poche de son jean.

Elle était née le 19 décembre 1981. Sa mère avait donc dû tomber enceinte au mois de mars. Ou peut-être en avril, si elle avait accouché avant terme.

Margot ouvrit l'énorme volume et se mit à lire les titres des articles page après page, insensible à la fatigue qui asséchait ses yeux et nouait les muscles de son dos.

Le contact d'une main sur son épaule la fit soudain sursauter.

– Pardon, je ne voulais pas vous faire peur.

Margot n'avait pas entendu l'assourdissante traversée des gros godillots de Sophie. *Impressionnant.*

– À partir du 1er janvier 1981, les articles sont aussi classés par thématique. Je suis désolée, j'aurais dû y penser avant… J'espère que ça vous facilitera la tâche.

Elle tendit à Margot un nouveau volume, aussi imposant que le premier. Elle le tenait d'une seule main, révélant les muscles de son bras sec comme une brindille.

– Ce volume traite des viols perpétrés dans la région. Ça commence par l'année 1981, fit-elle avant de tourner les talons.

Cette fois, Margot perçut les échos de sa démarche percutante. Elle ferma le volume qu'elle était en train de consulter, posa l'autre par-dessus et entama sa lecture. « *Une jeune fille violée à Auriol* », « *Une jeune femme violée dans la rue à Aix* ». Le style journalistique, factuel, cru, froid, capturait l'inhumanité et la monstruosité des faits à la perfection. Elle lisait les articles dans leur intégralité. Tous. Elle ne pouvait pas les survoler. Ni en laisser un de côté. Impossible. Elle aurait eu l'impression d'ignorer la douleur éternelle de ces femmes.

Soudain, sa bouche devint sèche. Son cœur se mit à cogner si fort qu'il semblait s'agripper à ses côtes comme un animal captif aux barreaux de sa cage.

UNE JEUNE FEMME VIOLÉE
ET LAISSÉE POUR MORTE À TRETS

Une jeune femme de 20 ans a été violée sur la route nationale reliant Peynier à Trets, dans la soirée du 20 mars. Elle a été retrouvée inanimée sur le bord de la route et immédiatement conduite à l'hôpital de Gardanne. Les examens ont mis en évidence des violences sexuelles et physiques très importantes. En état de choc, la jeune femme avait perdu l'usage de la parole et a refusé pendant plusieurs heures d'être approchée par le corps médical. Elle est toujours soignée à l'hôpital de Gardanne pour de multiples blessures, mais ses jours ne sont plus en danger. « *Nous ne nous reposerons pas tant que nous n'aurons pas retrouvé les quatre individus qui ont violé cette jeune femme et l'ont laissée pour morte* », indiquait hier la gendarme Hélène Janson, chargée de l'enquête.

Sylvie Robert

L'estomac de Margot se contracta. Elle sentit la bile remonter, son goût âcre pointer au fond de sa gorge.

Elle plaqua ses paumes sur la table, releva le menton et ferma les yeux. Ouvrit la bouche pour faire glisser de l'air dans ses poumons. Il descendit par saccades, comme si des bouchons lui bloquaient la trachée.

Margot attendit que la nausée s'apaise pour rouvrir les yeux. Puis elle sortit un cahier de sa besace, un stylo, et recopia l'article mot pour mot. Puis elle tourna la page et lut le papier suivant. Et le suivant. Elle dévorait les mots d'un œil avide. Complètement débarrassée de l'angoisse provoquée par l'atrocité des faits. Elle cherchait la suite.

Elle continua à avaler les mots, sans les mastiquer ni les digérer, jusqu'à un article daté du 23 mars 1982, sur « *Une petite fille violée...* ». Plus aucune mention de sa mère ni de ses agresseurs. Encore moins de l'évolution de l'enquête. Rien. Les journalistes, la police, les gens, ils avaient tous oublié cette jeune femme violée, battue et laissée pour morte au bord d'une route, le 20 mars 1981.

Elle se leva, sa chaise grinçant sur le lino, et marcha d'un pas pressé vers la table de travail de Sophie. Elle n'était pas à son poste. Margot balaya la pièce du regard sans repérer la chevelure flamboyante de la jeune archiviste, hésita quelques secondes puis passa derrière le bureau. Elle démarra le navigateur Internet et lança une recherche sur « Sylvie Robert ». Google afficha une série d'entrées associant le nom de la journaliste à celui d'une certaine Andrée Nolan. « *Andrée Nolan et Sylvie Robert, deux femmes pour un nouveau monde* ». « *Andrée Nolan et Sylvie Robert : une tout autre vision de la famille* »… Margot cliqua sur le premier lien, un article d'un quotidien belge.

ANDRÉE NOLAN ET SYLVIE ROBERT,
DEUX FEMMES POUR UN NOUVEAU MONDE

Chaque année la Belgique accueille des centaines de lesbiennes françaises qui se voient refuser l'insémination artificielle dans leur propre pays…

Le cliquetis de la poignée de la porte se fit entendre et Sophie apparut, deux épais dossiers coincés sous le bras.

– Je suis désolée… Je voulais juste rechercher un nom sur Internet… s'excusa Margot.

Deux bons de Zébulon plus tard, Sophie collait son nez à l'écran d'ordinateur.

– Vous cherchez qu…

Elle s'interrompit avec un sourire en coin.

– Hé ben, vous, quand vous y allez, on peut dire que vous y allez !

Margot fronça les sourcils, interdite.

– Vous faites des recherches sur Sylvie Robert ?

Margot acquiesça d'un mouvement de tête.

– Sylvie Robert, c'est la rédactrice en chef. La big boss de *Marseille-Matin*, quoi !

– Il faut que je la voie.

Sophie secoua son visage mutin et quelques mèches rougeâtres atterrirent dans ses yeux. Elle tordit sa bouche et dégagea les cheveux rebelles d'un souffle.

– Vous alors ! Non, là pour le coup, il va vraiment falloir que vous preniez rendez-vous, parce qu'elle ne reçoit pas comme ça, la Robert...

– Vous savez si elle est là aujourd'hui ?

– Aucune idée... répondit Sophie en jetant un coup d'œil à sa montre orange. Mais je peux me renseigner.

– S'il vous plaît. Ce serait... super, si vous pouviez vous renseigner...

Sophie s'empara du combiné mais retint subitement son geste.

– Vous ne voulez pas un verre d'eau ou un truc sucré, avant ? Vous êtes vraiment très pâle...

– Non, ça ira, merci. Juste, si vous pouviez...

– Oui, j'appelle, mais asseyez-vous, s'il vous plaît. Je n'ai pas envie que vous me fassiez une syncope.

Margot tira la chaise vers elle et obéit. Sophie colla le téléphone à son oreille, appuya sur deux touches et attendit, sans la quitter des yeux. Puis, après quelques mots d'introduction, elle formula sa requête. Suivit une série de monosyllabes. Puis elle se tut. Margot entendait la voix étouffée de la personne à l'autre bout du fil.

– Sa secrétaire me demande pour quelle raison vous voulez la rencontrer, expliqua-t-elle en couvrant le combiné.

Le regard de Margot se balada de droite à gauche, comme si elle cherchait une porte de sortie.

– Elle a écrit un article sur le viol de ma mère en 1981. J'aimerais savoir si elle a d'autres informations que celles qui figurent dans cet article.

Sophie se tortilla sur sa chaise tout en répétant l'information fournie par Margot. Elle demeura silencieuse quelques secondes, le temps d'obtenir une réponse.

– 17 heures, ça vous va ?

Margot acquiesça en regardant sa montre. Il était 15 heures. Sophie remercia son interlocutrice et raccrocha.

– Merci, merci infiniment, Sophie. Je n'avais pas vu l'heure... Et merci pour le rendez-vous.

– C'est rien du tout, répondit l'archiviste en balayant l'air de la main.

– Je vais chercher mes affaires et je vous laisse, ajouta Margot en se levant.

– Vous partez ?

Sourcils arqués, Margot mit quelques secondes avant de répondre.

– Ben... vous auriez dû fermer il y a deux heures...

– Non non non. On n'est plus ouvert au public à partir de 13 heures, mais moi je dois rester jusqu'à 17 heures. (Elle s'éclaircit la gorge.) Vous pouvez rester ici jusqu'à votre rendez-vous avec Robert, si vous voulez...

Margot contempla les grands yeux sombres. Ils avaient l'expressivité démesurée des personnages de dessins animés japonais.

– Mais je dois faire d'autres recherches sur Internet, passer des coups de fils et...

– Je n'ai pas besoin de mon ordi, l'interrompit Sophie. Je dois archiver tout ça, ajouta-t-elle en posant la main sur la pile de journaux qui penchait dangereusement sur un coin de sa table.

– Eh bien... d'accord, alors... Merci... C'est très gentil à vous.

– Tenez, mettez-vous à ma place et mangez un peu de ça, commanda l'archiviste en sortant un sachet de crocodiles Haribo de son sac. À mon avis, vous avez une sacrée carence en sucre. Je suis au fond, si vous avez besoin d'un truc.

Margot la remercia d'un sourire – contrepartie bien maigre face à tant d'altruisme, songea-t-elle – et s'installa derrière le bureau.

Ses doigts volèrent sur le clavier. Elle ouvrit une nouvelle page Google, tapa « gendarmerie nationale », puis cliqua sur le troisième résultat : « trouver ma gendarmerie ». Zut. Elle avait besoin des codes postaux. Elle les trouva en quelques clics, revint sur sa précédente recherche, et renseigna les champs obligatoires pour obtenir les coordonnées des gendarmeries de Trets et de Gardanne. Elle nota les numéros sur le bloc de Post-it et sortit son portable de sa poche.

– *Gendarmerie nationale, j'écoute.*

– Bonjour, monsieur, je cherche un gendarme qui travaillait dans votre gendarmerie en 1981.

– *1981 ? Houlà...*

– Elle s'appelle Hélène Janson.

– *Et pourquoi vous recherchez cette personne ?*

– Elle a enquêté à cette époque sur un crime. Un viol.

– *Vous êtes journaliste ?*

Margot n'avait pas envie du silence gêné, de l'empathie embarrassante. Elle en avait eu assez aujourd'hui.

– Oui.

– *Bon... Donnez-moi votre numéro. Je vais me renseigner et quelqu'un vous rappellera.*

Son correspondant nota ses coordonnées, Margot raccrocha, puis appela la gendarmerie de Gardanne. Et, là aussi, elle devint journaliste, comme par magie.

*

– Installons-nous ici, proposa Sylvie Robert en désignant la table de conférence ovale, face à son bureau.

La rédactrice en chef se dirigea vers la fontaine à eau, remplit un verre, le déposa devant Margot et prit place en face d'elle. Elle empila quelques journaux et des feuilles noircies d'une écriture longue et sèche, les poussa sur le côté, et plaqua ses avant-bras sur la table, les mains l'une sur l'autre. Son regard ébène scrutait Margot. Un captivant mélange d'autorité et d'intensité.

– Merci d'avoir accepté de me recevoir, madame Robert.

Les fines lèvres maquillées de rouge de la rédactrice en chef s'étirèrent en un sourire placide.

– Je vous en prie. Que puis-je faire pour vous ?

– Ma mère, Christiane Bellaud, a été victime d'un viol en mars 1981. Je suis à la recherche d'informations concernant ce... cet événement. Vous aviez couvert l'affaire, je crois ?

Sylvie Robert pencha légèrement la tête de côté et son carré noir de jais balaya le col de sa chemise.

– En effet. Ma secrétaire m'a fait remonter le dossier. Votre mère s'appelait Christiane Langer à l'époque.

Les sourcils de Margot s'arquèrent. Sa mère n'avait jamais été mariée. Elle avait donc changé de nom ?

– Qu'est-ce que vous voulez savoir, madame Belaud ?

– Ce que vous savez. Ce que vous avez vu. Appris.

La rédactrice en chef s'adossa au fauteuil, le cuir couina.

– J'étais pigiste pour *La Dépêche provençale*. Le journaliste responsable des faits divers m'avait envoyée à l'hôpital de Gardanne pour en savoir un peu plus sur cette affaire. Un de ses informateurs l'avait contacté, en pleine nuit : il ne voulait pas se déplacer.

Elle croisa les bras devant sa poitrine et se mit à se masser le coude droit du bout des doigts. Son regard bascula sur la table. Elle semblait scruter chaque imperfection, chaque éraflure, chaque marque de stylo sur le mélaminé.

– Lorsque je suis arrivée à l'hôpital, votre mère était seule. Elle n'avait pas voulu que les médecins ou la gendarmerie préviennent ses parents. Vos grands-parents...

Les yeux de Sylvie Robert s'agrandirent. Ils ne lâchaient pas la table, comme happés par le passé. Ils ressemblaient à deux tunnels sombres creusés dans la mémoire. Dans ce regard écarquillé, défrichant les souvenirs, Margot vit une jeune fille au corps abîmé.

Un corps abîmé, meurtri, dans une chemise trop large. Le drap qui remonte jusque sous les aisselles. Les bras recouverts d'entailles et d'ecchymoses marbrées. La porte entrouverte. La journaliste qui frappe deux coups timides. Pas de réponse. Elle se présente. La jeune fille la regarde. Avec son visage tuméfié, ravagé. Avec ses yeux que l'horreur a rendu vides. Puis elle tourne la tête. La journaliste fait quelques pas, répète son nom. Les yeux de la jeune fille restent rivés au plafond. Des larmes glissent sur ses joues et s'écrasent sur l'oreiller.

– Je ne voulais pas l'apeurer. Elle était en état de choc, elle n'avait pas dit un mot depuis son admission et refusait toute médication. Elle refusait également d'être approchée par le personnel médical masculin...

Margot imagina les hurlements rauques, les plaintes animales. Le regard saturé de panique.

– Je me suis donc assise et je suis restée là, dans sa chambre, à côté d'elle.

– Elle vous a parlé ? Elle vous a dit quelque chose concernant ses agresseurs ?

– Elle a juste dit : « Je ne peux plus rentrer à la maison maintenant. »

Sylvie Robert se mit à balayer la table de la main, comme pour effacer ces souvenirs toxiques.

– Tout ça parce qu'un groupe de jeunes roulait des mécaniques dans une bagnole pourrie...

Elle secoua la tête. Sa main continuait son va-et-vient sur la table.

– Et dire que votre mère voulait simplement défendre une autre jeune femme qui se faisait molester…

Sa poitrine se souleva. Elle inspira puis souffla. Une expiration bruyante, à la manière d'une femme enceinte chassant une contraction.

– Et est-ce qu'elle se souvenait du visage des agresseurs, ou de quelque chose ? demanda Margot.

– La jeune fille que votre mère a sauvée ?

Margot acquiesça d'un mouvement de tête.

– Rien qui n'ait pu aider les enquêteurs à les identifier, non.

– Vous vous souvenez de son nom ?

Le front de Sylvie Robert se plissa. Elle le massa du bout des doigts.

– Non… Mais je ne l'ai jamais rencontrée. Je n'ai fait que lire sa déposition.

– Et la personne qui a récupéré ma mère sur le bord de la route, vous savez qui c'est ?

– Aucune idée.

– Auriez-vous, par hasard, découvert des éléments qui n'apparaissent pas dans votre article ?

– Mon implication dans cette enquête a été de très courte durée… Quelques jours après l'agression de votre mère, une série de règlements de compte a débuté à Marseille, et j'ai travaillé exclusivement sur ces meurtres. J'étais la petite nouvelle à *La Dépêche provençale*, et bien loin de choisir les affaires sur lesquelles je devais écrire, croyez-moi... mon article contenait tout ce que j'avais pu découvrir, ce qui se résumait, pour être honnête, à pas grand-chose...

Margot sentit la déception lui nouer les entrailles.

– Je suis désolée, je n'ai guère d'informations à vous fournir... Comment va votre mère ?

Margot ferma les yeux un instant.

– Elle est décédée.

Elle n'avait pas articulé ces mots ; ils s'étaient échappés de sa bouche, en un souffle, comme si son cœur avait pris le pas sur sa raison. « *Elle est décédée.* » Les prononcer, c'était revoir ce couvercle se refermer sur sa mère.

– Je suis sincèrement désolée, madame Bellaud, toutes mes condoléances.

Un silence aussi oppressant qu'un ciel orageux s'installa dans le bureau. Sylvie Robert jouait avec sa montre, la faisant tourner autour de son poignet. Elle ne lâchait pas Margot des yeux. Ses lèvres fardées frémirent plusieurs fois, mais elle ne dit rien.

L'atmosphère devint étouffante. Margot devait à tout prix sortir de là. Elle se leva et tendit la main à son hôtesse. Sylvie Robert la lui serra brièvement, mais fermement. Margot glissa sa besace sur son épaule. Elle se dirigeait vers la porte, lorsqu'elle comprit qu'elle avait oublié quelque chose. Elle fit volte-face. Surprise, la rédactrice en chef eut un mouvement de recul.

– Sauriez-vous où ma mère travaillait à l'époque ?

Retrouvant sa consistance, Sylvie Robert arrangea son carré en lissant quelques mèches entre son index et son majeur.

– À Peynier, à l'épicerie de la rue principale.

4

Margot aurait aimé se rendre à Peynier tout de suite après son tête-à-tête avec Sylvie Robert. Mais à partir de 18 heures, une procession de voitures agglutinées pare-chocs contre pare-chocs envahissait les rues de Marseille dans une cacophonie de klaxons ; elle serait arrivée bien après la fermeture des magasins. Margot était donc docilement rentrée chez elle, s'était forcée à avaler le dîner – salade de tomates, farfalle au beurre, à même la casserole – et s'était couchée. Elle avait dormi d'un sommeil profond, dépouillé de rêves, mais qui l'avait laissée exténuée, le corps noué et douloureux. Après une douche revigorante et un café serré, elle avait sauté dans sa voiture et, à 7 heures, elle s'engageait sur l'A8.

Vingt minutes plus tard, elle se garait dans Peynier. Le soleil perçait à peine dans un ciel moutonneux. La brume matinale s'effilochait encore comme de longs morceaux de coton en lévitation au-dessus de la campagne. Margot avait presque une heure devant elle avant l'ouverture des magasins. Autant se balader dans ce village qu'elle ne connaissait pas. Ce village où sa mère passait toutes ses journées.

Elle remonta à pied l'avenue Saint-Éloi, puis tourna à gauche en suivant les indications vers le centre historique. Elle flâna dans le dédale de venelles au charme médiéval, détaillant les pavés irréguliers polis par les siècles, contemplant les murs massifs, solides comme des châteaux forts, et les portes de bois peint dont les encadrements semblaient ignorer le passage du temps.

Elle venait de prendre sur sa droite lorsqu'elle entendit un chuintement. Un bruit semblable à celui d'une semelle de gomme dérapant sur une pierre. Elle s'arrêta net.

Non, mais n'importe quoi. Mon cerveau fait vraiment des bulles. Allez, on se calme... Ça doit tout simplement être quelqu'un qui marche, lui aussi, dans le coin.

Un craquement sec. Comme une branche brisée sous des pas. Un frisson parcourut l'échine de Margot et elle se retourna. La ruelle était vide.

C'est quoi c'te...

Elle accéléra le pas. Le chuintement devint un frottement. Elle se mit à courir, collant sa besace contre son ventre, son cœur cognant avec le désespoir d'un condamné.

Comment je sors de là ?

L'air qu'elle avalait restait tassé au fond de sa gorge. Son souffle se fit saccadé.

Cours. Cours, c'est tout. Put…

Elle déboucha sur une large avenue. Un enfant pleurait. Une dame marchait, son portable collé à l'oreille. Il y avait du monde. Margot pila. Se retourna. Personne derrière elle. Elle attendit quelques secondes. Non, personne.

C'est bon. Caaaalme, maintenant. Respire…

Elle se cambra, pencha la tête en arrière, ouvrit la bouche et y fit glisser une goulée d'air. Elle ferma les yeux. Ses poumons se gonflèrent. Elle expira, rouvrit ses yeux. Un drapeau tricolore flottait à un balcon – l'Hôtel de ville, certainement. Elle aperçut un bar et une boulangerie sur le même trottoir ; en face, une épicerie et un banc.

Sa respiration avait retrouvé sa cadence normale. Margot ne sentait pas la brûlure de l'effort dans ses jambes. Pourtant son corps, comme vidé de toute énergie, ne répondait plus. Elle se traîna jusqu'au banc et s'y laissa tomber. Son dos claqua contre les lattes de bois.

Bon sang, mais qu'est-ce que je fous là ? Qu'est-ce que je m'imagine, hein ? Que les commerces n'ont pas changé en trente ans ? Que les gens vont se rappeler une jeunette qui travaillait au village dans les années 1980 ? Mais dans quoi je me suis embarquée ?

Elle se pencha en avant en se mordant les lèvres pour refouler ses larmes. La frustration lui serrait le crâne comme un étau et lui desséchait la bouche. Margot ouvrit son sac, y fouilla d'une main molle. Elle attrapa la bouteille d'eau, dévissa le bouchon et en avala d'un trait le demi-litre. Son estomac grogna de mécontentement. Elle replongea le bras dans sa besace, en explora les recoins. Elle n'avait rien emporté. Rien, et elle avait besoin de manger quelque chose.

Quatre personnes faisaient la queue à la boulangerie. La vendeuse appelait chaque client par son nom, en demandant d'une voix gorgée de soleil : « *Comme d'habitude ?* » Margot en profita pour faire son choix. Elle commanda un pain au raisin et une bouteille d'eau. Elle paya, sortit, mais revint sur ses pas. La jeune vendeuse triturait sa longue natte rabattue sur son décolleté. Elle s'illumina en reconnaissant Margot.

– Vous avez oublié votre pain, hè ? Je voulais pas vous forcer la main, mais bon, je me disais aussi...

Margot n'osa pas la contrarier.

– Oui... une baguette, s'il vous plaît.

– Voilà. Autre chose ?

Margot hésita.

– Je… je fais des recherches sur un drame qui a eu lieu pas loin d'ici il y a trente ans. La victime travaillait à Peynier…

– Ah mais oui ! Je savais bien ! Vous êtes trop classe pour quelqu'un du coin, vous ! ajouta-t-elle en agitant l'index comme un métronome. C'est pour la télé ?

– Pardon ?

– C'est pour une émission télé, votre truc, là, votre recherche ? Attendez, attendez, bougez pas, fit-elle en brassant l'air. M'AN ! M'AAAAN !!!

Sa voix crissait comme un bâton de craie sur un tableau noir. Margot plissa instinctivement les paupières.

– Je t'ai déjà dit d'arrêter de gueuler comme un veau, Marjorie ! QU'EST-C'Y A ENCORE ?

Une femme aux cheveux jaune vif coupés court, le visage sec et vierge de tout maquillage, apparut en s'essuyant les mains sur son tablier. Marjorie se mit à parler frénétiquement en sautillant, sa tresse battant la mesure sur son sein.

– La dame elle est de la télé et elle enquête sur un meurtre qui s'est passé y a longtemps, et la fille qui s'est faite zigouiller, elle travaillait ici !!!

La dame ouvrit des yeux immenses. Margot secoua la tête en souriant.

– Je suis désolée, on s'est mal comprises. Je...

– Mais il n'y a jamais eu de meurtre, ici ! Qu'est-ce que c'est que vous racontez ?!

– Je...

– Y a eu qu'un viol, et c'est déjà bien suffisant !

– Un viol ?

– Voui... Un truc atroce, d'ailleurs...

– Vous vous en souvenez ?

– Un peu que je m'en souviens ! C'était y a trente ans. Peuchère, cette fille... Rien que d'y penser, ça me donne la nausée, dites. Elle travaillait chez Annie et Jacques, en face...

– En face ?

La boulangère tendit le bras en désignant l'autre côté de l'avenue.

– Voui, à l'épicerie. Enfin, maintenant y font tabac et presse aussi. Depuis que...

– Vous savez quoi sur cette histoire ? l'interrompit Margot.

– Eh ben... je sais qu'ils ont fait leur affaire, ces sagouins, et qu'ils l'ont laissée pour morte. Ils les ont jamais retrouvés, d'ailleurs, ces salopards...

– Et ces... euh... Annie et Jacques, vous n'auriez pas leurs coordonnées, par hasard ?

– Vous leur tournez le dos : c'est toujours eux qui tiennent l'épicerie.

Sans laisser à Marjorie le temps de la questionner davantage, Margot les remercia et traversa la rue en un éclair.

Elle poussa la porte vitrée de la supérette, libérant un tintement cristallin. Sur la gauche, perchée sur un escabeau, une dame arrangeait des boîtes de conserve. Une paire de mollets musclés et élancés dépassait de sa jupe bleu marine, contredisant l'âge suggéré par son chignon blanc. Margot lança un bonjour sonore.

– J'arrive, une minute !

La voix était rêche, le ton impatient. La femme descendit de son escabeau avec agilité et passa derrière le comptoir. Un visage sillonné de rides, un regard franc.

– Qu'est-ce je peux faire pour vous, mademoiselle ?

Margot s'éclaircit la gorge.

– Vous êtes… Annie ?

Les yeux de la vendeuse s'étrécirent en deux fentes brûlantes de curiosité.

– Oui…

Le regard de Margot vola de la lessive aux paquets de biscuits, en passant par la large collection de pots de confiture. Elle ne savait vraiment pas comment présenter la chose.

La franchise, la meilleure des stratégies, non ?

– Bonjour, je suis Margot Bellaud, la fille de Christiane Bellaud, pardon, de Christiane Langer, elle trav…

– Je sais très bien qui est Christiane, répondit Annie en pianotant sur le comptoir de ses doigts osseux.

Les lèvres de Margot s'agitèrent en silence. La vieille femme l'observa quelques instants sans rien dire.

– Bon, ça vous dirait, un café au soleil ?

Margot acquiesça d'un mouvement de la tête. Annie disparut dans l'arrière-boutique, revint avec deux tasses de café.

– Venez, on va dehors.

Elles s'installèrent sur le banc, devant la vitrine.

– J'ai pensé que vous ne prendriez pas de sucre : vous êtes maigre comme un estoquefiche, dit Annie en lui tendant une tasse.

Margot la prit en refoulant un sourire.

Annie tourna sa cuillère bruyamment, la fit tinter à trois reprises sur le bord de sa tasse avant de la reposer dans la soucoupe et trempa les lèvres dans le breuvage brûlant. Margot avala une gorgée de café. Corsé à souhait, avec un arôme de caramel.

– Vous êtes à la recherche de votre mère ? demanda Annie en se calant contre le banc.

– Non… Elle est décédée…

– Vous voulez quoi, alors ? s'étonna Annie en plaçant sa main en visière sur son front pour se protéger du soleil matinal.

La question, revêche, écorcha Margot, qui réprima une terrible envie de crier. Annie savourait son café par petites gorgées, avec un léger bruit d'aspiration ; le liquide semblait frétiller entre ses lèvres.

– Je voudrais en savoir plus sur son viol.

Annie posa sa tasse en équilibre fragile sur ses genoux.

– Vous revoulez une larmette de café ?

Margot fit non de la tête. Annie n'ajouta rien, comme absorbée par la contemplation des grains de sucre en train de fondre sur la soucoupe dans le liquide brun.

– On s'asseyait souvent ici avec Christiane, quand on avait un creux dans la journée. Je buvais un café ; elle, un café au lait. On allait se prendre un petit quéquechose à la boulange, en face. Votre mère, elle aimait les navettes à la fleur d'oranger. Faut dire qu'y les font bien, en face, les navettes... Elle était pas bavarde, alors c'est moi qui faisais la tchatche. Les garçons la regardaient comme un ange tombé du ciel. Normal, elle était sacrément belle... C'est pour ça que j'aimais pas qu'elle fasse la fermeture toute seule. C'était pas arrivé souvent, d'ailleurs. Deux fois, je crois. J'aimais pas ça, parce qu'après elle devait rentrer à pied, et j'étais pas rassurée. Mais ce jour-là j'étais malade, et Jacques, mon mari, y s'occupait de sa mère...

Elle s'interrompit et secoua la tête.

– Bon Dieu, c'était terrible... Terrible, quand on est allés la voir à l'hôpital. Elle parlait pas. Elle avait les yeux écarquillés comme deux grosses billes, et pourtant elle nous a même pas jeté un regard. Comme si on n'était pas là. Comme si elle se rendait pas compte qu'on était là... Après ce jour-là, je l'ai plus revue. Elle est jamais revenue travailler. Elle a disparu de la circulation. Ses parents aussi ont pris la poudre d'escampette. Ils ont déménagé de Trets, du jour au lendemain. Ma foi, allez savoir... Ça m'étonne pas que la petite Mérina elle a fait une dépression après cette histoire...

– Mérina ?

– Lucie Mérina, elle s'appelait. Elle travaillait à la boucherie de ses parents, au bout de l'avenue, là-bas, fit Annie en montrant du doigt un immeuble sur la droite. Maintenant, y z'en ont fait un appartement. Elle s'est mariée avec un gars du coin qui s'appelait Defaisse. Defaisse, vous vous imaginez ! Du coup, elle a gardé son nom de jeune fille et elle lui a même collé à lui...

– Quel rapport avec l'agression de ma mère ?

– Qui ? La petite Mérina ?

Margot acquiesça.

– C'est elle que votre mère a sauvée. Si Christiane était pas intervenue, c'est la petite Mérina qu'y z'auraient massacrée… Elle en a eu du courage, Christiane, va, même si ça l'a pas trop réussi de jouer aux héroïnes…

« *Jouer* aux héroïnes. » L'expression grinça aux oreilles de Margot. Il n'y avait absolument rien de ludique dans ce viol. En tout cas, pas pour sa mère.

– Ils habitent toujours dans le coin, la famille Mérina ?

– Ma foi, aucune idée. La boucherie qui z'avaient à Peynier a fermé y a dix ans de ça. À l'époque, y devaient en ouvrir une à Fuveau, mais bon, je sais pas s'ils l'ont vraiment fait ou pas…

– Et les violeurs ? Vous… vous savez quelque chose sur eux ?

Annie entreprit d'écraser quelques grains de sucre sous sa tasse, provoquant un crissement horripilant.

– Aucune idée. Tout le monde se demandait, mais personne savait. Et je crois pas qu'y les ont attrapés au bout du compte.

Deux adolescents, cheveux devant les yeux et dos courbé sous le poids de leur sac à dos, pénètrent dans le magasin. Annie se leva.

– Bon, le devoir m'appelle. Venez avec moi, je vais vous donner un sachet de l'épicerie : y a le numéro de téléphone dessus. On sait jamais, si vous avez besoin de quéquechose...

Elle jeta un coup d'œil méfiant aux deux jeunes plantés devant le rayon des sodas, puis passa derrière le comptoir.

Toi aussi, tu devais t'affairer derrière ce comptoir, maman. Aller prendre ton casse-croûte à la boulangerie en face. T'asseoir au soleil pour le déguster.

– Tenez.

Margot saisit le sac en plastique qu'Annie lui tendait et le fourra dans sa besace.

– Je me faisais du souci pour elle, après ce qui lui était arrivé, mais elle s'est bien débrouillée comme tout, votre mère : elle a fait une belle enfant et elle l'a bien éduquée. Elle doit vous regarder de là-haut et être fière comme un paon.

C'est le mal qui m'a enfantée. Il n'y a rien de beau là-dedans.

La vieille dame lui tendit une main parcheminée et retint celle de Margot dans une poignée chaude et prolongée.

Dix minutes plus tard, la boule au ventre, Margot roulait en direction d'Aix. La route défilait sous ses yeux, elle suivait ses courbes et ses lignes droites, mais elle ne parvenait pas à détacher ses pensées de cette fille. Cette Lucie Mérina.

Si tu n'avais pas essayé de défendre cette fille, maman, ta vie en aurait été changée. Une autre femme aurait subi le viol, les violences. Et je n'existerais pas...

Elle se figea. Elle venait d'entendre un bruit à l'arrière. Comme une fermeture Éclair que l'on zippe d'un geste sec. Elle tourna la tête et aperçut son sac qui gisait sur le tapis de sol.

Et merde...

Elle reporta son regard sur la route. Son corps fut aussitôt propulsé en avant et une douleur cinglante lui barra le buste. Les images défilèrent devant ses yeux avec une rapidité affolante. Puis plus rien. Le noir. Le noir absolu.

*

Son champ de vision était tronqué. Une lumière blanche l'aveuglait, l'obligeant à cligner des yeux. Deux visages se penchaient au-dessus d'elle. Deux visages ronds, aux étranges proportions. Comme si elle les observait à travers un judas. Leurs lèvres bougeaient, mais aucun son ne lui parvenait.

J'ai soif.

Elle déglutit. Sa bouche était sèche, sa langue épaisse. Un goût douceâtre et métallique lui collait au palais. Les voix étouffées montèrent crescendo. Un brouhaha, c'était tout ce qu'elle entendait. Et sa nuque tirait comme si on essayait de la détacher de son corps.

Où je suis ? Qu'est-ce qui m'arrive ? Qu'est-ce qui m'est arrivé ?

Ses questions ne passaient pas le barrage de ses lèvres. Les mots se bousculaient dans sa bouche sans trouver leur chemin. Elle était tellement fatiguée… Margot ferma les yeux. Son corps devint si lourd qu'elle se sentit tomber. Elle tendit la main et l'ouvrit comme un soleil. Une paume la saisit. Une paume chaude et douce, des doigts longs et fins. Une étreinte familière.

Maman ? Maman, c'est toi ? Oui… c'est maman… Elle se tient debout devant moi. Elle colle nos deux mains entrelacées contre son cœur. Ses cheveux sont relevés. Des mèches ondulées s'échappent de sa coiffure. Elle porte sa robe de chambre beige matelassée, celle qu'elle avait à la maternité quand je suis née. Celle dans laquelle elle m'enveloppait lorsque j'étais bébé. Son regard est brouillé par les larmes.

– Qu'est-ce qu'il y a, maman ?

– Margot ?

– Oui, maman.

– Margot ?

Elle presse ma main deux fois d'affilée. « Je t'aime », ça veut dire.

– Margot ?

– *Ta voix est toute bizarre, maman...*

– Margot ? Vous m'entendez ?

Margot ouvrit les yeux et tendit le bras pour rattraper sa mère qui s'échappait. Un homme se tenait debout, à son chevet. Margot regarda autour d'elle. Murs jaunes défraîchis. Large porte blanche.

– Margot ? Vous m'entendez ?

L'homme, en blouse et pantalon blancs, lui parlait.

– Je suis où ? demanda-t-elle sans reconnaître sa voix.

– À l'hôpital.

– Quel hôpital ?

– À Gardanne. Comment vous sentez-vous ?

– J'ai soif...

L'infirmier prit un verre d'eau sur la table de nuit et y plongea une paille. Margot en coinça l'extrémité entre ses lèvres et aspira goulûment le contenu. L'eau avait un effet de miel, adoucissant les parois de sa gorge, si desséchées qu'elles en devenaient douloureuses.

– Pourquoi je suis là ? demanda-t-elle en repoussant la paille du bout des lèvres.

– Vous avez eu un accident de voiture, répondit l'infirmier en remplissant le verre. Vous en voulez encore ?

Elle fit non de la tête.

– Qu'est-ce que j'ai ?

Le visage de l'homme se détendit.

– Rien de cassé. Tout fonctionne. Plus de peur que de mal, fit-il en souriant. Vous entrez dans la catégorie des warriors, mademoiselle Bellaud.

– Quand est-ce que je peux sortir ?

Il rit franchement.

– Quand vous ne parlerez plus comme si vous veniez de vous enfiler une bouteille de whisky.

L'estomac de Margot se contracta.

Je veux sortir. Je ne peux pas rester ici.

– Quand ?

– Je vous assure qu'on les bichonne, nos patients. Pourquoi êtes-vous aussi pressée de nous quitter ? Vous êtes allergique aux hôpitaux, ou quoi ?

– Je veux rentrer chez moi, répondit Margot en essayant de se relever.

Elle étouffa un grognement.

– Vous comprenez maintenant ce que je veux dire ? Attendez, ne bougez pas.

L'infirmier se pencha, saisit la télécommande reliée au lit par un cordon de plastique torsadé et la lui donna.

– Vous appuyez là pour…

– C'est bon, je sais comment ça marche.

– Hou… mais c'est qu'on a mauvais caractère !

Margot lui lança un regard chargé de fureur adolescente.

– Bon, je vois que vous allez mieux, fit l'homme sans se départir de son sourire. Je vais vous laisser vous reposer. On va vous apporter un...

La porte de la chambre s'ouvrit brusquement. Un courant d'air, digne d'une bourrasque de mistral, gonfla le drap de Margot comme une voile au vent.

– Ma chérie belle !

Alice se rua dans la chambre au chevet de son amie, ses talons martelant le sol en Gerflex. Elle entoura le visage de Margot de ses paumes et l'embrassa délicatement sur le front. Rougis par l'angoisse et la peur, ses yeux lançaient à l'homme en blanc un regard désespéré.

– Docteur, comment elle va ?

– Je ne suis qu'infirmier, le docteur passera plus tard. Elle va bien, ne vous faites pas de souci.

Alice poussa un soupir sonore.

– Elle aura quelques ecchymoses, rien de plus. Par contre, il faut absolument que mademoiselle Bellaud s'alimente. Je lui disais, quand vous êtes arrivée, qu'on va lui apporter un plateau-repas. Il faut vraiment qu'elle lèche son assiette, précisa-t-il avec la sévérité d'un maître d'école. Vous boudez la nourriture depuis un peu trop longtemps, Margot.

– Elle peut sortir quand ? demanda Alice.

– Nous la gardons en observation pour la nuit. Elle a fait plusieurs malaises, il faut se montrer prudent, c'est tout.

L'infirmier contourna le lit et sortit de la chambre. Alice prit la main de Margot et la serra entre les siennes. Margot sentit tout l'amour de son amie, concentré dans cette étreinte.

– Ma chérie belle... Tu souffres pas trop ?

– Mon corps est tout endolori. J'ai mal partout... Mais t'as entendu, rien de grave.

Alice posa le revers de sa main sur la joue de Margot et sourit. Un sourire écorché par l'inquiétude. L'inquiétude, aussi tenace qu'une vieille tache.

– Tu te souviens de ce qui s'est passé, ma chérie ? De l'accident ?

Des sillons creusèrent le front de Margot.

– Je... je conduisais... puis... j'ai entendu un bruit... derrière... Je me suis retournée et... C'est là que la collision a dû avoir lieu, je pense. J'ai percuté quoi ? Tu sais ?

– Une voiture t'est rentrée dedans, apparemment. Mais quand les secours sont arrivés, il n'y avait que la tienne sur les lieux de l'accident.

Margot posa sa main sur celle d'Alice.

– Eh, ne te fais pas de bile. Comme a dit l'infirmier, je suis une warrior !

Alice éclata d'un rire forcé.

– Comment ça se fait que tu sois là, d'ailleurs ? reprit Margot. Qui t'a prévenue ?

Son amie esquissa un sourire las.

– Tu te souviens quand tu te foutais de moi parce que je voulais que tu rajoutes « ICE » à côté d'Alice, dans le répertoire de ton portable ? Eh ben voilà madame, à quoi ça sert ! « *In case of emergency* », c'est moi qu'ils ont appelée !

Elle se mordilla les lèvres en lissant le drap de Margot.

– Bon, je vais aller chercher des affaires. Je suis de retour dans une heure, OK ?

– Chercher des affaires ? Pour quoi faire ?

Les yeux d'Alice s'arrondirent.

– Ben, pour passer la nuit avec toi, bourrique !

– Il n'est pas question que tu passes la nuit ici ! rétorqua Margot en secouant la tête.

– Je ne veux...

– Alice, arrête. Vraiment, ça va, je t'assure. Et puis, qu'est-ce qui peut m'arriver, ici, hein ?

Alice dandina la tête de gauche à droite, les yeux brillants de malice.

– Ah... Je vooooois ! Madame veut se garder le bel infirmier rien que pour elle, c'est ça ? Eh ben, t'es pas partageuse, toi !

Margot rit de bon cœur.

Alice la regarda droit dans les yeux, jaugeant son état, cherchant la moindre trace d'hésitation. Ses bras balayèrent l'air en signe de reddition.

– OK, bon, d'accord. Je te laisse jouer au docteur avec le bel infirmier. Mais appelle-moi s'il y a quoi que ce soit.

Elle claqua deux baisers sonnants sur le front de son amie et referma la porte derrière elle.

Margot laissa échapper un soupir saccadé.

Qu'on arrive à demain matin... et vite...

*

La douleur l'avait réveillée. Elle montait tout doucement, comme la marée. Quelle que soit sa position, Margot souffrait, à croire qu'un énorme hématome recouvrait la totalité de son corps. Pourtant, l'accident avait laissé peu de marques. Les élancements et les tiraillements qu'elle ressentait étaient dus à la contraction extrême de ses muscles durant la collision. Le médecin le lui avait expliqué quelques heures plus tôt.

La collision. Qu'est-ce qu'il s'est passé ? Et pourquoi la voiture qui m'a percutée a-t-elle disparu ? Et si c'était la personne qui m'a suivie dans Peynier ?

Elle attrapa son portable. 2 heures 10. Il fallait à tout prix qu'elle dorme. Elle ne pouvait pas racler les tréfonds de son âme toute la nuit. La nuit torturait ses pensées, transformant les questions en tourmentes, les craintes en angoisses, les conflits en guerres.

Bon, faut vraiment que j'arrête avec mes scénarios de complot. Je ne m'aide pas...

Elle se tourna sur le flanc, replia les jambes en chien de fusil et arrondit le dos afin de détendre sa colonne vertébrale ; elle eut l'impression de tirer sur un vieil élastique prêt à lui claquer entre les doigts.

Bon sang... J'arriverai jamais à fermer l'œil.

Gabriel avait laissé la sonnette à côté de son oreiller. Gabriel, l'infirmier de garde. Celui qui était là à son réveil. Il était déjà passé la voir plusieurs fois, affichant la même bonne humeur à chaque visite.

Elle tendit le bras, attrapa le boîtier et appuya sur le bouton. Une minute plus tard, on poussa la porte avec énergie. On appuya sur l'interrupteur. Margot plissa les paupières sous la lumière crue. Lorsqu'elle les rouvrit, Gabriel s'approchait du lit.

– Vous avez mal ?

Margot hocha la tête.

Il jeta un coup d'œil sur la table de chevet.

– Je reviens tout de suite.

Il fut de retour dans la chambre une trentaine de secondes plus tard, une boîte cartonnée rouge et blanc à la main. Il en sortit une plaquette dont il libéra un comprimé, qu'il tendit à Margot avec un verre d'eau. Elle prit appui sur son coude, ce qui déclencha immédiatement une douleur intense dans ses côtes. Elle grimaça.

– Si vous utilisiez la télécommande, le lit se redresserait tout seul, vous savez.

Margot planta son regard dans le sien. Gabriel y lut la frustration commune à beaucoup de malades : la colère face au corps qui abandonne.

Elle ignora la télécommande, se redressa avec la lenteur calculée d'un maître de tai-chi, puis, une fois assise, avala le médicament avec une grande gorgée d'eau. Comme réveillé par la lampée, son estomac se mit à gargouiller haut et fort.

– Vous avez faim ?

– Un peu… admit-elle en penchant la tête sur le côté.

L'infirmier ressortit et revint avec un plateau garni de deux petits pains, deux portions d'emmental, une compote avec sa cuillère et deux madeleines. Il avança la tablette pour que Margot puisse s'y appuyer et y déposa le plateau.

– Merci beaucoup.

Oubliant complètement la présence de Gabriel, Margot se mit à manger avec l'appétit d'un enfant dévorant son gâteau favori.

– Vous voulez que j'aille vous chercher autre chose ?

La bouche pleine, Margot se contenta de secouer la tête. Elle avala presque tout rond la dernière madeleine.

– Non, merci… Je crois que ça va aller.

Gabriel repoussa la tablette contre le mur. Margot s'allongea avec d'infinies précautions, puis fit remonter le dossier de son lit à l'aide de la télécommande.

– Ça fait un moment que je ne mange pas trop, avoua-t-elle en tournant la tête vers la fenêtre.

Des points jaunes luisaient dans le ciel d'un noir d'encre.

– En fait, j'oublie de manger.

Gabriel s'adossa au mur, face au lit.

– Trop de stress au travail ?

– Non, non, j'ai de la chance de ce côté-là…

– Vous faites quoi dans la vie ?

– Avec Alice, mon amie que vous avez vue tout à l'heure, nous avons monté un commerce en ligne de prêt-à-porter féminin.

– Vous êtes chef d'entreprise et votre travail ne vous stresse pas ?

– C'était le cas au début. Maintenant, je dirais qu'il y a des périodes de rush, mais du stress, non.

Margot tendit la main vers la table de chevet. Une douleur lui électrisa le flanc. Elle ferma les yeux et se mordit les lèvres.

– Je ne comprends pas pourquoi je souffre tant. Vous êtes sûr que je n'ai rien de cassé ou de foulé ? demanda-t-elle après avoir avalé un peu d'eau.

– Certain. Vous souffrez parce que votre corps est en train de libérer toute la tension et le stress accumulés.

Il la fixait de ses yeux sombres comme la nuit. Ses cheveux bruns, légèrement ondulés, apportaient une touche romantique à son visage anguleux.

– Je viens de perdre ma mère.

L'inconscient de Margot avait propulsé cette phrase hors de son cœur. Puis hors de sa bouche.

J'ai pas dit ça tout haut quand même ?

– Je suis désolé.

Ben si, je l'ai dit.

Elle baissa les yeux. Son regard se posa sur ses mains. Son pouce droit caressait les ongles de sa main gauche. L'envie de continuer, de parler, de tout déballer devint irrépressible.

– Elle est morte à l'hôpital...

Les relents entêtants du désinfectant et le parfum âcre de la maladie lui remontèrent dans les narines. L'odeur triste des hôpitaux, tatouée dans sa mémoire.

– D'un cancer foudroyant...

Elle s'interrompit. Elle jonglait mentalement avec les souvenirs, les sensations, pour essayer de les mettre en forme. En forme de mots.

– Son absence... C'est terrible. C'est comme si je tombais à chaque pas, comme si je n'arrivais plus à me tenir droite.

Elle secoua la tête, soupira de chagrin.

– C'est quelque chose qu'on n'envisage pas. On n'envisage pas le fait qu'un jour, il faut mettre un point final à l'existence de sa mère. Du moins, moi, je ne l'avais jamais envisagé. Je devais la croire immortelle. C'est ridicule, quand j'y pense, à mon âge... Mais, je sais pas... Elle était mon point d'ancrage...

Prisonniers depuis trop longtemps, les mots volaient maintenant, bourdonnant comme une nuée d'abeilles affolées. Margot reposa la tête sur l'oreiller. Gabriel s'approcha et la couvrit de la fine couverture posée au pied du lit.

– Vous ne voulez pas que je baisse le matelas ?

Elle acquiesça, ses lèvres étirées en un sourire las. Sa respiration s'apaisa, ses membres devinrent lourds.

– Vous devriez vous reposer un peu maintenant, suggéra l'infirmier.

– Oui, d'accord...

Lorsqu'il referma la porte, Margot dormait déjà.

*

Bon sang, c'que j'ai faim...

L'odeur de beurre frit eut l'effet d'un gong : Margot tourna la tête et découvrit l'assiette garnie de crêpes et les trois barquettes de confiture posées sur la tablette, près du lit. Les crêpes avaient l'air épaisses et un peu trop cuites, mais elles sentaient bon l'enfance. Petite, lorsque sa mère lui cuisinait un dessert, elle restait là à le contempler, pendant de longues minutes, avant d'y toucher. Elle prenait un immense plaisir à prolonger cet instant où le délice était encore imaginaire, où les senteurs faisaient frémir les papilles et excitaient l'appétit.

Son visage se crispa. Une décharge électrique lui paralysait la jambe droite. Ses muscles étaient si contractés que sa peau lui brûlait. Elle s'assit dans le lit et repoussa le drap. Au niveau du tibia, sa peau était rouge vif et couverte de cloques brunes. Margot passa instinctivement la main sur les lésions. Un liquide jaunâtre et visqueux sortit d'une boursouflure, dégoulina sur sa jambe et se répandit sur le drap. Une odeur âcre et moite s'en dégageait. Margot agita une main en éventail devant son visage. Mais l'odeur infecte persistait, elle se propageait par vagues successives, portée par un filet d'air régulier qui lui balayait la bouche et le nez.

Je devrais manger. Manger pour reprendre des forces. Pour guérir. Pour sortir d'ici.

Elle roula une crêpe sans prendre le temps de la garnir et en croqua un morceau. Elle mâchait, déglutissait, cherchant désespérément à retrouver le goût beurré et vanillé. Mais la puanteur dominait, écrasant toute saveur. Elle lui collait à la langue, comme si elle provenait de l'intérieur de sa bouche, de l'intérieur de son corps. Margot mordit de nouveau dans sa crêpe, qui dégageait maintenant un parfum étrange. Un parfum floral puissant, entêtant comme un bouquet de roses...

Les paupières de Margot s'entrouvrirent lentement. La pièce était plongée dans l'obscurité. Des lambeaux de lumière passaient à travers les fentes des volets, striant le sol de rayures blanches. Margot s'humecta la bouche, sa langue polissant les gerçures qui fendillaient ses lèvres, puis referma les yeux. Tapi dans un coin de son esprit, le sommeil s'apprêtait à la reprendre. Elle aspira une goulée d'air et des arômes fleuris lui chatouillèrent les narines.

Ses paupières, comme celles d'une poupée de porcelaine, se rétractèrent d'un coup, révélant deux pupilles dilatées par l'angoisse. Sa main droite lui barrait le bas du visage, l'empêchant de respirer. Margot ôta prudemment sa paume de sa bouche et de son nez, la leva pour l'observer comme s'il s'agissait d'un corps étranger, puis, lentement, renifla ses doigts. Sa peau était imprégnée d'une odeur fraîche. Une odeur de fleurs. Une odeur de roses. Ses yeux basculèrent vers la table de chevet. Un tube de crème était posé sur le flanc.

Mais oui ! C'est vrai ! Je me suis passé de la crème sur les mains hier soir, pour combattre l'odeur de détergent de leur savon.

Sa mémoire se mit soudain à dérouler ses rêves comme sur une pellicule photographique, livrant une série de scènes figées entre lesquelles elle avait du mal à faire le lien.

Les crêpes...

Elle tourna la tête vers la tablette. Un verre d'eau. Une boîte de médicaments. Son tube de crème. Rien d'autre. Elles les avaient vraiment rêvées, ses crêpes.

La douleur dans la jambe... Les cloques purulentes...

Elle rabattit le drap et la couverture d'un geste paniqué. Sa peau était blanche, lisse. Elle passa la main sur sa jambe pour vérifier que ses yeux ne mentaient pas. Absolument rien.

Tout ça n'était qu'un rêve. Juste un mauvais rêve...

Elle déglutit et colla sa langue à son palais plusieurs fois.

L'odeur âcre, j'ai senti une odeur âcre et désagréable... C'était... c'était quand ? C'était quoi ?

Une ride verticale se dessina entre ses sourcils. Elle renifla de nouveau l'odeur de rose sur sa peau.

Si l'odeur fleurie de mon rêve était bien réelle, ça veut dire que les relents infects l'étaient aussi !

Tout son corps vibrait de l'écho des battements de son cœur.

Cette puanteur, c'était comme...

Elle se souvint du filet d'air. Du filet d'air courant sur son visage.

C'était comme une haleine fétide...

Sa respiration devint haletante.

Mon Dieu... ça veut dire quoi ? Que quelqu'un était là ? À un centimètre de mon visage ? Quelqu'un était là, dans la chambre, et me regardait dormir ?

Trois coups secs retentirent et la porte s'ouvrit en grand.

C'est vrai, c'est pas l'hôtel, c'est l'hosto.

Gabriel entra dans la chambre du même pas énergique que la veille, laissant la porte grande ouverte derrière lui.

– Alors, bien dormi ? demanda-t-il avec bonne humeur.

Margot acquiesça d'un signe de tête. Elle sentait des gouttes de sueur glacée couler de ses aisselles vers ses hanches.

– Comment vous sentez-vous ?

– Je... Ça va.

– Vous avez moins mal ?

– Oui, ça va mieux...

– Pas de maux de tête, de nausées ?

Il posait ces questions en lui prenant la tension. Elle secoua la tête. Il ôta le bracelet du tensiomètre en détachant le Velcro d'un coup sec.

– Venez, je vais vous faire faire quelques pas, histoire de savoir si vous tenez sur vos jambes.

Margot prit conscience qu'elle était seulement vêtue d'une large blouse d'hôpital en coton. Elle était nue comme un ver en dessous. La situation était trop embarrassante, vraiment.

Ça ou être à poil, c'est pareil. Chouette...

Depuis son lit, elle jeta un coup d'œil dans le couloir. Si une infirmière ou une aide-soignante passait, elle la hélerait comme on hèle un taxi sous la pluie. Mais le couloir semblait désert.

À contrecœur, elle repoussa le drap, bascula ses jambes sur le rebord du lit et se laissa glisser jusqu'au sol. Gabriel, qui ne sembla pas remarquer son malaise, détaillait ses mouvements, le bras tendu vers elle pour la rattraper en cas de chute. Margot fit quelques pas prudents jusqu'à la porte. Son corps était lourd de fatigue, elle se sentait courbatue, mais les douleurs aiguës de la veille avaient disparu.

– Ça va ?

– Oui. Je me sens juste rouillée.

– Ça va durer quelques jours, c'est normal. Rien de grave.

Elle revint s'asseoir sur son lit et se couvrit aussitôt du drap.

– Dites... Après votre passage, cette nuit, est-ce que d'autres personnes sont venues dans ma chambre ?

– Euh… je ne crois pas non. Vous n'étiez pas une patiente à risque, je ne vois pas pourquoi on serait venu vous checker. Et surtout, je ne vois pas qui. Pourquoi ?

– J'ai cru que quelqu'un était passé. J'ai dû rêver.

La sueur perlait maintenant dans son dos.

Bon sang, mais qu'est-ce qui se passe ?

– Hello ma chérie belle !

Alice se précipita vers son amie. Elle embrassa Margot sur la joue et inspecta son visage avec une anxiété toute maternelle. Elle dégagea une mèche de son front, la cala derrière son oreille, puis lança à Gabriel :

– Je vois que vous vous êtes *très* bien occupé d'elle. Un grand merci.

Alice avait insisté sur le « très » comme s'il avait été écrit en gras, en rouge et souligné trois fois. Margot leva les yeux au plafond devant l'espièglerie de son amie. La phrase était suffisamment chargée de sous-entendus pour la mettre mal à l'aise.

– Bien sûr, répondit simplement Gabriel, avec un sourire amusé.

5

Margot avait fait peau neuve avec les habits qu'Alice lui avait apportés. La douche avait été des plus expéditives, la salle d'eau de sa chambre d'hôpital n'invitant pas, de toute façon, à prendre ses aises. Assise dans la voiture, elle avalait maintenant sa deuxième viennoiserie en écoutant son amie lister les problèmes : le bug informatique qu'avait subi leur site la veille, les caprices du photographe pour le shooting de l'avant-veille... Elle sourit sans rien dire : la vie reprenait toujours le dessus.

Alice enclencha le clignotant et Margot aperçut, sur sa gauche, les thermes romains et les platanes du cours Sextius. Elles étaient presque arrivées. Alice ralentit, serra à droite, braqua, appuya sur l'accélérateur : la voiture poussa une plainte puis monta sur le trottoir en se dandinant comme un vieux jouet monté sur ressorts.

Margot mâchonna le dernier morceau de son pain au chocolat, attrapa son sac à main et posa un baiser beurré sur la joue de son amie. Elle sortit de la voiture en ravalant la douleur qui lui raidissait le dos et emprunta le cours pour rejoindre la rue des Cordeliers. Elle s'arrêta devant un porche vert bouteille, composa le digicode et, au cliquetis, s'engagea dans le hall. Son sac serré contre sa poitrine, ralentissant imperceptiblement le pas, elle traversa la courette bétonnée jusqu'à une porte en verre armé. Elle inspira, expira, les yeux rivés sur la poignée métallique, qu'elle actionna d'un geste vif comme si elle craignait de se brûler. La porte s'ouvrit dans un long grincement proche du miaulement.

Le vestibule, minuscule, dégageait une atmosphère aussi chirurgicale qu'oppressante, avec son carrelage blanc et ses murs crème dénudés. Margot n'avait plus qu'à tendre le bras pour pousser l'une des portes qui se trouvaient en face d'elle.

Je peux pas. J'y arrive pas...

Son front, ses joues, ses lèvres la brûlaient. Pourtant tout son corps était glacé.

Un chuintement accompagna l'ouverture de la porte principale. Un crâne gominé passa par l'entrebâillement. Ses yeux sombres, cerclés de lunettes rondes, se fermèrent un instant en signe d'approbation professoral. Ses lèvres fines s'étirèrent en un sourire serein et réconfortant.

– Bonjour, mademoiselle Bellaud. Venez. Entrez.

Le psychiatre ouvrit la porte en grand. Le souffle court, Margot hésitait encore, pétrifiée par un mélange d'appréhension et de réticence.

Allez, vas-y, maintenant que tu es là !

Résignée, elle secoua la tête en soupirant et lui emboîta le pas. Elle referma la porte derrière elle et prit place dans l'un des deux fauteuils devant le bureau en verre. Le siège était moelleux et profond.

Margot s'y était assise pour la première fois quelques mois plus tôt. Elle s'était agrippée aux accoudoirs comme, à la fête foraine, on se prépare au départ des montagnes russes. Elle était censée parler. Parler de ce cancer qui dévorait sa mère. Des six mois qui lui restaient avec elle. 181 petits jours. Mais pour dire quoi, au juste ? Sa tristesse ? Sa terreur que sa mère meure ? Son incapacité à vivre sans elle ? Une diarrhée verbale stérile et qui n'empêcherait pas l'inéluctable. Verbaliser sa souffrance ne la ferait pas disparaître, au contraire : ça ne la rendrait que plus palpable, et donc plus encombrante. Et puis, vraiment, révéler ses angoisses et ses peurs à un inconnu... Un concept étrange, limite contre-nature, non ? Mais sa mère avait insisté, invoquant la nécessité pour sa fille d'être accompagnée dans cette épreuve. Alice avait approuvé et s'était chargée de prendre rendez-vous avec ce docteur Tavernel.

Au fil de la trentaine de séances avec le psychiatre, Margot avait senti certaines barrières mentales s'estomper, sa langue se délier. Elle expérimentait la fonction libératrice de la parole et parvenait à cohabiter avec ses pensées. Puis sa mère était morte. Un point final posé sur une ligne de vie avec une écœurante légèreté. Parler n'avait absolument rien résolu. Révoltée, bouleversée, Margot avait suspendu ses rendez-vous sans prévenir. Le docteur Tavernel l'avait appelée, lui avait laissé des messages. Elle n'y avait jamais répondu.

Mais la veille, sa peine s'était épanchée comme une toux incontrôlable. Lorsque, dépassée par son chagrin, Margot s'était confiée à l'infirmier, elle avait compris qu'elle avait besoin de mettre des mots sur ses maux. Si parler ne résolvait rien, ça allégeait le chemin, et ce n'était déjà pas si mal.

Ouais, ben, j'aurais dû y réfléchir à deux fois avant de rappeler Tavernel...

Les coudes plantés dans son bureau, les doigts croisés au niveau de sa bouche, il la fixait de son regard scrutateur.

Margot serra son sac contre son ventre.

En fait, je n'ai pas du tout envie d'être là...

– Pour quelle raison ?

Margot en resta bouche bée. Bon sang ! Elle avait pensé à voix haute.

Ben non, j'ai pas envie d'être là. J'ai pas envie de te parler de tout ça. Mon dégueulis verbal, je me le garde, docteur. Et c'est beaucoup mieux comme ça. De toute façon, quand les mots sortent de ma bouche, ils m'écorchent l'estomac, la gorge et les lèvres comme s'ils étaient bordés d'épines. Ça fait trop mal. Aussi mal que si je grattais des plaies purulentes avec mes ongles.

– Ça me fait trop mal. De parler.

Ses doigts jouaient nerveusement avec la large bandoulière en corde de son sac.

– En fait, je préférerais mettre un pansement dessus. Mettre un pansement sur tout ça, et attendre. Attendre que ça cicatrise.

Les lunettes rondes l'inspectaient. Margot détestait quand Tavernel sondait ses états d'âme sans rien dire.

C'est ça doc, cherche toujours !

Le psy bascula dans son fauteuil et se mit à faire tourner un stylo entre son pouce et son index.

Il prend son air décontract'.

– Généralement, avant de mettre un pansement sur une plaie, on la nettoie avec attention et minutie. On la nettoie en profondeur. On enlève les débris qui risquent de l'infecter et d'empêcher la cicatrisation, voire de causer une gangrène.

Margot visualisa ses organes en train de se grêler comme des pierres poreuses et se couvrir d'une pâte épaisse, noire et visqueuse.

– Quelle est l'image qui vous est passée par la tête ?

Tu m'horripiles. Stop. Arrête de violer mes pensées. Ça suffit.

– Une image désagréable, répondit-elle d'une voix lasse teintée d'insolence.

Tavernel reposa son stylo sur son bureau et hocha la tête. Margot baissa les yeux.

Ça y est, c'est bon, le portrait est complet : je ressemble comme deux gouttes d'eau à une ado en rébellion. Je mériterais des baffes, tiens ! Qu'est-ce qui me prend ? Pourquoi est-ce que je suis à ce point sur la défensive ?

– J'ai vu mes organes se désintégrer et se couvrir d'un liquide épais, noir, un peu comme du pétrole.

Tavernel acquiesça en silence.

– Que vous est-il arrivé ? reprit-il. Vous avez des éraflures sur le visage.

– J'ai eu un accident de voiture.

– Rien de grave ?

– Non, non, rien de grave.

Tavernel faisait rouler son stylo sous ses doigts comme un boudin de pâte à modeler.

– Margot, j'aimerais que vous me parliez du moment où votre mère est décédée…

Un soupir saccadé secoua la poitrine de Margot.

– Vous voulez bien m'en parler, Margot ?

Elle dégagea une mèche de cheveux qui tombait devant son œil droit, hocha la tête.

– Elle était à l'hôpital. J'étais là, avec elle.

Elle étendit ses mains comme des soleils, posa ses paumes sur les accoudoirs et s'y accrocha.

– Elle m'a dit quelque chose avant de partir. Quelque chose… de terrible. Ce qu'elle m'a dit…

– Oui ?

*

Assise en tailleur sur son canapé, Margot mordit sans sourciller dans son sandwich élastique.

J'ai vidé mon sac. Je l'ai secoué et tout est tombé en tas, par terre, dans le bureau de Tavernel.

Elle avait tout raconté. Enfin… presque tout. Le viol. Les mots de sa mère. Sa quête du père. Mais elle avait occulté la haine qu'elle sentait grandir en elle pour cet homme, ce violeur, son géniteur. Elle n'avait pas tout dit non plus de sa course effrénée dans Peynier, ni évoqué la présence inquiétante qu'elle avait ressentie dans sa chambre d'hôpital.

Elle jeta un coup d'œil au portable posé à côté d'elle. Toujours rien.

La gendarmerie de Trets l'avait contactée pendant sa séance chez le psy et lui avait laissé, sur messagerie, le numéro de téléphone fixe d'Hélène Janson, la gendarme qui avait enquêté à l'époque sur le viol de sa mère. Margot l'avait appelée plusieurs fois, son cœur battant la chamade à chaque sonnerie, mais personne n'avait décroché. Elle s'était finalement décidée à laisser un bref message avec ses coordonnées et la raison de son appel. Cela faisait trois heures maintenant, et elle n'avait toujours pas de nouvelles.

Margot posa son sandwich sur la table basse et le troqua contre son ordinateur. Elle le cala sur ses genoux et se connecta à Facebook. Lucie Mérina, cette femme sauvée par sa mère, faisait peut-être partie du milliard d'utilisateurs ? Elle tapa le nom dans la barre de recherche du réseau social en l'orthographiant de la manière la plus simple possible. Un seul résultat apparut. Les informations disponibles sur le profil public de Lucie étaient minces : son nom, son sexe, ainsi qu'une photo de dos, face à un tableau abstrait. Margot fixa quelques secondes les longs cheveux jaune paille, le jean ample.

Et maintenant, je fais quoi ? Je la contacte ?

Elle ferma le clapet de son ordinateur, qu'elle posa sur le sofa, à côté d'elle. Elle récupéra son sandwich et la télécommande sur la table basse, alluma la télé. Il fallait vraiment qu'elle se change les idées.

*

Il était presque midi et le soleil brillait d'un éclat estival dans le ciel aixois. Margot prit place à la terrasse des Deux Garçons, sur le cours Mirabeau. Elle s'installa à l'ombre, à bonne distance d'un groupe d'étudiantes américaines volubiles. Le serveur s'approcha, jeta la carte sur la table avec un détachement assumé et scanna les alentours. Puis, baissant les yeux sur sa nouvelle cliente, il devint tout à coup très aimable. Margot commanda un grand crème en vérifiant l'heure : 11 heures 54. Le garçon s'éloigna et elle se laissa happer par les tonalités nasillardes et enjouées de ses voisines. Elles transpiraient l'excitation de l'aventure européenne, la joie de l'Américain en plein rêve français. Leurs éclats de rire tonitruants étaient comme un chant de jeunesse, saturé d'insouciance.

Bon sang, je pense comme une vieille... C'est possible ça, de se sentir vieille à trente ans ?

– Madame Bellaud ? Margot ?

La voix était grave et râpeuse. Margot leva les yeux et reconnut aussitôt les cheveux jaune paille. Elle tendit sa main à la dame qui l'interpellait.

– Merci d'être venue, Lucie.

La veille, après avoir légumé devant des séries américaines, Margot avait continué ses recherches sur cette femme qu'avait mentionnée Annie, l'ancienne patronne de sa mère. Rien dans les pages blanches, rien sur Google. Elle avait finalement envoyé un message via Facebook à celle qui semblait être la seule et unique Lucie Mérina de la Toile. La réponse était arrivée avec une rapidité surprenante. « *Lucie Mérina, de la Boucherie Mérina de Peynier* », c'était bien elle. Elles s'étaient mises à tchater en ligne, avant de convenir d'un rendez-vous le lendemain, à la pause déjeuner.

Lucie sortit un paquet de cigarettes de son sac et le posa sur la table, à côté de son Iphone.

– Ça vous dérange pas ? demanda-t-elle en tapotant de son faux ongle le paquet de Pall Mall light.

Margot fit signe que non. Lucie glissa une cigarette entre ses lèvres, l'alluma et tira une première bouffée avide. Ses joues se creusèrent, taillant en forme de pointe son visage émacié. Puis elle recracha la fumée et planta ses coudes devant elle. Coincée entre son index et son majeur, la cigarette brasillait à quelques centimètres de son œil.

Le serveur s'approcha pour prendre la commande. Lucie choisit une salade niçoise, Margot, un croque-madame-frites.

– J'en reviens pas, la fille de Christiane…

Elle fixait Margot d'un regard intense de tendresse et de regrets mêlés.

– Vous lui ressemblez quand elle était jeune. Vous pouvez pas savoir, c'est incroyable.

Elle ferma les yeux et secoua la tête, comme si elle s'opposait fermement à quelque chose.

– Pauvre Christiane, s'en aller si jeune, quand même… Si c'est pas triste. Y a vraiment pas de justice dans ce monde.

Non, tu as raison, y a pas de justice. Mais j'en ai ras le bol de l'entendre.

– Vous étiez amies ?

– Non, du tout. Je pense même pas que votre mère savait qui j'étais. J'avais cinq ans de moins qu'elle, j'étais une minotte à l'époque, on traînait pas avec la même bande. Mais à Peynier, tout le monde la connaissait. C'était une beauté, votre mère, *mamma mia*… Comme vous. Elle avait un paquet d'admirateurs. Toujours une paire d'yeux qui la suivait.

Le serveur posa la salade et le croque sur la petite table de bistrot, ainsi que leurs couverts emmaillotés dans une serviette blanche en papier. Il revint avec deux verres et une carafe d'eau.

Elles avalèrent les premières bouchées en silence. Les conversations des clients couvraient maintenant les rires des Américaines.

– Vous voulez que je vous parle de ce soir-là, c'est ça ?

Margot leva les yeux de son assiette. Lucie avait le regard absent des gens perdus dans leurs pensées. Margot acquiesça d'un murmure. Sa voix s'érailla, elle dut répéter. Lucie hocha la tête avec un sourire si triste que des larmes semblaient sur le point de couler de ses lèvres.

– Je vivais à Peynier, à l'époque. Mes parents tenaient la boucherie près de la place principale. Pour me faire de l'argent de poche, je gardais les enfants de la famille Beaumont, à Trets, car le père et la mère étaient toujours par monts et par vaux. J'en pinçais pour un gars, Pierrot il s'appelait, mais il avait 19 ans et mes parents voulaient pas que je le fréquente. Ce soir-là, il m'avait proposé de le rejoindre à Trets après son service, au bar de la place. Je savais que mes vieux ne me laisseraient jamais y aller, alors j'ai menti : je leur ai dit que je gardais les petits Beaumont. Du coup, on a passé la soirée ensemble, avec mon Pierrot, et j'ai complètement perdu la notion du temps ; j'ai raté le dernier car pour Peynier et j'ai dû rentrer à pied. J'étais pas rassurée. J'avais jamais été sur cette route, comme ça, en pleine nuit, toute seule, et je marchais si vite que j'étais pas loin de courir. Et puis j'avais froid, partout. Je portais ma robe bordeaux, elle était très courte et j'avais pas pris de veste.

Lucie marqua une pause, déglutit et reprit.

– J'ai d'abord entendu le moteur, derrière moi. Puis les coups d'accélérateur. Je me suis poussée sur le bas-côté parce que j'avais peur de me faire renverser. Mais la bagnole a ralenti d'un coup, à mon niveau, et s'est mise à rouler au pas. J'étais comme paralysée... La vitre est descendue et un bras est sorti. Je voulais pas le regarder. Mais du coin de l'œil, je voyais. Pas dans la voiture, non, mais je voyais un bras nu. C'était un bras d'homme, ça, j'en suis sûre. Et il tenait un truc à la main. Un bout de tissu ou un truc du genre, qu'il faisait glisser d'une drôle de manière entre ses doigts : le majeur tendu et l'index replié, comme ça, qui caressait le tissu.

Elle saisit un pan de son gilet et reproduisit le geste.

– J'oublierai jamais. Il m'a attrapé les fesses, j'ai crié et j'ai entendu une autre voix dire « Foutez-lui la paix ! ». J'ai pas compris, j'ai pas compris d'où venait cette voix. La voiture a accéléré, m'a dépassée, elle a fait demi-tour et s'est rangée en face. C'est là que j'ai vu que c'était Christiane. Les phares de la bagnole l'éclairaient. Elle avait crié pour me défendre mais je suis partie quand même. Je suis partie... J'ai détalé à travers champs. J'avais tellement peur qu'il fasse demi-tour et qu'il me retrouve... J'ai couru, couru, couru, jusqu'à ce que je tombe sur une cabane de paysan. Je suis restée cachée longtemps là-dedans. Je sais pas combien de temps, mais longtemps. Puis je suis retournée chez moi. Quand je suis arrivée, mes parents dormaient. Et j'ai pas voulu les réveiller...

Ses paupières se plissèrent comme si une douleur intolérable paralysait son corps.

– Je n'ai pas… voulu… les réveiller…

Elle scanda sa phrase en hochant la tête, puis soupira bruyamment.

– J'ai pas vu son visage. Rien. J'ai vu que sa main qui triturait ce mouchoir. Votre mère… Si votre mère avait pas été là, elle aurait pas été… mais moi… Oh mon Dieu !

Sa voix s'enroua et plongea dans les graves.

– J'ai jamais pu lui demander pardon, à Christiane… souffla-t-elle en se mordant la lèvre inférieure. J'ai honte ! Putain que j'ai honte !

Elle avait haussé le ton et leurs voisins de table leur lançaient des regards gênés. Lucie prit la main de Margot et la serra entre les siennes. Margot se crispa.

T'aurais jamais dû partir. T'aurais jamais dû laisser ma mère comme ça. Avec eux. T'aurais dû aller voir la police. T'aurais dû…

– Je vous demande pardon.

Les coins de ses yeux s'affaissaient, comme si le poids des larmes était trop lourd à porter.

– Oui, pardon. J'ai manqué de courage. De tellement, tellement, de courage…

Margot retira sa main. Elle ressentait une peine terrible mais aussi une colère sourde pour cette femme qui trimballait sa souffrance depuis trente ans. Elle ne pouvait pas lui pardonner. Elle n'y arrivait pas.

– Si vous avez besoin de… Enfin, n'hésitez pas. Et prenez soin de vous, hein ?

Lucie lui tapota le bras, attrapa son portable, ses cigarettes, son sac, posa un peu de monnaie sur la table et se leva. Margot la regarda slalomer entre les tables, les yeux rivés au sol, tourner à droite sur le cours et disparaître dans la foule des passants.

Elle se servit un verre d'eau et en avala quelques gorgées. Elle allait demander l'addition et filer chez elle. Elle ouvrait son sac pour attraper son portefeuille quand elle remarqua que son Blackberry clignotait. *Un appel en absence.* Elle ne connaissait pas ce numéro. Elle rappela. Lorsque la personne décrocha et se présenta, Margot en eut le souffle coupé.

*

L'index de Margot faisait glisser les photos sur l'écran de son Ipad. Elle en classait certaines, en jetait d'autres, rédigeait les descriptifs de chaque article. Alice avait choisi des pièces sublimes. Leur ligne « Princesse », inspirée des tenues de Kate Middleton, Charlotte Casiraghi, Clotilde Courau et d'autres têtes couronnées qui se bousculaient en une des magazines people, marchait à merveille.

Margot travaillait depuis plus de deux heures à la terrasse des Deux Garçons. Elle avait finalement préféré attendre 15 heures sur place. Le soleil laissait son empreinte sur les cœurs et donnait à l'atmosphère une légèreté presque festive. Elle jeta un coup d'œil à l'horloge de son Ipad : 14 heures 52. Elle avait hâte, tellement hâte de rencontrer Hélène Janson ! Lorsqu'elle l'avait rappelée, la gendarme lui avait proposé une rencontre l'après-midi même.

14 heures 54. Margot leva les yeux de sa tablette et prit une gorgée de thé. Des badauds au pas mou, ralenti par la chaleur provençale, s'arrêtèrent devant le café, à la recherche d'une place en terrasse. Une femme en débardeur blanc et pantalon de toile beige, portable collé à l'oreille, se détachait du groupe. Margot détailla les bras musclés, les lèvres rouge sang, les cheveux tirés sur la nuque, la peau ébène. Sa beauté était de celles que l'on imagine sans parvenir à la capturer. Concentrée sur sa conversation téléphonique, elle se frayait un chemin entre les tables agglutinées, avec la prudence et la grâce d'un félin. Elle s'arrêta au niveau de la table de Margot, referma le clapet de son portable et se tourna vers elle.

– Bonjour, Margot. Hélène Janson.

Elle lui tendait la main. Margot lui offrit la sienne. La poignée fut brève et ferme.

– Vous étiez la seule jeune femme non accompagnée de la terrasse, expliqua-t-elle avec un sourire. Et vous ressemblez à votre mère. Vous lui ressemblez beaucoup.

Elle s'attabla et commanda un Perrier rondelle. Margot était fascinée : Hélène Janson ne pouvait pas avoir moins de cinquante-cinq ans mais en paraissait quarante à peine.

– Je suis désolée, je suis repassée à la maison chercher une copie du rapport de l'agression de votre mère, mais je n'ai pas réussi à mettre la main dessus. Elle doit être dans une de mes boîtes d'archives, au grenier. Je m'en occupe ce soir et je vous scanne le tout.

– Merci beaucoup, et merci d'avoir accepté de me rencontrer.

– Ce n'est rien du tout ! Je suis ravie d'être là, avec vous, vraiment, répondit Hélène en s'illuminant d'un sourire généreux.

Elle se pencha vers Margot en croisant les mains.

– Alors, dites-moi, que voulez-vous savoir ?

La bouche de Margot esquissa une moue gênée.

– En fait, je ne sais pas grand-chose sur l'agression de ma mère. Toutes les informations sont les bienvenues, dit-elle avec un petit rire forcé.

Hélène Janson la jaugea du regard.

Oui, tu peux tout me dire. Certains mots laisseront des traces, mais je n'ai pas tellement le choix.

Le serveur apporta sa commande à Hélène, qui fixa quelques secondes la fine rondelle de citron prise dans une montagne de glaçons. Elle secoua légèrement la tête.

– Autant commencer par le début, fit-elle en rapprochant sa chaise de celle de Margot. La gendarmerie de Trets était ma première affectation et l'agression de votre mère, ma première enquête. On me l'avait sans doute confiée parce qu'il s'agissait d'un viol et que j'étais une femme, et je comptais bien retrouver les responsables. Je me suis rendue dès l'aube à l'hôpital…

Hélène marqua une pause. Derrière ce silence, Margot devina le visage tuméfié de sa mère, son corps brisé, son regard horrifié. Sa gorge se noua.

– … mais votre mère était bien trop choquée pour me parler. Je suis revenue plusieurs fois dans la journée, puis le soir, après dîner. Elle m'a alors demandé de rester avec elle. Elle était prête à me raconter ce qui s'était passé.

Hélène Janson versa du Perrier sur la pile de glaçons dans son verre et le but d'une lampée, avec l'avidité d'un alcoolique pour sa première dose matinale.

– Trois jours après notre conversation, je faisais établir les portraits-robots de ses quatre agresseurs. Je les ai même transmis à la presse et à la télé régionale,

FR3 Marseille. Mais mes collègues ont interprété ma diligence comme un excès de zèle. Ces représentants du sexe fort, et fiers de l'être – s'ils avaient pu se greffer leur phallus sur le front, ils l'auraient fait, croyez-moi –, ne voyaient pas d'un très bon œil le fait qu'une jeune femme, black en plus, remue ciel et terre pour un « simple » viol... expliqua-t-elle en dessinant des guillemets imaginaires. Leurs arguments misogynes me faisaient entrer dans des rages folles. Pour eux, votre mère l'avait cherché : elle faisait partie de celles à qui ça ne pouvait qu'arriver.

– Elle faisait partie de celles qui... quoi ? s'écria Margot en écarquillant les yeux.

Hélène Janson ferma la bouche comme pour empêcher ses pensées de se refaire la malle.

– Je suis désolée, je ne voulais pas...

Margot laissa échapper un rire nerveux proche du gloussement.

– Allez, je ne suis plus à ça près ! Je l'ai bien cherché moi aussi, non ?

Hélène Janson se colla au dossier de sa chaise et croisa les jambes.

Ça y est, je l'ai effrayée, elle va se fermer comme une huître, maintenant...

Margot se pencha légèrement vers elle et posa sa paume à plat sur la table.

– Pardon, Hélène… Excusez-moi. Il y a beaucoup de choses à digérer, c'est tout. Je savais qu'en fouillant le passé de ma mère je risquais de découvrir certains éléments que… qui me surprendraient. Voire me blesseraient. Mais je veux comprendre. Je veux savoir. C'est important pour moi.

Hélène l'ausculta du regard quelques secondes et posa sa main sur la sienne.

– D'accord, d'accord… fit-elle en soupirant. Votre mère… Votre mère n'avait pas bonne réputation, Margot. Lorsque je les ai interrogés, les commerçants et certains habitants de Peynier et de Trets m'ont décrit une jeune femme soucieuse d'attirer les regards par des tenues très provocantes.

Un souvenir désagréable déboula dans l'esprit de Margot.

Le soir de mes 20 ans. Ma robe moulante noire. Très courte. Décolletée. Le regard horrifié de maman. Le mot « pute » craché à ma figure, parti aussi vite qu'une gifle. Aussitôt regretté. Je comprends pourquoi, maman, je comprends maintenant…

– … m'a dit qu'elle aurait mieux fait de troquer ses jupes courtes et ses chemisiers échancrés pour des vêtements un peu plus convenables.

– Pardon, excusez-moi, qui vous a dit ça ?

– La gérante de l'épicerie de Peynier où votre mère travaillait, je ne me rappelle plus son nom…

Annie. Elle s'appelle Annie.

Le souvenir du moment qu'elles avaient partagé sur le banc devant l'épicerie l'avant-veille devint aussi amer qu'un café trop réchauffé.

– Imaginez donc comme ça jasait à Peynier et à Trets. Votre mère était très belle et ses tenues, euh... affriolantes devaient la rendre encore plus... séduisante.

Margot apprécia le choix des adjectifs.

– Et finalement, vous avez réussi à identifier ses agresseurs ?

– Non. Personne ne s'est manifesté. À l'époque, une série de règlements de comptes particulièrement sanglants défrayait la chronique à Marseille, et les médias n'étaient pas intéressés par une affaire d'agression, aussi tragique soit-elle. Mais j'avais le soutien de mon commandant, Jean-Paul Ransac. J'ai donc continué à enquêter avec l'idéalisme de la jeunesse, en me foutant complètement de mes collègues réacs... jusqu'à ma mutation sur Lyon, deux mois plus tard. Évidemment, lorsque je suis partie de Trets, l'affaire est tombée aux oubliettes. J'appelais de temps en temps Ransac pour prendre des nouvelles, mais l'enquête est restée au point mort.

Hélène parlait en essuyant sur la table les empreintes mouillées de leurs verres. Elle posa le regard sur Margot. Un regard ferme et déterminé.

– Margot, n'allez pas tirer de mauvaises conclusions. Les victimes de viol sont toujours des victimes, quelle que soit la manière dont elles s'habillent. Votre mère était une jeune fille qui apprenait à devenir femme, c'est tout. Les messages que son corps faisait passer, elle ne les maîtrisait pas encore. Elle expérimentait sa féminité, sans en mesurer la dangerosité.

Margot acquiesça d'une série de petits mouvements de tête mal assurés, presque candides.

Ça fait du bien d'entendre ça. Encore. Répétez-le encore.

Hélène lui adressa un sourire fatigué et héla le serveur. Elles commandèrent chacune un café. Serré pour Hélène, qui l'avala d'un trait, avec un soupçon de virilité. Margot jeta un sucre dans le sien et se mit à le tourner distraitement.

– À l'hôpital, lorsque ma mère vous a raconté le... l'agression, est-ce qu'elle vous aurait parlé d'autre chose ? Des gens qu'elle fréquentait, par exemple ? De ses amis ? Ou de ses parents ?

– Elle m'a parlé de ses parents, en effet.

Hélène s'adossa à sa chaise. Son regard s'arrêta sur quelque chose derrière Margot. Non, bien plus loin que ça. Son regard avait fait un bon dans le passé.

Quelques secondes s'écoulèrent en silence, puis elle se pencha en avant et joignit les mains comme en signe de prière. Margot redoutait une nouvelle confession douloureuse.

– Votre mère et votre grand-mère n'étaient pas en bons termes. Votre grand-mère était très croyante et vivait excessivement mal le comportement libéré de votre mère. Elle lui disait qu'elle paierait cher le fait de vivre comme une dévergondée. Je me rappelle très bien ce mot : « dévergondée ». Votre mère pensait que sa mère avait raison, que ce viol était peut-être une punition divine. Elle recrachait les médicaments qu'on lui administrait et s'arrachait les perfusions. C'est aussi pour cela qu'elle a refusé toute contraception d'urgence. Elle était entrée dans un processus d'autopunition.

Moi aussi je me sens coupable, maman. Coupable d'être passée à côté de ta souffrance. De tes blessures. De ton âme balafrée. Comment je me suis débrouillée ?

– Vous avez gardé contact avec ma mère, après votre départ ?

Le visage d'Hélène se ferma. Comme tendue par un fil, sa lèvre inférieure s'étira en une ligne plate.

– Non. Lorsque vos grands-parents ont appris qu'elle était enceinte, ils l'ont mise dehors. Ils n'ont plus voulu la voir.

Margot blêmit.

Elle le sait. Elle sait que ma mère est tombée enceinte à la suite du viol. Mais est-ce qu'elle sait que c'est moi, cet enfant ?

– Christiane a disparu et n'a plus donné de signe de vie. À personne.

– Et quand vous avez été mutée, c'est votre commandant qui a repris l'affaire ?

– Malheureusement, je ne pense pas qu'il y ait eu le moindre suivi.

– Mais si une info avait surgi, ce serait lui, votre commandant...

– Ransac. Jean-Paul Ransac...

– Oui, Ransac, ce serait lui qui s'en serait chargé ?

– Oui.

– Vous savez ce qu'il est devenu ?

– Depuis la mort de sa femme, il y a quatre ou cinq ans, il est en maison de retraite, ici, à Aix. Enfin, c'était le cas la dernière fois qu'on s'est eus, ça doit faire un peu plus d'un an, je crois.

– Quelle maison de retraite ?

– Les Oliviers. Margot, je suis désolée, mais il faut que j'y aille. Je vous scanne la copie du dossier de l'enquête, d'accord ?

– Bien sûr, pardon, je vous retiens. Oui, c'est parfait pour le dossier. Merci beaucoup. Pour votre temps. Pour tout.

Margot insista pour régler l'addition, et Hélène s'éclipsa en zigzaguant gracieusement entre les tables. Margot empruntait le même chemin quand soudain quelqu'un la héla.

– Margot !

Elle s'arrêta net au milieu de la terrasse, tournant la tête à droite et à gauche comme une spectatrice dans un match de tennis.

– Margot !

À l'autre bout de la terrasse, près du trottoir, un homme brun, lunettes de soleil sur le nez, agitait un bras en l'air.

Mais c'est qui ce... Ah, mais oui ! C'est quoi son nom déjà ?

Elle marcha dans sa direction ; il se leva et s'avança vers elle.

– Bonjour, Margot. Vous allez bien ?

– Bonjour. Bien, merci...

Il pencha la tête sur le côté.

– Ne me dites pas que vous m'avez déjà oublié ?

– Bien sûr que non !

– Mais vous ne vous souvenez plus de mon nom, c'est ça ?

Margot sentit ses joues s'embraser et resta muette.

– Ce n'est pas grave, on va mettre ça sur le compte du coup que vous avez reçu sur la tête. Je m'appelle Gabriel. Votre infirmier...

– Oui oui, bien sûr...

– Vous habitez dans le coin ?

– À cinq minutes à pied.

– Ah... Dix minutes pour moi.

Il glissa les mains dans les poches de son jean et serra les bras contre son torse.

– Vous voulez vous asseoir avec nous ?

Margot jeta un coup d'œil à la jeune femme et à l'homme qui étaient attablés derrière lui et semblaient plongés dans une conversation passionnante.

– Je suis désolée Gabriel, mais je dois vraiment y aller. Une autre fois ?

– Très volontiers, mais pour cela il vous faut mon numéro de téléphone, non ?

Margot ne sut que répondre. Gabriel extirpa son portefeuille de la poche arrière de son pantalon, l'ouvrit et en sortit une carte de visite.

– Tenez. À la prochaine, alors ?

Margot saisit la carte du bout des doigts comme s'il s'agissait d'un insecte répugnant.

– Oui, à la prochaine...

Elle lui adressa un sourire contrit, pivota et remonta le cours Mirabeau d'un pas pressé. *Manquerait plus que je me transforme en vierge effarouchée maintenant...*

*

Les Oliviers se trouvaient à quelques kilomètres du centre d'Aix. La circulation était fluide et, vingt minutes à peine après avoir quitté la terrasse des Deux Garçons, Margot se garait sur le minuscule parking de la maison de retraite, face à l'entrée. Le parking était quasi désert. Les visiteurs ne se bousculaient pas au portillon.

Tout ça pour ça ? Se battre comme un lion toute sa vie pour mourir comme un chien ?

Les portes automatiques vitrées s'ouvrirent sur un hall spacieux et lumineux. Assise derrière le bureau d'accueil, une dame à la chevelure blondissime et aux lèvres luisantes de gloss était plongée dans la lecture d'un magazine. Elle commentait les mésaventures de la planète people à force de « oh ! » et de « ah ! ».

– Bonjour, je suis mademoiselle Bellaud, j'ai ap…

– Mon Dieu que vous m'avez fait peur ! J'ai le cœur qui bat la chamade. Bellaud… Ah ! voui voui. Il vous attend. Il en peut plus, même. Ça fait trente fois qu'y m'appelle pour savoir si vous êtes pas encore arrivée… Il est presque aussi excité que quand son fils vient le voir. Le « chef », comme il l'appelle ! ajouta-t-elle en gloussant. C'est au premier, appartement 17. Escalier ou ascenseur, c'est vous qui voyez. Juste derrière moi.

Margot choisit l'escalier. Le 17 se trouvait au bout du couloir. Elle frappa. Un long grincement précéda un « oui, j'arrive » lancé d'une voix forte, des pas résonnèrent et la porte s'ouvrit sur un homme en costume trois-pièces, aux cheveux d'un blanc étincelant peignés en arrière. Il se redressa tant qu'il put, en bombant le torse.

– Bonjour, mademoiselle, entrez, entrez ! fit-il en observant Margot de la tête aux pieds.

Elle pénétra dans l'appartement 17.

Mouais. Plutôt « studio » 17.

Un lit, deux fauteuils, une kitchenette et sans doute un coin douche, derrière la porte près du lit. Et c'était tout.

– Merci de me recevoir, monsieur Ransac.

– Appelez-moi commandant Ransac.

– Pardon, commandant Ran...

Un rire théâtral résonna dans la pièce.

– Je plaisante ! Je plaisante ! Appelez-moi Jean-Paul, ce sera parfait ! Asseyez-vous, je vous en prie ! Vous voulez un café ? Un whisky, peut-être ? ajouta-t-il avec un clin d'œil qui plissa son visage tout entier.

Margot sourit.

– On va commencer par le café, si vous voulez bien.

Le vieil homme demanda, en se dirigeant vers la kitchenette :

– Ça vous va, du soluble ?

– Bien sûr...

– Je ne bois plus que ça maintenant. Ma foi, c'est pas trop mal. Et pratique, aussi : comme il n'y a pas beaucoup de place ici, je n'ai qu'une bouilloire, c'est parfait pour le thé et le café, et, du coup, ciao la cafetière ! Je savais pas où la mettre, alors...

Il prépara deux tasses, les posa sur la petite table basse qui séparait les deux fauteuils et prit place face à Margot.

– Alors, vous en pensez quoi, de cette maison de retraite ?

– Ça a l'air confortable...

– Il y a trop de vieux, vous trouvez pas ?!

Il partit d'un franc éclat de rire qui entraîna celui de Margot. Elle ne s'attendait pas à tant de légèreté.

– Alors, il est comment, mon café ? Pas trop dégueulasse ? Vous voulez des caramels ? Je dois en avoir trois boîtes. Non, mais franchement, les gens sont cons. À chaque visite, on me ramène des sucreries. Ils comprennent pas que mon sourire Fred Astaire, c'est du plastique ?

Il retroussa les lèvres et tapota son dentier du bout de l'ongle.

– Alors, ça vous tente, un Quality Street ?

– Non, ça ira, merci beaucoup.

– Bon, tant pis. Je les refourguerai à l'infirmière. La fausse rousse. Elle en chipe toujours un ou deux quand elle vient pour me faire mes piqûres. Et elle croit que je vois rien... Bon, alors ! Racontez-moi tout ! D'abord, c'est quoi votre petit nom, mademoiselle ? Ils m'ont rien dit en bas. Juste qu'une dame voulait me voir au sujet d'une de mes anciennes enquêtes. Et, comme tout bon vieux qui se respecte, étant donné qu'il n'y a plus de visibilité devant, je préfère regarder dans le rétro... Alors, dame ou demoiselle ? Moi, je dirais demoiselle, j'ai pas raison ?

Nouveau clin d'œil. Margot sourit en hochant la tête.

– Mademoiselle Margot Bellaud.

– Margot. Alors, Margot, qu'est-ce que vous voulez savoir ?

– Je cherche des informations sur une affaire remontant à 1981.

– Ouh là ! 1981 ! J'étais beau et jeune, à l'époque ! Tout fonctionnait encore, rien n'était rouillé. Maintenant, je passe mon temps au service après-vente !

– C'était Hélène Janson qui dirigeait l'enquête...

– Oh ! Hélène ! Comment elle va ? Quand elle a débarqué à la gendarmerie, elle avait la niaque des nouvelles recrues. Une sacrée femme, cette Hélène. Son mari aussi, c'était un bon gars. Un bon gars de Bretagne. Il venait tout juste de lui passer la bague au doigt, le veinard. Elle, noire comme le charbon, et lui, aussi blanc que le cul d'un bébé, ça plaisait pas à tout le monde, ce mélange des couleurs... Quand je vous disais que les gens sont des cons ! Ouh... excusez-moi une petite seconde. Chaque fois que je bois du café, c'est pareil.

Il déplia les jambes avec prudence, se leva, une main sur la fermeture Éclair de son pantalon, et s'éloigna en boitillant.

Margot observa la pièce autour d'elle. Tout lui semblait encore plus étriqué qu'à son arrivée. Des tableaux et des photos égayaient les murs peints d'un jaune terne : des lithographies de Cézanne représentant la Sainte-Victoire et des clichés plus personnels. La plupart avaient capturé un moment de complicité entre Ransac et une femme brune aux cheveux courts et aux yeux rieurs. Son épouse, sans doute. Les autres, des poignées de mains avec des célébrités, marquaient les temps superficiels de sa vie d'homme. Margot reconnut un comique, un footballeur et un grand cuisinier.

La porte de la salle de bains couina et Ransac revint s'asseoir en trottinant. Il prit appui sur les accoudoirs, le buste penché en avant et le visage crispé par l'effort, et poussa un profond soupir de soulagement lorsque son dos rencontra le fauteuil. Ses yeux s'illuminèrent et il sourit avec une tendresse infinie, sa peau se parcheminant de rides.

– Ces boucles, c'est ravissant !

Instinctivement, les doigts de Margot peignèrent sa chevelure.

Il est vraiment en forme, le papi !

– Ça te va bien ! C'est différent...

Margot lut dans les yeux du vieux commandant l'émotion des retrouvailles. Elle reposa sa tasse sur la table basse. Lentement.

– Tu m'as apporté les beignets de courgette ? T'es pas venue avec Louisette, au moins ? Elle m'horripile, ta mère, tu le sais...

– Monsieur Ransac... Jean-Paul... c'est Margot Bellaud.

Son regard se durcit instantanément. Ses mains agrippèrent ses genoux.

– Qui êtes-vous ? Qu'est-ce que vous faites là ? Et qu'est-ce que vous voulez ? Elle est où, Nadou ? Elle était là... Vous lui avez fait quoi ? Elle est où, ma femme ?

Il avait craché ses questions dans une pluie de postillons, avec une hargne inattendue. Il dévisageait Margot, les yeux écarquillés par la colère.

– Elle va bien, Jean-Paul. Votre épouse va bien.

Un aide-soignant en blouse et sabots blancs surgit dans la chambre.

– Qu'est-ce qui se passe, monsieur Ransac ?

– Je sais pas où est passée Nadou, et cette fille s'est introduite chez moi ! Sale petite voleuse de merde !

Il se leva en brandissant un poing au niveau de son visage. L'aide-soignant se planta devant lui, protégeant Margot comme un bouclier.

– Fouillez-la ! Je sais les reconnaître, moi, les voleuses !

L'aide-soignant lui posa la main sur l'épaule, délicatement, et se mit à lui parler d'une voix douce et posée.

– Jean-Paul, cette jeune dame est venue vous rendre visite pour vous parler d'une de vos enquêtes. Vous vous souvenez ?

Les yeux de Jean-Paul se gonflèrent de panique.

– Non ! NON ! Je la connais pas, je vous dis !

– Mais si... Vous n'arrivez pas à vous en souvenir, c'est tout. C'est normal, c'est la fin de la journée. Vous êtes fatigué. Mais vous aviez hâte qu'elle arrive. Vous avez même voulu vous faire beau. Vous avez mis votre costume. Vous espériez qu'elle serait jolie, votre visiteuse. Vous n'êtes pas déçu, hein ?

Le vieil homme fixait l'aide-soignant d'un regard ahuri. Il fit un pas de côté mal assuré pour jeter un coup d'œil à Margot et la détailla quelques secondes, puis ses yeux s'agrandirent et sa bouche s'entrouvrit.

– Ah... Vous vous souvenez, hein, monsieur Ransac ?

Il hocha lentement la tête, comme un enfant qui admet avoir fait une bêtise.

– Oui. Je sais qui c'est. Je sais qui vous êtes.

– Vous voyez ? Il suffisait de se calmer un peu…

– Je vous ai reconnue.

– Allez, asseyez-vous maintenant.

Jean-Paul Ransac se rassit. Il lissa de sa main osseuse ses cheveux ébouriffés.

– Vous ne devriez pas être là, Christiane.

Margot plaqua sa main contre sa bouche. Son cœur se mit à cogner dans sa poitrine avec acharnement.

– Il a reçu une bonne correction pour ce qu'ils t'ont fait, cette bande de bons à rien.

*

Son téléphone coincé entre l'épaule et l'oreille, Margot referma la porte d'entrée de chez elle d'un coup de talon, concentrée sur les tonalités qui s'égrenaient à l'autre bout de la ligne.

– *Oui ?*

– Hélène ? C'est Margot Bellaud. Désolée de vous déranger de nouveau… Auriez-vous quelques minutes, là ?

– *Oui, bien sûr. Dites-moi.*

Les mots étaient hachés, la voix mâchée. Margot n'avait aucune idée de l'heure. Certainement celle du dîner.

– Je reviens de la maison de retraite. J'ai vu le commandant Ransac... Il ne va pas très bien. Il a Alzheimer, Hélène. Je suis désolée...

Les bruits de mastication cessèrent. Suivit un « quoi ? » ahuri, douloureux. Margot perçut un bruit étouffé et comprit qu'Hélène s'était assise sur un canapé. Elle attendit quelques secondes, le temps que les ondes du choc s'éloignent, puis raconta sa visite.

Pendant les quelques minutes que dura son récit, Margot n'entendit rien à l'autre bout de la ligne, rien qu'un bruit de fond, la télévision ou la radio sans doute.

– Hélène, sauriez-vous si ma mère est passée au commissariat, au moment de l'enquête ?

– *Non, elle n'y a jamais mis les pieds, j'en suis sûre. J'ai pris sa déposition et fait réaliser les portraits-robots alors qu'elle était encore à l'hôpital.*

– Comment Ransac a-t-il pu me confondre avec ma mère, alors ? Il a forcément dû la rencontrer à un moment ou à un autre, non ?

Hélène manifesta son incompréhension par un soupir sonore.

– *Je ne vois pas comment, Margot. Vraiment pas.*

– Il l'a peut-être croisée à Peynier ou à Trets ?

– *Sincèrement, je ne sais pas...*

– Essayez de vous souvenir, Hélène. Il n'a jamais mentionné le fait qu'il la connaissait ?

– *Non. Jamais. Je ne comprends pas.*

Un silence glacial s'installa.

La culpabilité pointait le bout de son nez chez Margot depuis un petit moment déjà. Elle s'acharnait sur cette femme avec un sans-gêne éhonté, comme une journaliste assoiffée de scoops.

Oui, d'accord, mais bon… je n'ai pas trop le choix.

Les questions se bousculaient dans son esprit comme des autos-tamponneuses. Elle fit le tri, les étiqueta mentalement, puis reprit la parole.

– Hélène, vous êtes certaine que personne n'a été inculpé, arrêté ou même soupçonné, pour le viol de ma mère ?

– *Oui, absolument certaine. Ransac m'en aurait parlé.*

– Avait-il une secrétaire qui pourrait en savoir un peu plus sur cette affaire ?

– *Non.*

– Vos anciens collègues peut-être ?

– *Ça m'étonnerait fort.*

– Ça… ça vous ennuierait de les contacter ? Ou, si vous préférez, de me donner leurs noms ?

– *Écoutez, je…*

Hélène soupira. De lassitude ou d'exaspération, Margot n'en était pas très sûre.

– *Je vais m'en occuper, Margot, ce sera plus simple.*

– Merci, Hélène. Une dernière chose : pourriez-vous me scanner le rapport de l'agression de ma mère ?

– *C'est fait. Vous devriez l'avoir dans votre boîte mail.*

Margot la remercia une nouvelle fois avant de raccrocher.

Si Ransac s'est souvenu du viol de maman, malgré le barrage de sa maladie, c'est que cette affaire a fait beaucoup plus de vagues que je pensais...

Elle se déchaussa et longea le couloir jusqu'à son bureau.

Et si je retournais voir Ransac ? Après tout, il peut avoir un autre éclair de lucidité, non ?

Son ordinateur s'alluma en ronronnant.

Non. Retourner à la maison de retraite n'était pas une bonne idée. Elle ne pouvait pas compter sur un éclair de lucidité.

Sa boîte mail affichait plusieurs messages non lus, dont celui de Janson. Elle téléchargea immédiatement la pièce jointe.

Le rapport de l'agression de maman...

Sa respiration s'accéléra, déclenchant une nausée latente qui se mit à naviguer entre son estomac et le fond de sa gorge. Margot ferma les yeux, avala une grande goulée d'air, expira à fond et rouvrit lentement les yeux. Le rapport comportait sept pages. Les lignes dactylographiées étaient tellement serrées que les mots semblaient se chevaucher.

Et si...

Sa main se suspendit au-dessus de la souris, son corps tendu vers l'idée qui venait de germer dans son esprit. Son cerveau avait construit un pont. Un pont entre deux événements.

Elle ouvrit une page Google et se mit à écumer le Net à la recherche de l'information qui validerait sa théorie. Ou la démolirait.

Les résultats défilaient, mais Margot ne trouvait pas ce qui l'intéressait. Au bout d'une heure, elle se leva en se frottant les yeux et se rendit à la cuisine. Elle avala quelques gorgées d'eau à même le robinet.

Peut-être que je cherche des liens là où il n'y en a pas ? Allez, encore une demi-heure, et je vais me coucher.

Elle retourna s'asseoir à son bureau, face à son ordinateur, et se mit à étudier une nouvelle page de résultats. Soudain ses yeux fatigués s'écarquillèrent. Elle lut et relut les mots affichés devant elle. Le lien qu'elle cherchait à établir était là. Elle l'avait trouvé.

Quelques heures plus tôt, son cerveau avait stocké une remarque de l'hôtesse d'accueil, à la maison de retraite. Puis une image, chez Jean-Paul Ransac. Et sans crier gare, ces deux informations avaient ressurgi pour se télescoper à la surface de sa conscience.

La standardiste avait dit, en parlant du fils du commandant, que Ransac l'appelait le « chef », et ça l'avait fait rire. Or, un des clichés encadrés dans la chambre du vieux gendarme le montrait en train de serrer la main du grand cuisinier Jean-Christophe Latour. Le célèbre chef étoilé Jean-Christophe Latour.

Et là, dans une interview vieille de sept ans pour *Nice-Matin*, Jean-Christophe Latour parlait de son père, commandant de Gendarmerie à Trets.

Jean-Christophe Latour était le fils de Jean-Paul Ransac. Il n'y avait pas de doute.

Du bout des doigts, Margot dessina des petits mouvements circulaires sur ses tempes. Les choses se compliquaient. Le chemin devenait plus tortueux. Mais il y avait quand même un chemin.

6

Le ciel capricieux postillonnait sur Londres, striant de pluie les vitres du taxi. Des faisceaux de lumière perçaient par endroits les nuages moutonneux, comme si quelqu'un s'amusait à éclairer la ville avec une torche électrique.

À l'arrêt depuis plusieurs minutes, le chauffeur flegmatique respectait le collé serré matinal sans un coup de klaxon ni le moindre soupir exaspéré. Margot se vidait la tête en contemplant la faune londonienne : les amateurs de narguilé sur Edgware Road et leur barbe de fumée ; les travailleurs pressés, la cravate flottant sur l'épaule, un gobelet de carton en main ou protégeant de la bruine leur brushing soigné ; les touristes perdus qui faisaient tourner le plan de la ville comme s'il s'agissait d'une boussole.

À la radio, les commentateurs plaisantaient sur une bourde d'Obama lors de son dernier voyage officiel en terre anglaise. Deux blagues fusèrent sur l'accent nasillard des Américains. Les pauvres s'en prenaient vraiment plein la tronche. Rien ne valait, bien entendu, la subtile préciosité teintée d'arrogance des gardiens de la langue de Shakespeare.

Margot sourit. Quelques secondes durant, elle en oublia presque la raison de sa venue.

How lovely...

Et pourtant, la déposition de sa mère était là, cachée sous l'épaisse croûte de cuir de son sac de voyage. Elle avait lu et relu les pages dactylographiées. Elle revoyait les mots crus. Les verbes précis. Les phrases courtes, abruptes. Lorsque le point final tombait, elle se sentait comme au bord d'un précipice, ses bras moulinant dans le vide pour maintenir un équilibre fragile. Venait ensuite la déposition de Lucie Mérina, qui ne contenait rien de plus que ce qu'elle lui avait raconté. Puis les quatre portraits-robots des agresseurs. Lorsqu'ils s'étaient affichés sur son ordinateur, la déception avait noué la gorge de Margot. Les quatre visages se ressemblaient au point de se confondre. La jeune femme avait alors mesuré combien la tâche d'Hélène Janson avait dû être difficile... voire impossible.

Elle ôta sa main de son sac comme s'il était soudain devenu brûlant.

Le taxi avait enfin échappé aux bouchons : il longeait maintenant Marble Arch. Il s'engagea dans Park Lane et bifurqua dans Upper Brook Street, contourna Grosvenor Square, continua sur Carlos Place, puis s'arrêta devant le Connaught.

Margot paya sa course et descendit en répondant au sourire chaleureux du portier coiffé d'un haut-de-forme, posté à l'entrée de l'hôtel. Cela faisait plusieurs années qu'elle venait régulièrement rencontrer ses fournisseurs à Londres. Lors de son premier voyage, la maison de prêt-à-porter anglaise Reiss lui avait réservé une chambre dans cet hôtel de luxe niché au creux de Mayfair. Depuis, elle profitait des tarifs avantageux dont jouissaient les collaborateurs de l'entreprise.

Elle pénétra dans le hall. Aussitôt, l'image de sa mère en pleine conversation avec George, le concierge, se plaqua contre sa rétine et lui brouilla la vue. Il y avait un an de cela. Onze mois exactement. Sa mère l'avait accompagnée pour un voyage d'affaires. Margot voyageait seule d'ordinaire, Alice ayant une peur bleue de l'avion.

Vivement que la douleur s'éloigne et qu'il ne reste plus que la douceur des souvenirs.

Elle ravala sa peine, laissa l'image flotter devant ses yeux et procéda machinalement aux formalités d'enregistrement.

Cinq minutes plus tard, elle refermait la porte de sa chambre. Elle déposa son sac sur le porte-bagages et jeta un bref coup d'œil à sa montre. Elle avait tout juste le temps de se rafraîchir avant son premier rendez-vous.

Bon sang, elle avait vraiment hâte d'être à ce soir...

*

Margot déboutonna son imperméable et lissa sa robe de satin noir. Ses doigts effleurèrent la large ceinture qui lui serrait la taille. Elle n'avait pas vraiment faim, mais l'appétit viendrait sans doute en mangeant. Elle avait couru dans Londres toute la journée, volant de fournisseur en fournisseur, l'esprit complètement occupé par l'idée de ce dîner.

– *Good evening*, madame.

L'accent outrancièrement français de son interlocuteur la convainquit d'utiliser la langue de Molière.

– Bonsoir. Madame Bellaud. J'ai une réservation pour 21 heures 45.

Debout derrière son étroit comptoir, le maître d'hôtel, aussi fin qu'une ficelle, baissa les yeux quelques secondes sur son écran.

– Bien sûr, madame. Puis-je vous débarrasser ?

Margot ôta son imperméable et le lui tendit. Il le posa délicatement sur son bras.

– Veuillez me suivre, madame, s'il vous plaît.

Une fois installée, Margot commanda une bouteille d'eau plate et un verre de chambertin premier cru. Puis, saisissant distraitement un morceau de pain aux noix, elle laissa courir ses yeux sur le menu.

Quatre jours plus tôt, incapable de rester à Aix se tourner les pouces en attendant que les anciens collègues d'Hélène Janson veuillent bien lui répondre, elle avait décidé de venir à Londres. Elle devait avancer de son côté. En commençant par déchiffrer la phrase du commandant Ransac qui la hantait : « *Il a reçu une bonne correction pour ce qu'ils t'ont fait, cette bande de bons à rien.* »

Qui était ce « il » ? Vu l'état de santé de Ransac, une seule personne pouvait répondre à cette question désormais : son fils, Jean-Christophe Latour, le chef étoilé de renommée mondiale. Peut-être son père parlait-il de ses enquêtes à la maison ? Peut-être Latour avait-il entendu des bruits sur l'affaire ? Ou connu Christiane, sa mère ? Après tout, il avait passé sa jeunesse à Trets, il l'avait peut-être fréquentée ?

Mais comment atteindre un homme protégé par un rempart de collaborateurs ? Margot devait creuser, en savoir plus sur lui. À commencer par son lieu de travail. Travaillait-il dans son restaurant de Paris ? de Saint-Tropez ? de Hong-Kong ? de Las Vegas ? Ou bien avait-il abandonné les fourneaux au profit de la gestion de son empire ? Margot s'était enchaînée à son ordinateur et avait cherché des réponses sur Internet. Latour avait apparemment établi ses quartiers à Londres : il avait posé pour *Gala* deux mois plus tôt dans sa maison de Hampstead, pour fêter l'ouverture de son nouveau restaurant de cuisine provençale, Calabrun, en plein cœur de la capitale. Le grand chef y exerçait sa magie du mardi au dimanche. Il fallait qu'elle y aille. Qu'elle le voie. Qu'elle lui parle. Qu'elle lui demande. Ou, du moins, qu'elle essaie de l'approcher. Que risquait-elle à le tenter ? Elle avait de toute façon prévu de se rendre à Londres pour rencontrer de nouveaux fournisseurs. Il lui suffisait d'avancer ses rendez-vous et de déplacer son billet. En quelques clics, l'affaire avait été réglée.

– Bonsoir, mademoiselle. *I wish you a fantastic dinner.*

La voix était sombre, magnétique. Le sourire à la fois timide et généreux. Margot sentit une pression délicate sur son omoplate. L'homme portait un tablier noir sur une chemise noire. Des lunettes rondes cerclaient ses yeux sérieux. Sa chevelure grise, massive, formait des crans travaillés sur chacune de ses tempes. Jean-Christophe Latour.

Elle ouvrit la bouche, mais seul un « merci » inaudible en sortit. Il avait déjà tourné les talons et répétait la même danse : une main dans le dos du client, quelques mots, un sourire. Il fit le tour de son restaurant et disparu derrière une porte à double abattants trouée de deux hublots.

MERDE !! C'est pas vrai, ça ! Je l'avais sous la main ! Comment je fais pour être aussi empotée !?

Une heure plus tard, elle terminait son dîner sans avoir revu Latour. Et sans avoir apprécié les saveurs quasi célestes du repas. Le mignon de veau à la fleur de thym et les ravioles à la crème d'artichaut et de foie gras n'avaient pas eu plus de goût que du plâtre. À croire que son inquiétude avait kidnappé ses papilles.

Sa gorge se noua.

Je fais quoi maintenant ? Je reviens demain ?

Elle laissa échapper un bref rire sardonique, qui attira l'attention des clients de la table voisine. *Je m'attendais à quoi, hein ? À ce qu'il me tape la discute en plein restaurant, pendant son travail ?* Elle secoua la tête, un rictus moqueur sur les lèvres. Tant de naïveté l'atterrait.

Margot régla l'addition, enfila son trench et se sauva. Elle allait rentrer au Connaught, se jeter sous une douche brûlante et oublier tout ça.

Elle descendit Barlow Place, longea Bruton Lane et s'engagea dans Berkeley Square. Les trottoirs grouillaient d'une foule glapissante ; des volutes de fumée s'élevaient au-dessus de visages rieurs, des conversations en anglais, en français et en russe se télescopaient joyeusement.

Ah, si elle avait pu tout oublier ! Effacer sa mémoire. Aller trinquer avec le gars en blazer gris, là-bas, et la fille en robe rose. Se nourrir de leur légèreté.

Non. Non. NON !

Son corps se raidit. Elle s'arrêta net.

Je ne peux pas abandonner comme ça. Je ne peux pas.

Elle fit volte-face et rebroussa chemin d'un pas pressé. Lorsqu'elle atteignit Barlow Place, elle aperçut Latour, devant le restaurant, qui discutait avec un couple.

Elle traversa pour se réfugier sur le trottoir d'en face, dépassa l'entrée du Calabrun et marcha sur une vingtaine de mètres, les yeux rivés sur ses chaussures, jusqu'à un porche sous lequel elle s'abrita. D'ici, elle voyait parfaitement le restaurant, une vingtaine de mètres sur sa droite. Latour discutait toujours avec le couple. Ils échangèrent une longue poignée de main et le chef retourna à l'intérieur. Presque simultanément, une douzaine de personnes déboucha d'une allée, sur le côté de l'immeuble. Margot reconnut le maître d'hôtel, ainsi que deux serveurs.

Quelques gouttes s'écrasèrent sur le sommet de son crâne. Elle fit un pas en arrière, sans lâcher des yeux ni l'entrée principale, ni l'allée latérale. La pluie s'arrêta un instant, puis reprit avec plus de force, bientôt de l'acharnement. Une rafale de vent s'ébroua sur elle, trempant son trench et ses collants.

Soudain, à travers le rideau de pluie, une loupiotte s'éclaira dans l'allée latérale. Oubliant l'averse, Margot s'avança. Elle distinguait une porte. Latour en sortit, la verrouilla derrière lui, déploya un large parapluie noir.

Sans réfléchir, Margot courut à sa rencontre, ignorant ses talons capricieux qui glissaient sur l'asphalte.

– Monsieur Latour !

Il releva la tête et la regarda en fronçant les sourcils.

– Oui ?

Margot se planta face à lui, dégoulinante. Latour tendit aussitôt le bras pour la protéger de son parapluie.

– Je... euh...

Margot cherchait son souffle et les mots qu'elle avait préparés, répétés des dizaines de fois.

– Bonsoir, monsieur... Je suis mademoiselle Belland. Ma mère était une connaissance de votre père, Jean-Paul Ransac. Elle est morte d'un cancer il y a quelques semaines... Je suis allé voir votre père à sa maison de retraite et...

Les énormes gouttes de pluie fouettaient violemment l'asphalte, couvrant complètement sa voix. Latour lui proposa de poursuivre au sec leur conversation.

Abrités sous le parapluie noir, ils se dirigèrent ensemble vers l'entrée des cuisines. Il fouilla un instant dans sa poche, en extirpa un trousseau de clés et ils se retrouvèrent dans un couloir étroit, plongé dans l'obscurité. Sans prendre la peine d'allumer, son hôte invita Margot à le suivre jusqu'à une vaste cuisine, entièrement carrelée de blanc.

Son imperméable trempé lui collait aux bras et au cou. Margot frissonna.

– Vous pouvez l'enlever, si vous voulez. Il y a un portemanteau dans le couloir, juste derrière vous. Voulez-vous un thé ou quelque chose de chaud ?

– Je veux bien un thé, merci, répondit-elle en dénouant son trench.

Elle retrouva Latour, une boîte en métal à la main, qui refermait les portes vitrées d'un placard, au-dessus d'un plan de travail en acier inoxydable. Margot devina quelques notes de musique classique, brouillées par le bourdonnement de la bouilloire.

– Je ne peux pas mettre un pied dans ma cuisine sans Pachelbel, expliqua-t-il en ouvrant un petit meuble coincé entre deux énormes blocs d'acier.

Il en sortit deux tasses, une théière et les posa près de l'évier. Il ôta le couvercle de la boîte ronde Fortnum & Mason dont Margot reconnut la célèbre étiquette verte, déposa quelques feuilles de thé dans la théière et la remplit d'eau frémissante.

– C'est donc vous, la jolie jeune fille qui a rendu visite à mon père.

Margot acquiesça d'un timide mouvement de tête.

– Le pauvre ne se rappelle plus grand-chose, mais il se souvenait très bien de vous, croyez-moi... Qu'est-ce qui vous amenait dans une maison de retraite aixoise, et maintenant à Londres, mademoiselle, euh...

– Margot Bellaud.

– Bellaud, oui, pardon... Mademoiselle Bellaud, quelque chose me dit que votre visite n'a rien à voir avec ma célébrité...

Margot sourit. La touche d'autodérision ne lui avait pas échappé.

– Vous avez mentionné votre mère, c'est ça ? reprit-il.

– Oui... Elle... Elle est décédée récemment.

– Mes plus sincères condoléances.

Margot le remercia d'un sourire furtif.

Latour versa un fond de thé dans la première tasse, inspecta le breuvage, puis remplit les deux tasses. Il en posa une sur la table, devant Margot.

– Pardon, je vous ai coupée... s'excusa-t-il avant d'avaler une gorgée de thé fumant.

– En fait, je cherche à combler les zones d'ombre de mon histoire familiale...

Appuyé contre le plan de travail, Latour attendait la suite. De fines traînées de pluie striaient les verres de ses lunettes rondes.

Margot repensa aux émissions télévisées, aux documentaires, où elle avait vu le grand chef, toque plantée sur la tête, façonner un dessert, vérifier la teneur en épices d'une sauce ou répondre patiemment aux questions des journalistes.

Elle sentit des gouttes d'eau perler de sa chevelure mouillée et couler entre ses omoplates. Son maquillage devait lui dégouliner sur la figure. Instinctivement, elle s'essuya le contour des yeux du bout des doigts et constata l'ampleur des dégâts.

Mais qu'est-ce que je fous là, bon sang ?

Elle baissa le regard et secoua la tête, un sourire acide étirant ses lèvres.

– Excusez-moi, vraiment... Je ne sais pas ce que je fais ici... C'est complètement surréaliste ce qui se passe, là...

– C'est en effet on ne peut plus surréaliste. Une jeune fille qui m'attend sous la pluie en criant mon nom : un instant, je me suis pris pour Johnny !

Le sourire de Margot perdit son amertume.

– Mais bon, puisque vous êtes là, autant me dire ce qui vous a poussée à quitter la Provence pour venir me voir. Où exactement, d'ailleurs, en Provence ?

– Aix…

– Pardon, je ne vous ai rien proposé à manger. Vous voulez quelque chose ? demanda-t-il en frottant ses mains l'une contre l'autre.

– Non, merci…

– Ah. Bon, bon… Pardon… Je vous écoute. Continuez, je vous en prie…

Les joues de Margot s'empourprèrent. La situation devenait complètement ridicule. Qu'est-ce qu'elle allait raconter à cet homme ?

– Je… je cherche des informations sur une enquête que votre père a menée…

– Mais quel est le lien avec votre histoire familiale, si je puis me permettre ?

Elle déglutit.

– Ma mère était la victime… dans cette affaire… Il s'agissait d'un viol.

Les sourcils de Latour se froncèrent imperceptiblement.

L'annonce de Margot était on ne peut plus abrupte, certes, mais il n'y avait pas trente manières d'aborder le sujet. Elle était de toute façon bien trop exténuée pour faire des ronds de jambe.

– C'est terrible. Je suis sincèrement désolé. Et… de quand date cette affaire ?

– Mars 1981.

Il se retourna pour déposer sa tasse derrière lui.

– Ça s'est passé entre Trets et Peynier…

– Ça ne me dit rien, répondit-il en secouant lentement la tête, le front plissé.

– Je me demandais si votre père aurait pu évoquer cette affaire à la maison… Vous auriez pu entendre quelque chose ? Une conversation entre vos parents ou les collègues de votre père ? À moins qu'il ne vous en ait parlé à vous, directement ? Je sais que ça date de trente ans, mais…

– Mon père ne parlait jamais de travail à la maison. Jamais. Je ne pense même pas qu'il en touchait mot à ma mère.

– Vous auriez pu entendre des bruits, des rumeurs, comme vous étiez du coin ?

– Non, cela ne me dit rien. J'étudiais à l'étranger, à l'époque.

– Vous étiez certainement resté en contact avec vos amis, non ? Peut-être que dans vos correspondances avec eux, vous…

– Écoutez, je suis vraiment désolé, mademoiselle, mais je ne sais rien de cette histoire.

– Pourtant les quelques personnes auxquelles j'ai parlé, à Peynier, se souviennent très bien du drame…

Margot s'interrompit, regrettant l'arrogance qui avait percé dans ses propos. La phrase avait dévalé de ses lèvres sans qu'elle pense au poids des mots.

Latour se pétrit le front du bout des doigts, puis lissa ses cheveux d'une main impatiente.

– C'est pour ça que vous êtes allée voir mon père à sa maison de retraite ?

– Oui. Je pensais qu'il se rappellerait peut-être quelque chose qui ne figure pas dans le dossier d'enquête.

– Il a pu vous aider ?

Le souvenir de sa visite chez le vieux Ransac fit courir la chair de poule sur la nuque de Margot. Elle croisa les bras autour de sa taille.

– Oui, même si sa maladie faisait barrière, il s'est souvenu de ma mère.

Les yeux de Latour s'écarquillèrent.

– Ah bon ? Pourtant sa mémoire n'est plus... je croyais que...

Il entrouvrit la bouche, la referma aussitôt.

Margot hésita. Comment parler avec délicatesse du dérapage de Ransac ? Elle opta pour la simplicité. L'approche directe.

– Votre père m'a prise pour ma mère.

– Quoi ? Il vous a...

Le choc figea le visage de Latour. La violence des ravages d'Alzheimer sur les proches du malade.

– Mais... Il ne m'a rien dit de tout ça ! Il ne se souvenait même plus de votre nom !

– Il m'a appelée « Christiane ». C'est le nom de ma mère.

– Il aurait pu s'agir d'une autre, non ?

– Je ne pense pas, non. Votre père a fait référence au viol. Ou, plus exactement, aux violeurs.

La bouche de Latour se scella en une ligne parfaitement horizontale, comme un tracé plat sur un moniteur cardiaque.

– Intéressant…

Il se retourna, attrapa sa tasse et se repositionna face à Margot. Il avala une gorgée de thé.

– Très intéressant, votre petit jeu.

Ses yeux s'étaient plantés dans ceux de Margot comme deux harpons.

– Il faut dire que je ne m'attendais pas à ça…

Il laissa échapper un petit rire crissant.

– Je pensais vraiment que, dans votre petite robe noire, vous étiez là pour moi… Pour grappiller un peu de ma célébrité. Voyez (son index se mit à battre la mesure à la hauteur de ses yeux), même à mon âge, l'ego floute la raison.

Les muscles de sa mâchoire saillirent sous la peau de ses joues.

– Qu'est-ce que vous voulez, mademoiselle Belaud ?

Il n'avait pas haussé le ton, mais Margot sentait le danger dans chacun de ses mots.

– Qu'est-ce que vous voulez vraiment ? Vous voulez de l'argent ? C'est ça ?

Il reposa sa tasse derrière lui, sans lâcher Margot du regard. Ses doigts s'accrochèrent à la table en acier comme une paire de griffes acérées.

– Vous pensez vraiment que je suis prêt à abandonner TOUT ÇA sans lutter ? cracha-t-il en balayant l'air de la main.

Il se mit à secouer la tête en s'avançant vers elle. Lentement. Paralysée par le choc, Margot semblait avoir pris racine dans le sol de la cuisine.

– Vous pensez vraiment que je suis prêt à abandonner tout ce que j'ai construit depuis plus de vingt ans ? Vous me voyez sincèrement mettre en péril mon empire à cause d'une erreur de jeunesse ?

« Une erreur de jeunesse. » Bon sang... Latour, un des violeurs de maman ?!? Oh mon Dieu... Oh mon Dieu !

Une décharge d'adrénaline libéra le corps de Margot du joug de la peur. Ses jambes la propulsèrent vers la porte qui donnait sur le couloir. Mais, à peine arrivée au chambranle, elle chuta en arrière. Ses jambes moulinèrent dans le vide une seconde et elle atterrit par terre, sur le dos. Une douleur intense irradia l'arrière de son crâne. Latour lui avait empoigné les cheveux et s'y accrochait comme à une corde.

Il me traîne comme un butin de chasse. Comme un butin de chasse. Ils ont traîné maman...

Elle cherchait à saisir quelque chose, mais ses doigts glissaient sans rien pouvoir attraper. Latour contourna le plan de travail. Margot lança ses deux mains vers la table d'acier. Attrapa un pied. Crispa les doigts autour du barreau. Elle serra les dents, contracta ses bras et ses épaules pour résister à la traction arrière puis, ignorant la douleur, elle propulsa son buste en avant. La pression cessa au niveau de son crâne. Ses cheveux mouillés lui fouettèrent le dos. Latour l'avait lâchée. Elle se releva d'un bond et se remit à courir en direction de la porte. Elle se sentait légère. Dans la bagarre, elle avait perdu ses chaussures. Mais des talons claquaient sur le carrelage. Il était derrière elle. Elle passa à côté d'un meuble à roulettes, le poussa en arrière, dans sa direction, et jeta un coup d'œil par-dessus son épaule : il n'était qu'à quelques centimètres !

Latour l'attrapa par le bras, la retourna comme une poupée de chiffon et la plaqua contre le mur. Il serrait sa main autour de sa gorge. La sensation était atroce. Pas la douleur, non. Mais le manque d'air. Margot ouvrait la bouche comme un poisson propulsé hors de son bocal. Elle commanda à ses bras de se lever mais son corps ne lui obéissait plus. Tout ce qu'elle sentait, c'était l'étau qui se resserrait. Et l'air. L'air qui ne passait plus.

*

Les nuages stagnaient à vingt mètres du sol, formant une barrière aussi dense et grise que du béton. Une pluie rageuse s'abattit soudain sur le tarmac et contre les hublots.

Margot boucla sa ceinture. Elle déglutit plusieurs fois mais le goût âcre s'accrochait, tenace, aux parois de sa gorge. Elle glissa un regard vers l'avant de l'appareil. Les trois hôtesses de l'air avaient terminé leur conciliabule. Leurs visages fermés étaient maintenant tournés vers la porte de l'appareil. L'une d'elles se pencha discrètement vers l'allée centrale et scanna l'ensemble des passagers d'un rapide coup d'œil.

Margot consulta sa montre : l'avion aurait dû décoller vingt-cinq minutes plus tôt. Des gouttes de sueur glacées se formèrent en haut de sa nuque, à l'orée des cheveux, et roulèrent le long de sa colonne vertébrale. Elle ferma les yeux et se mordit la lèvre supérieure. Les sensations de la veille restaient collées à son esprit comme un vêtement mouillé adhère à la peau.

Le bruit étouffé des gouttes de pluie qui s'écrasent sur la toile du parapluie. Mon corps lourd, douloureux. Mes jambes qui me portent dans les rues, comme mues par une énergie étrangère. Mes cheveux humides plaqués sur mes oreilles, moulés à mon visage comme un masque. Le froid qui hérisse ma peau.

Le film se déroulait devant ses yeux. Une nouvelle fois. Il commençait toujours au même moment : à sa sortie du restaurant. Elle ne voulait pas penser à... à avant. Aux mains de Latour empoignant sa chevelure. Aux mains de Latour lui serrant le cou. À cette sensation atroce d'étouffer. À cette peur panique de mourir qui avait poussé son corps à agir plus vite que son esprit. Non. Le film devait toujours commencer au même moment : lorsqu'elle sortait du restaurant.

Je relève le col de mon imperméable et je rapproche le parapluie de ma tête. Pour me protéger des autres. De leurs regards. Et je marche vite. Mes jambes ne se dérobent pas. Elles avancent malgré moi, déterminées, presque guerrières. Elles me conduisent jusqu'à l'hôtel, dans ma chambre, à l'abri. À l'abri de lui, à l'abri de tout.

8 heures 02. L'avion avait maintenant près d'une heure de retard. Autour d'elle, les passagers s'impatientaient. Margot sentit la moiteur se propager à ses aisselles, puis entre ses seins.

La voix étouffée de l'hôtesse crépita dans les haut-parleurs. Elle s'exprimait en anglais. Marquait des pauses au milieu de ses phrases, trébuchant sur les mots. Ils resteraient encore au sol une bonne demi-heure. La gorge de Margot se noua. Elle tira sur le foulard qui dissimulait ses meurtrissures.

Dans la chambre d'hôtel, je me laisse tomber sur le lit. Au contact du drap frais, mon corps se réveille, comme si soudain la tension, la peur, la douleur devenaient intolérables. Tout mon corps se met à se plaindre, à hurler. Le pire, c'est cette barre dans le dos, entre les omoplates. Il faut que j'enlève cette robe. Que je me douche. Je me déshabille, retourne la robe sur l'envers et la pose sur ma valise. Je ne sais pas ce que je vais en faire. Il faut que j'y pense. Je devrais peut-être dresser une liste des choses auxquelles je dois penser. Je ne sais pas... Je vais d'abord me doucher. J'abandonne ma culotte et mon soutien-gorge par terre et j'ouvre la porte de la salle de bains. L'image que le miroir me renvoie porte les stigmates de la lutte. Les marques rouges de doigts sur mon cou. Sur mes épaules. Mes jambes meurtries. Je me tourne et expose mon dos. Une ligne sanguinolente relie mes omoplates. Je m'approche du miroir pour voir la coupure de plus près et arrondis le dos. Elle se met à saigner sur le côté. Il faut que je me douche. Que je nettoie tout ça. Les mains appuyées contre le mur en mosaïque, les bras tendus, je me soumets au jet d'eau brûlante. Pour me laver de tout ça.

Margot leva les yeux vers le nez de l'avion. Les hôtesses parlementaient avec un homme vêtu d'une chasuble jaune fluorescent. Tout à coup, leurs visages s'animèrent. L'une d'entre elles tendit le bras, s'empara du téléphone et annonça que l'avion était enfin prêt à décoller. Margot laissa tomber sa tête en avant et poussa un soupir sonore.

Enfin.

Elle sortit rapidement son portable du sac et l'alluma sous l'œil désapprobateur de son voisin. Elle appuya sur quelques touches et le colla à son oreille. Une voix enjouée jaillit de l'autre bout du fil. Margot coupa court aux effusions.

– J'ai besoin de votre aide.

*

Margot s'effaça derrière la porte et le laissa entrer. Sans mot dire, elle le précéda dans le salon et s'assit sur le canapé, sa jambe droite repliée sous sȩs fesses. Gabriel prit place à côté d'elle.

Il avait accepté de venir, sans poser de question.

– Alors, faites-moi voir ça, proposa-t-il en ouvrant sa mallette, posée à ses pieds.

Elle se tourna sur la droite pour lui présenter son dos, ôta les manches de son pull et le remonta jusqu'au cou, en le laissant pendre sur ses épaules.

– Vous pouvez vous mettre debout, s'il vous plaît, Margot ? Restez de dos.

Margot s'exécuta.

– Dites-moi lorsque je vous fais mal.

Elle sentit les doigts de Gabriel parcourir ses blessures, effleurer certains endroits, insister sur d'autres.

– La coupure entre vos omoplates est superficielle. Je vais la désinfecter et vous faire un pansement. Pour le reste, rien de cassé apparemment, mais vous devriez aller voir un médecin et passer des radios au plus vite, on ne sait jamais...

– Je ne veux pas voir de médecin, ni aller à l'hôpital. C'est pour ça que je vous ai demandé de venir. Je... J'ai eu ma dose dernièrement.

Toujours de dos, elle entendit le cliquetis de la mallette de Gabriel. Le claquement des gants en latex. Le bruissement des compresses libérées de leur protection. Le clapotis du liquide agité dans son flacon. Elle sentit la gaze en coton contre l'entaille et la douleur la fit sursauter.

– Je ne sais pas comment vous vous êtes débrouillée pour tomber de cette échelle, mais vous ne vous êtes pas ratée. Sur quoi avez-vous atterri ?

– Sur le rail d'une porte coulissante.

Elle avait préparé les réponses aux éventuelles questions. Les mensonges indispensables.

Le froissement des pansements que l'on dénude intervint comme une protestation. Il fit glisser les bretelles de son soutien-gorge à l'orée de ses épaules et posa le pansement.

– Ce ne sont pas mes affaires, Margot, mais... est-ce que vous êtes en danger ?

– Pardon ?

Margot tourna sa tête vers lui, lui offrant son profil. Les doigts de Gabriel poursuivirent leur travail : ils dessinaient un rectangle entre ses omoplates, lissant le pourtour du pansement.

– Une collision en voiture et maintenant ça... Les marques sur votre cou que vous cachez sous votre col roulé... insista-t-il, sans lever les yeux vers elle.

Margot porta instinctivement sa main à son cou.

– L'amour n'est pas censé provoquer de blessures, Margot...

Elle ouvrit la bouche, la referma aussitôt.

La vérité est plus sombre que dans ton imagination, Gabriel. Non, je n'ai pas succombé à une relation destructrice. Non, je ne protège pas un homme qui me bat en invoquant la force de son amour. Mon histoire à moi est bien plus terrifiante. Un homme a essayé de me tuer afin de protéger sa réputation. Son statut social. Sa fortune. Un homme qui est peut-être mon père.

Cette pensée la fit frissonner.

Si je nie, je vais devoir te donner une autre explication. Alors, autant me taire.

– Voilà, j'ai fini.

Margot remit son pull et fit face à Gabriel, qui rangeait un flacon dans sa mallette. Il laissa la gaze, ainsi que les protections du pansement, sur un coin de la table basse. Il se redressa et planta son regard dans celui de Margot. Un regard triste et dur. Puis, comme fatigués par la confrontation, ses yeux se mirent à balayer le sol. Il attrapa sa mallette et se dirigea vers la porte. Margot exhala un soupir discret et le suivit. Ils se firent face sur le seuil de l'appartement.

– Merci, Gabriel. Merci de vous être déplacé. Combien je vous dois ?

Il la considéra avec des yeux ronds.

– Mais rien du tout, enfin ! Par contre, si on pouvait arrêter avec le vouvoiement, ce serait vraiment sympa… Je sens déjà suffisamment le poids des années sur mes épaules.

Margot sourit et acquiesça d'un signe de tête.

– Le pansement que je t'ai mis résiste à l'eau. Garde-le un ou deux jours, ça suffit. Je vais te faire prescrire un antalgique par un médecin, à l'hôpital. Je te laisserai la prescription dans ta boîte aux lettres demain matin, après ma garde. Si ça ne va pas, si les douleurs deviennent insupportables, ou si ton écorchure te fait mal, tu appelles, OK ?

– Oui… Merci.

Il posa sa main sur la poignée, hésita un instant, puis se retourna vers Margot. Il la sonda du regard quelques secondes.

– Pense à ce que je t'ai dit, s'il te plaît. Je vois trop de jeunes femmes comme toi aux urgences. Beaucoup trop.

*

Les talons d'Alice claquaient avec énergie sur le carrelage de la cuisine de Margot. Angèle, sa mère, avait cuisiné quantité de petits plats pour son amie, et Alice les répartissait entre réfrigérateur et congélateur.

Elle revint au salon en pliant un sachet en plastique et prit place à côté de Margot sur le canapé.

– Bon, et à part le boulot, London, c'était comment ?

Terrifiant.

– Gris !

– Oui, tu m'étonnes, c'est à se demander comment l'île flotte encore avec les trombes d'eau qu'il y tombe trois cent soixante-cinq jours par an !

Margot sourit.

– T'as eu le temps d'aller faire un tour à la Tate Modern ?

– Non, du tout. Je n'ai fait que courir. Et puis ils exposaient Damien Hirst… Les animaux disséqués et les collections de mégots de cigarettes, très peu pour moi…

Alice épousseta sa jupe du revers de la main.

– T'as zappé notre thé…

La langue de Margot claqua sur son palais, produisant un bruit de bulle qui éclate. À chaque passage à Londres, elle achetait une cargaison de thé pour Alice et sa mère chez Harrods. Elle avait complètement oublié, cette fois.

– Oh, pardon… Tout a été tellement… compliqué que… j'ai zappé. Pardon, ma chérie…

– Pas grave. Il m'en reste encore. Pareil pour maman. Faudrait vraiment que je vienne avec toi la prochaine fois !

Les yeux de Margot s'agrandirent.

– En avion ?

– Ça va pas, non ! Non non non. En train. TGV, puis Eurostar. Alors, où les clients t'ont emmenée manger, petite veinarde ? Vas-y, fais-moi baver !

Le cœur de Margot se mit à tambouriner dans sa poitrine. Si fort, qu'elle se demanda si Alice n'en percevait pas les échos.

– Oh, rien de spécial. Je n'ai fait que courir, en fait. Je n'ai eu le temps que pour des cafés…

– Même pas un bon petit gueuleton ? Ma pauvre chérie belle !

Le souvenir du corps de Latour s'écrasant sur le sol électrisa Margot. Elle sursauta.

– Ça va ? Qu'est-ce qui t'arrive ?

– J'ai… Juste une crampe… à la jambe…

Encore un mensonge. Je mens avec une aisance… Ben oui, évidemment, je tiens ça de ma mère.

– Laisse-moi t'aider à la déplier. Penche-toi en avant…

Alice attrapa délicatement la jambe calée sous les fesses de Margot et lui fit dessiner un arc de cercle pour la ramener sur le sofa.

– Ça va mieux ?

Margot se contenta d'acquiescer.

– Comment tu te sens ?

– Ça va. La crampe passe.

– Non… je veux dire…

– L'accident ? J'ai beaucoup moins mal… D'ailleurs, Gabriel est passé chez moi m'apporter des comprimés.

Margot savait très bien à quoi son amie se référait. Mais elle n'avait pas envie d'en parler. Elle ne voulait pas s'étendre, encore, sur ce trou béant dans sa poitrine. En déviant la conversation sur Gabriel, elle était sûre de captiver l'attention d'Alice.

Menteuse et maintenant manipulatrice. J'ai décidément tout pour plaire...

Sans s'en rendre compte, elle posa la main sur son cœur.

– Ben alors ? Qu'est-ce qui s'est passé avec le bel infirmier ? Faut que je te supplie pour que tu développes, ou quoi ?

Le ton guilleret, presque chantant, de son amie la fit rire.

– Alors, alors, alors ?! RACONTE !!! Il est venu chez toi ? Comment ça se fait ?

Un sourire coquin ourlait les lèvres d'Alice.

– On s'est croisés dans Aix, il y a quelques jours, et il m'a donné son numéro de téléphone. Et je l'ai appelé quand... quand ma douleur au dos s'est réveillée... en rentrant de Londres...

Elle avait encore tordu la vérité.

Combien de temps je vais devoir lui mentir comme ça ?

– T'as eu mal et tu ne m'as pas appelée ? Non, mais, Margot ! Franchement !

Alice ne se fâcha qu'une seconde.

– Bon, allez, continue, raconte !

Ses yeux se plissaient de plaisir, comme ceux d'un chat sous la caresse.

– Il est venu à la maison, m'a auscultée...

– Il t'a auscultée ? Auscultée auscultée, ou « auscultée » ?

Margot éclata de rire et secoua la tête.

– Auscultée auscultée.

Alice serra ses lèvres en signe de désapprobation.

– Et c'est tout ?

– Ben... oui.

– Vous vous revoyez quand ?

– Je sais pas...

– Quand tu le verras, fais-moi en tout cas le plaisir de switcher ton col roulé et ton jean élimé pour quelque chose qui fasse plus envie, OK ?

Margot se força à étirer ses lèvres en un simulacre de sourire.

Son col roulé, elle ne risquait pas de l'enlever de sitôt.

7

– Je peux m'allonger ?

– Bien sûr, répondit le docteur Tavernel d'une voix neutre.

Margot fixa le psy sans ciller. Appuyé contre le dossier de sa chaise, la jambe droite en équerre sur son genou gauche – sa pose pseudo-décontractée –, il n'avait pas trahi la moindre surprise. Ni hésitation, ni sourire en coin vite refréné. Rien. Absolument rien.

Elle avait toujours refusé de s'allonger sur le divan. Cette banquette, au fond du cabinet, mettait un mot sur son travail ici : le mot « thérapie ». Son poids symbolique l'écrasait. Mais voilà que soudain, contre toute attente, elle ressentait la nécessité impérieuse de fouiller ses poubelles. Une nécessité pressante, comme un besoin d'uriner. Elle avait envie de s'allonger, de regarder le plafond ou le mur, et de laisser couler son déluge verbal.

Tiens donc, j'appelle ça « déluge » maintenant, et plus « dégueulis »...

Elle s'installa prudemment au bord du divan, poussa les fesses en arrière vers le centre de l'assise, abandonna son sac par terre puis, d'un mouvement rapide, bascula les jambes sur le sofa et, enfin, posa la tête sur le large coussin de velours bordeaux.

Voilà. Ça y est. Je suis allongée. Et j'ai l'impression d'avoir Freud qui fait du trampoline dans mon estomac.

Elle inspira un grand coup, comme si elle s'apprêtait à plonger en apnée, puis parla d'une voix forte.

– Je m'en veux. Je m'en veux de...

Elle suspendit sa phrase, se redressa, attrapa un coussin à ses pieds et se le cala sous la nuque.

– Je m'en veux de ne pas être honnête avec Alice.

Tavernel gardait le silence.

– Je voudrais lui dire... mais je ne veux pas.

– Vous voulez, mais vous ne voulez pas.

– Non... En fait, je voudrais... je voudrais lui parler du drame à l'origine de ma naissance, je meurs d'envie de le lui dire, mais je ne peux pas.

– Pourquoi ?

– Pourquoi ? Mais c'est évident, non ?

Margot jeta un coup d'œil sur le côté. Tavernel la regardait sans mot dire. Elle tourna la tête et s'adressa au mur.

– Parce que… parce que… c'est déjà trop lourd à porter pour moi, alors pour elle… Et puis je ne peux pas lui filer mes problèmes, juste pour me décharger de ce poids. Alice ne mérite pas ça. Elle est déjà tellement présente pour moi…

– Vous avez dit « je ne veux pas » tout à l'heure.

– Quoi ?

– Tout à l'heure, vous avez dit que vous ne « vouliez » pas lui dire, avant de dire que vous ne « pouviez » pas.

Margot ouvrit la bouche mais la referma aussi sec. *Je sais ce que j'ai dit. Tu me gonfles avec tes questions de vocabulaire.*

Elle se mura dans un silence boudeur jusqu'à ce que Tavernel reprenne la parole.

– Comment vivez-vous l'absence de votre mère, Margot ?

La question lui fit l'effet d'un coup de poing en plein ventre et lui coupa la respiration. Margot sentit la colère gronder en elle comme un tonnerre. Elle n'eut ni la force ni l'envie de la contenir.

– Non, mais vous vous entendez ? Est-ce que vous avez entendu ce que vous venez de dire ? Vous parlez comme si elle était partie en week-end ! Vous pensez que je suis là pour quoi, hein ? Son « absence », comme vous dites, je la vis très mal ! Très très mal !

Sa voix se percha dans les aigus, étranglée par les premiers sanglots. Ils jaillirent avec la violence d'un orage de mousson. Margot était consciente de sa mine décomposée, de ses pleurs d'enfant, de sa respiration erratique, mais, dévorée par sa peine, elle ne contrôlait plus rien. Elle assistait, démunie, à cette éruption de détresse.

Petit à petit, les larmes se tarirent. Épuisés par le chagrin, ses membres se relâchèrent. Avec sa manche, elle s'essuya les yeux et sécha ses oreilles, pleines de gouttes froides.

– Comment vivez-vous cette absence, Margot ? Essayez de le verbaliser, demanda Tavernel d'une voix douce.

Je me sens comme ce buste décharné, au crâne craquelé, qu'a peint Dalí : avec un trou béant dans le cœur et dans le ventre. Comme si mon corps n'était plus habité. Ou habitable.

Elle renifla, puis parla d'une voix sourde.

– Mal. Je me sens très mal. Elle me manque trop. Le manque me dépasse. M'engloutit.

L'image de sa mère souriante, le visage baigné de soleil, flotta devant ses yeux, et le trou dans sa poitrine s'agrandit encore un peu. Elle n'y arrivait pas. Elle ne parvenait pas à étreindre les bons souvenirs sans que la douleur prenne le pas. Elle s'y jetait pourtant à cœur perdu, dans ces souvenirs. Elle fermait les yeux pour les garder en elle le plus longtemps possible. Les étirer comme une bannière au vent. Mais, chaque fois c'était pareil : avant même d'en savourer la douceur, ils étaient ternis par l'amertume de la perte.

– Et je me sens en colère aussi. Contre elle. Parce qu'elle m'a caché cet... événement de sa vie. Je ne sais pas qui je suis vraiment. Il me manque la moitié de ma carte génétique.

Elle poussa un soupir saccadé.

– C'est pour ça que je veux le retrouver. Mon géniteur. Je veux savoir qui c'est.

– Votre géniteur. Votre père.

– Non, ce n'est pas mon père. C'est mon géniteur. Sa paternité est biologique, elle n'est pas affective.

– Pourquoi souhaitez-vous le retrouver ?

– Pour savoir...

Elle laissa sa phrase en suspens quelques secondes.

– Pour savoir... répéta-t-elle.

– Savoir quoi ? Si vous avez ses yeux, ses cheveux ? Pour comprendre pourquoi il a agressé votre mère ? Savoir ce qu'il est devenu ? S'il a payé pour sa faute ? Margot, qu'est-ce que vous voulez savoir ?

– Tout ça. Tout ce que vous venez de dire. Je pourrais faire une guirlande interminable avec tous les points d'interrogation qui trottent dans ma tête. J'ai besoin de réponses, docteur.

– Vous vous rendez quand même compte de la dangerosité de cette entreprise, Margot.

Il parlait lentement, appuyant sur chaque mot, les détachant les uns des autres comme s'il s'adressait à un enfant.

Oui, je m'en rends compte.

Margot posa les mains sur son cou. Elle revoyait Latour. Ses yeux exorbités, ses lèvres retroussées sur ses mâchoires soudées par la rage. Elle avait ouvert la bouche, tiré la langue, cherché l'air malgré le garrot de ces mains qui comprimaient sa gorge. Sa vision s'était obscurcie. Elle s'était sentie partir. Elle avait senti la mort l'envelopper.

– Il ne s'agit pas seulement de découvrir l'identité de votre géniteur, Margot. Cela va de pair avec le fait de démasquer quatre violeurs. Quatre violeurs.

Mais qu'est-ce qu'il lui prend ? Il est pas supposé me foutre la paix lorsque je suis allongée sur le divan ? C'est quoi, ce délire paternaliste ?

Alors que les mains de Latour l'étranglaient, elle avait pensé à sa mère sur le bord de cette route, trente ans plus tôt. Aux tortures infligées par ces quatre hommes. Quatre violeurs. Elle ne pouvait pas laisser son agresseur prendre le dessus. Elle ne pouvait pas le laisser gagner une deuxième fois. S'en tirer. Elle s'était mise à gesticuler comme un pantin. Son bras gauche était retombé dans le vide, mais son poignet droit avait rencontré un obstacle. Un meuble froid. Le plan de travail. Ses doigts avaient tâtonné sur la surface métallique jusqu'à heurter quelque chose. Quelque chose de gros. De lourd. De massif. Ils s'étaient refermés sur l'objet, telle une serre. Une douleur électrique lui avait traversé la paume et l'annulaire. Margot n'avait pas relâché son emprise. La langue pendante, cherchant désespérément quelques atomes d'oxygène pour alimenter ses muscles, elle avait crié. Son cri était resté au fond de sa gorge. Mais elle avait visé la tête de Latour.

– Vous ne pouvez pas réagir comme une adolescente qui fugue de chez ses parents parce qu'ils viennent de lui apprendre que son père n'est pas son géniteur. Vous ne pouvez pas laisser vos questions, vos désirs, vos impulsions guider votre vie, Margot. Vous devez vous forcer à mesurer les conséquences de cette quête aveugle du père dans laquelle vous voulez vous lancer. Cette quête n'est pas sans risques, Margot. Vous pouvez vous mettre en danger. Et je parle aussi bien psychiquement, que physiquement.

Elle avait entendu le choc, sourd, étouffé, mais elle n'avait rien vu. Elle avait juste senti l'air brûler sa gorge. Remplir ses poumons. Gonfler sa cage thoracique. Elle avait rouvert les yeux. Latour était à terre. Ses paupières papillonnaient comme s'il était en train de rêver. Il pliait et dépliait ses jambes lentement, à la manière d'une grenouille. Puis, soudain, tout son corps s'était relâché.

– Margot, est-ce que vous comprenez ce que je vous dis ?

Elle déglutit.

– Oui.

À l'aéroport de Gatwick, un attroupement s'était formé à côté du duty free. Elle s'était approchée. Les yeux des voyageurs étaient rivés sur un énorme écran plasma. Les images montraient la devanture du Calabrun. Latour était mort. « *Killed* ». Et c'était elle qui l'avait tué.

– Il ne faut pas que vous vous mettiez en danger. Si nous travaillons ici, ensemble, sur les traumatismes de votre passé, c'est pour vous permettre de le digérer, d'avancer sans entraves et de construire votre avenir.

Mon avenir. Il va être fait de quoi, mon avenir ? D'une cellule aux Baumettes ?

Dans l'avion, elle avait dressé mentalement une liste. Une liste des risques pris. Des traces laissées. Des pistes conduisant directement à elle.

Mes empreintes.

Elle les avait essuyées. Sur ce batteur avec lequel elle avait frappé Latour. Sur le plan de travail aussi. Mais pas sur la tasse. Elle n'avait pas bu le thé. Elle n'y avait pas touché.

Mes cheveux.

Il avait dû en arracher une bonne poignée en la traînant par terre. Son ADN jonchait le sol de la cuisine. Mais qui était en possession de son profil ADN ?

Le parapluie.

Elle avait emporté un parapluie abandonné dans le couloir de l'arrière-cuisine. Elle l'avait jeté dans une poubelle publique, le lendemain.

Les caméras.

L'idée l'avait fait tressaillir. Londres et ses rues sous surveillance permanente. Si son visage avait été filmé, son portrait ne tarderait pas à figurer en une des journaux, à la télé. Et dans la cuisine ? Est-ce qu'il y avait des caméras dans la cuisine ? Des gouttes de sueur avaient perlé sur sa nuque.

Son sang sur mes vêtements.

Elle n'avait pas saigné. Mais son sang, à lui ? Non. Non, elle n'en avait pas vu.

Les marques sur mon cou.

Quelqu'un avait-il pu les apercevoir ? Elle avait mal, très mal entre les omoplates. Ça finirait bien par passer. Un élancement lui avait alors paralysé le dos au même moment. Non, il fallait qu'elle voie un médecin. Ce n'était pas risqué d'aller consulter avec ce genre de marques sur le corps ? Les gens feraient-ils le rapprochement ? Non… bien sûr que non. Mais elle avait décidé de ne prendre aucun risque. Aucun. Et

Gabriel ? Il pourrait jeter un coup d'œil à ses blessures ! Mais elle ne le connaissait pas. Non, elle ne le connaissait pas… Qui d'autre ? Il n'y avait personne… Elle n'avait pas le choix, elle devait lui faire confiance.

– Vous allez y réfléchir, Margot ?

– Oui, je vais y réfléchir.

Je ne suis plus à un mensonge près, non ?

*

Elle appuya brièvement sur la sonnette.

Quelques secondes plus tard, elle perçut le cliquetis des clés qui s'entrechoquent, puis le bruit des verrous que l'on rétracte. La porte s'ouvrit. Gabriel, pieds nus, portait un jean et un T-shirt blanc. Elle remarqua la barbe naissante et les cernes, signes de protestation après vingt-quatre heures de garde à l'hôpital.

– Je suis désolée de passer si tard…

– Mais non, pas du tout. J'allais me mettre en route pour chez toi lorsque tu m'as appelé. C'est gentil d'être venue. Tu veux entrer une seconde ?

– Non, non, je ne veux pas t'embêter. Tu dois être crevé. Je vais juste récupérer ma prescription et te laisser te reposer. Merci infiniment de t'en être occupé, en tout cas.

– Ce n'est rien du tout. Je t'ai pris une boîte d'avance à l'hosto. En attendant que tu ailles à la pharmacie…

– Oh, merci. Merci Gabriel, vraiment.

– Tu es sûre que tu ne veux pas un verre ? Ça ferait pourtant un cocktail d'enfer avec les antalgiques que le docteur t'a prescrits.

Margot esquissa un sourire tout en réajustant la bandoulière de son sac sur son épaule. Ses yeux balayèrent le sol.

– Bon, OK, mais je ne reste pas longtemps.

Il s'effaça derrière la porte afin de la laisser passer.

L'entrée ouvrait sur un espace rectangulaire aux dimensions monumentales. La charpente apparente – dont le plus haut point devait culminer à près de quatre mètres – représentait certainement la composante la plus impressionnante de cet appartement à l'architecture atypique. Une cuisine américaine laquée gris occupait la totalité du mur de droite. Sur la gauche se trouvait une longue table rectangulaire en bois massif rongé par le temps, et ses huit chaises blanches au design scandinave. Accrochées à des câbles rouges, de grosses ampoules descendaient du plafond comme des lianes pour éclairer le centre de table. Côté salon, deux canapés confortables se faisaient face, de part et d'autre d'une table basse ronde. Au fond, deux portes devaient conduire vers la ou les chambres et la salle de bains.

Margot questionna Gabriel du regard.

– L'appartement appartenait à mes grands-parents. J'ai fait tomber tous les murs, sauf ceux des chambres et de la salle de bains. J'ai essayé d'en faire quelque chose qui me ressemble…

Émerveillée, Margot ne remarqua pas le sourire en coin de Gabriel.

– Tu peux laisser tes affaires là, dit-il en désignant une chaise à côté d'une desserte, à l'entrée.

Margot déposa son sac sur le siège, à côté de la sacoche de Gabriel, et accrocha sa veste au dossier. En revenant vers la cuisine, elle aperçut sur la droite, dans un renfoncement, une vitrine qui renfermait quatre fusils.

– Tu chasses ? demanda-t-elle, surprise.

– Oh non. Pas du tout ! Ils appartenaient à mon grand-père. Alors, qu'est-ce que je te sers ? Vin rouge ? Blanc ?

– Blanc, s'il te plaît.

– Un monbazillac, ça t'irait ?

– Parfait.

Il déposa deux verres sur un plateau, un ramequin d'olives, quelques serviettes en papier et transporta le tout dans le salon. Margot le suivit et prit place à côté de lui dans le canapé. Lorsqu'elle s'assit, une grimace déforma ses traits. Elle s'accrocha à l'accoudoir et se glissa prudemment au fond du sofa, afin de caler son dos contre le dossier.

– Tu as pris rendez-vous chez le médecin ?

Elle fit non de la tête.

– Les antalgiques ne résoudront pas ton problème de dos, tu sais.

– Je sais…

– Ils apaisent la douleur, mais le mal est toujours là.

– Je n'ai pas trouvé le temps…

– Il ne s'agit pas de…

Il s'interrompit, ses deux mains levées à la hauteur de son visage comme en signe de reddition.

– Pardon. Désolé… C'est juste que… tu as vraiment l'air de souffrir le martyre…

– Non, non, tu as raison : je devrais prendre le temps de consulter.

Ils sirotèrent leur monbazillac sans rien dire. Margot s'étonna de la légèreté de ce silence. Confortable et apaisant, comme un oreiller moelleux épousant parfaitement la forme de sa joue. Un silence qui avait la chaleur de l'intimité.

Elle sentit le regard de Gabriel sur elle et quitta des yeux les livres empilés sur la table basse pour lui sourire. Il dégaina immédiatement sa question.

– Est-ce que tu vas… revoir l'homme qui t'a fait ça ?

Son index montrait son cou. Margot repensa au corps de Ransac immobile sur le sol. Au bruit sourd de ses genoux percutant le carrelage.

– Non, murmura-t-elle.

La douleur dans son dos se fit soudain plus vive. Sa main se planta comme une griffe dans l'accoudoir.

– Tu ne veux pas que je te donne quelque chose ?

Elle secoua la tête.

– Je préfère attendre encore un peu… Ça devrait se calmer.

La tête baissée, les yeux plissés, la main toujours crispée sur l'accoudoir, Margot luttait contre la douleur lancinante qui l'enserrait comme un corset.

– Tu es sûre ? insista-t-il.

Elle fit oui de la tête en expirant plusieurs fois bruyamment.

Quelques minutes plus tard, la douleur s'atténua. Margot rouvrit les yeux et changea de position avec d'infinies précautions. Gabriel alla lui chercher un verre d'eau, qu'elle avala d'un trait.

– Tu vas vraiment les prendre, ces antalgiques ? demanda-t-il d'une voix douce.

Margot esquissa un faible sourire.

– Je préfère les garder en cas d'urgence, quand ça devient intenable. Je déteste tellement ces trucs-là, tu peux pas savoir…

Gabriel lui resservit de l'eau. Margot but sagement. Ses joues et ses lèvres reprenaient peu à peu leur teinte rosée.

– Puisque tu n'as pas prévu de te droguer ce soir, ça te dirait un autre verre de vin ? Et quelque chose à grignoter ? Moi, je meurs de faim !

– Euh... oui, pourquoi pas... volontiers, bafouilla Margot.

Gabriel se pencha, attrapa la télécommande sur la table basse, appuya sur lecture, puis se dirigea vers la cuisine. Des notes aussi suaves qu'une caresse, aussi poignantes qu'une déclaration d'amour emplirent l'appartement. Les murs semblaient s'approprier cette musique comme une peau fait sienne un parfum longtemps porté.

Margot ferma les yeux de plaisir.

Je me sens légère... Si légère que j'ai l'impression de léviter...

Le bruit ouaté de la porte du frigo et celui plus sec du couteau que l'on aiguise l'incitèrent à se lever. Portée par l'envolée lyrique des violons, elle traversa le salon et se hissa prudemment sur un des tabourets alignés devant le comptoir.

Un torchon sur l'épaule, Gabriel débouchait une bouteille de vin rouge. Elle aperçut la roquette, le jambon, ainsi qu'une collection de fromages étalés sur le plan de travail. Il versa le vin dans une carafe, trancha un pain de campagne fariné et doré à souhait, coupa en deux quelques tomates cerise.

– Je suis désolé, c'est plus du rafistolage que de la grande cuisine, mais c'est tout à fait mangeable, promis !

– Je peux t'aider à faire quelque chose ? proposa Margot.

– Non merci, mademoiselle. Regardez plutôt le chef en action ! répondit-il en lui adressant un clin d'œil.

Margot, amusée, sourit.

Il sortit une plaque du four, la garnit de papier cuisson, y déposa six tranches de pain. Dans le bol d'un robot mixeur, il jeta un bouquet de basilic frais, des pignons de pin, du parmesan, de l'huile d'olive, du gros sel et du poivre. Il le mit en marche, couvrant quelques secondes la musique classique, puis étala jambon et fromage râpé sur deux tranches de pain ; tomates, mozzarella et huile d'olive sur deux autres ; tartina le pesto qu'il venait de préparer sur les deux dernières, rajouta quelques rondelles de tomates ; sala, poivra, puis enfourna le tout. Il remplit un saladier de roquette et assaisonna d'huile d'olive et de vinaigre balsamique.

– Tu veux que je mette la table ? proposa Margot, gênée de trôner sur son tabouret comme une princesse paresseuse.

Accroupi devant le four afin de surveiller la cuisson de ses tartines, Gabriel se redressa d'un bond.

– Non, non, non. Je n'ai pas envie que tu fasses de gymnastique. Ta douleur a l'air de s'être calmée, vaut mieux que tu restes tranquille.

Instinctivement, Margot posa le revers de sa main dans son dos. Sa douleur. Elle avait complètement oublié sa douleur.

– Installe-toi, s'il te plaît. J'apporte tout.

Inutile d'insister. Elle le laissa s'activer en cuisine et prit place à table.

Cinq minutes plus tard, ils commençaient leur repas.

– C'est vraiment délicieux… Le vin aussi est excellent.

– Merci… C'est un nuits-saint-georges…

Gabriel en savoura une gorgée tout en jetant un coup d'œil à Margot, absorbée par le contenu de son assiette.

– Si… si tu as besoin d'aide pour te défaire de cette relation destructrice, tu peux compter sur moi, finit-il par lancer.

Le mouvement de fourchette de Margot se ralentit imperceptiblement.

– Merci, répondit-elle sans détacher les yeux de son assiette.

Elle n'osait pas affronter le regard de Gabriel. Parler de cet homme qui l'avait battue. De cet homme qui n'était pas son amant, mais peut-être son père.

– Pardon, j'aborde un sujet très personnel… Je suis désolé, je manque de tact.

Elle balada son regard dans la pièce puis le posa sur lui.

– C'est une période difficile pour moi…

Sa fourchette se mit à déchiqueter les restes de croûte grillée.

– Je dois apprendre à cohabiter avec le manque… et avec certaines… vérités.

Elle reposa sa fourchette. Son dos se voûta.

– Viens, c'est l'heure des lingots, annonça soudain Gabriel en se levant.

Le brusque changement de sujet dérouta Margot.

– Quoi ?

Il attrapa leurs verres de vin et se dirigea vers le canapé.

– Quoi ? Comment, quoi ? Des lingots, ça te tente pas ? répondit-il, un sourire espiègle ourlant ses lèvres.

Elle sourit et se leva à son tour. Finalement, ce changement de conversation était extrêmement bienvenu. Elle en avait ras le bol de jouer les somnambules sur la corde raide de ses pensées.

– Tiens, sers-toi.

Il tenait au creux de la main une boîte ronde en céramique bleue dont il venait d'ôter le couvercle. Elle était remplie de petits lingots dorés. Margot éclata d'un rire cristallin, enfantin. Elle en prit un, retira le papier qui l'enveloppait et le glissa dans sa bouche. Le goût divin du praliné se répandit dans son palais.

– C'est ex…

Gabriel pressa ses lèvres contre les siennes.

Il ne pouvait plus se retenir. Attendre. Il voulait la toucher, la sentir, la goûter.

Ses lèvres sont brûlantes, douces. J'ouvre la bouche. Accueille sa langue. Son haleine est fiévreuse. Le goût de chêne du vin se mêle à celui sucré du chocolat. Il dégage mes cheveux. Étreint mon visage entre ses mains. Ses coups de langue se font plus vifs, plus empressés. Il décolle ses lèvres des miennes. Je ressens un vide, un vide qui m'affole. Mon cœur s'emballe. J'ouvre les yeux. Les siens me fixent. Me demandent la permission.

Il voit ses lèvres rougies, gonflées, encore tendues vers lui, ses yeux brillants. Il colle de nouveau sa bouche à la sienne.

Ma nuque se relâche. Je me laisse tomber sur les coussins. Des spasmes électrisent mon dos et s'agrippent à mes côtes. Je me cambre. Il déboutonne mon pantalon. Repousse ma culotte. Le désir, dévorant, incontrôlable, chasse la douleur.

Elle soulève les fesses. Il fait glisser son pantalon et sa culotte jusqu'à ses chevilles. Elle repousse ses vêtements du bout du pied et les fait tomber à terre. Il se détache d'elle pour déboutonner son jean. Le faire glisser sur ses hanches sans prendre le temps de l'enlever complètement.

Je te veux en moi. Maintenant.

Elle enroule ses jambes autour de ses reins, l'attire vers elle, plus près. Plonge son nez dans son odeur sucrée et boisée, au creux de son cou. Lorsqu'il entre en elle, Margot gémit. Un son guttural, étouffé.

Je ne pense plus à tout ce qui me ronge. Je ne pense plus à demain. Juste à ce plaisir total, absolu, qui s'étend dans mon bas-ventre et dont tout mon corps vibre sous les échos.

*

Le soleil inondait le salon de sa lumière matinale blanche et douce.

Deux sacs en papier éventrés et froissés reposaient sur la table basse du salon. Des miettes parsemaient l'assiette en équilibre sur les cuisses de Margot. Elle avait englouti deux croissants, un pain au chocolat et un pain aux raisins en quelques minutes, et faisait maintenant descendre le tout avec quelques gorgées d'un bon café serré.

Depuis qu'elle était rentrée de chez Gabriel, une heure plus tôt, elle se repassait en boucle la soirée et la nuit. Tout avait été si inattendu. Et l'imprévu magnifiait le désir.

Les papillons dans son ventre battirent de nouveau des ailes. Elle frissonna de plaisir.

Bon, je ne vais pas passer ma journée à jouer les midinettes !

Sans débarrasser son petit déjeuner, elle s'installa à son bureau, sa tasse de café à la main. Alice lui avait envoyé de nombreux e-mails et il fallait vraiment qu'elle prenne le relais. Son amie ne pouvait pas travailler pour deux *ad vitam æternam*.

Vers 19 heures, son ventre ne gargouillait plus, il criait famine. Margot avait pourtant dévoré, à 11 heures, un plat de farcis préparé par Angèle et une portion de ses aubergines à la parmesane pour le goûter. Qu'à cela ne tienne, elle allait s'attaquer aux gnocchis aux champignons.

Elle passa le plat au micro-ondes et ses pensées s'évadèrent une fois de plus vers cette soirée où tout avait été si surprenant, si léger, et pourtant si évident. Elle s'était laissé guider par le désir de Gabriel, savourant chaque instant avec un abandon dont elle ne se pensait pas capable. Elle avait enlacé le présent, voyageant du goût café caramel de sa peau à la caresse de ses baisers impatients. Le plaisir, électrique, avait ranimé son corps. Puis ce réconfort, étrange, inattendu, qui l'avait enveloppée et portée jusqu'au sommeil. Un sommeil réparateur.

Je me suis laissé guider...

Elle ne voulait pas penser au futur. C'était préférable. Le sien était aussi trouble que l'eau vaseuse d'un étang : elle ne savait pas où elle mettait les pieds.

Elle s'allongea sur le canapé, un sourire béat sur les lèvres. Elle attrapa la télécommande et alluma la télévision. Elle ferma les yeux et s'imagina plonger son nez au creux de la nuque de Gabriel. Elle inspira à pleines narines l'odeur sucrée, avec l'urgence d'un citadin remplissant ses poumons de l'air de la montagne. Le désir lui étreignit le ventre.

Elle poussa un soupir de satisfaction et rouvrit les yeux. Ils se rétrécirent aussitôt en deux fentes inquiètes avant de s'arrondir, effaçant ses paupières. Elle fixait l'écran, glacée par les images qui défilaient. Depuis son retour, elle s'était coupée du monde. Pour fuir la réalité. La réalité de son acte.

La bande de plastique blanc, les lettres rouges. La devanture du restaurant. Un homme en combinaison bleu ciel. Un autre. Leurs gants bleus. Une dame en larmes. Une photo de Latour.

Les mêmes images qu'à l'aéroport de Londres. Mais chez elle, cette fois, dans son salon.

Margot prit conscience que le son était coupé. Elle approcha son pouce de la touche « mute » et retint son geste.

Non. Pas besoin du son... Mais... Si, il faut que j'écoute, que je sache...

Elle pressa la touche comme si elle craignait de se brûler.

« *... pas été fracturée, la thèse du cambriolage ayant mal tourné a été abandonnée. La police a refusé de commenter l'enquête en cours, mais il semblerait qu'elle se concentre désormais sur l'entourage de Jean-Christophe Latour. Les obs...* »

Margot éteignit la télévision d'une main tremblante.

J'ai tué un homme. J'ai tué un homme. J'ai tué un homme.

Elle repensa au bruit sourd de l'impact contre la tête de Latour. Au moment où son bras avait frappé. De toutes ses forces. Pour se protéger.

Ça s'appelle se défendre. Je me suis défendue. J'ai tué un homme qui voulait me tuer.

Elle plaqua sa paume sur l'arrière de son crâne. Elle pouvait encore ressentir la douleur atroce, l'emprise de griffes acérées dans sa nuque. La peur paralysante qui avait engourdi ses muscles, avant le coup de fouet miraculeux, inespéré, de l'adrénaline.

Elle se leva et longea le couloir d'un pas raide.

Je vais me remettre au travail. Oui. Ça va canaliser mes pensées. J'ai tué un homme. Un homme qui était peut-être mon père. Je ne saurai jamais s'il était mon père ou pas.

Elle s'assit devant son ordinateur, le regard absent, et double-cliqua sur la souris pour sortir de l'écran de veille.

Jamais ?

Elle grossit l'affichage du document Excel sur lequel elle travaillait avant sa pause.

Si, bien sûr que je peux savoir. Je peux procéder par élimination. Et la prochaine fois, je recueillerai un échantillon ADN.

Elle rit. Un rire aigu, sardonique, douloureux.

Mais ça va pas, ou quoi ? Recueillir un échantillon ADN ? La prochaine fois ?

Elle pencha la tête en avant, planta ses doigts derrière ses oreilles et les recouvrit de ses mains, comme si elle avait voulu arracher un masque collé à son visage.

Mais qu'est-ce qui m'arrive ? Comment je peux penser à des trucs pareils ? Je deviens folle, ou quoi ?

La migraine s'accrochait à son crâne comme un arapède à son rocher. Elle déplaça ses doigts et massa ses tempes douloureuses.

Faut que j'avale un truc.

Elle se leva et retourna à la cuisine. Elle sortit le plat de gnocchis du micro-ondes et mangea debout, sans apprécier la saveur ni l'amour avec lequel ils avaient été préparés.

Regarde, Margot, regarde dans quelle merde tu t'es foutue... Pourquoi d'abord, hein ? Pour savoir ? Regarde ce que tu as fait de ta vie.

Elle termina le plat, posa le tout dans le lave-vaisselle et retourna s'asseoir à son bureau.

Les questions, obsédantes, étouffaient son esprit. Lui bouchaient la vue. Il fallait qu'elle démasque ces hommes pour retrouver la paix.

Elle allait commencer par le commencement. L'unique piste qu'elle possédait : Jean-Christophe Latour. Ou plutôt Jean-Christophe Ransac. Car en lançant une recherche avec le patronyme « Latour », elle ne trouverait qu'une version retouchée de ses années provençales, la version devenue officielle. À l'époque du viol, il était encore Ransac. Et c'était de ce côté qu'il fallait fouiller.

Elle lança Google et tapa « Jean-Christophe Ransac » dans la barre de recherche. *9 060 résultats. OK...*

Margot se pétrit le front. *Eh bien, c'est parti...*

Elle analysa une par une les pages proposées par le moteur de recherche, lisant chaque caractère gras, visitant parfois un site, puis un autre. Mais il ne s'agissait que d'impasses.

Ses yeux s'arrêtèrent à la douzième page, sur l'avant-dernier résultat. Deux informations venaient de lui sauter aux yeux : « *Ransac* » et « *été 1979* ». Elle cliqua sur le lien, le cœur battant. Une photo apparut : cinq hommes, dans la vingtaine, souriaient à l'objectif, bras dessus bras dessous. La légende indiquait : « *JC Ransac, Hugues Limoni, Pierre Deltorme, Peynier, été 1979* ».

Été 1979. Un an et demi avant le viol de maman. Ransac avait vingt ans.

Sa bouche s'assécha. Elle déglutit et passa la langue sur ses lèvres.

JC Ransac. Jean-Christophe Ransac. Est-ce que c'est lui ? Mais oui, bien sûr que c'est lui ! Il n'y avait pas deux Jean-Christophe Ransac du même âge à Peynier !

Elle essaya d'agrandir le cliché, mais la définition était trop mauvaise. Elle rapprocha son visage de l'écran. Lequel était Ransac ? La photo avait été prise de bien trop loin pour distinguer avec précision les traits de chacun. Tout ce que Margot pouvait voir, c'était des visages jeunes, rieurs, et des têtes chevelues. En arrière-plan, des arbres, la campagne.

Ses yeux scannèrent le reste de la page. Elle était sur le site Copains d'avant et le profil appartenait à Pierre Deltorme.

Ce Deltorme sait peut-être avec qui Ransac traînait à l'époque du viol... Ceux avec qui il a violé maman ?

Ses paumes devinrent moites.

Peut-être Deltorme est-il un de ceux-là ?

Elle bondit sur sa chaise. La sonnette venait de grésiller. Elle regarda l'horloge sur son ordinateur. 21 heures. Nouveau coup de sonnette. Elle marcha jusqu'à la porte et colla son œil au judas. Gabriel se tenait devant l'entrée. Elle tourna les verrous avec frénésie, comme si l'appartement était en feu.

Il l'attira contre lui et colla sa bouche à la sienne. La tension qui ligotait Margot s'envola, comme s'il lui avait insufflé de l'oxygène pour détendre ses muscles. Elle chercha la porte d'une main, la poussa, et l'entendit claquer entre deux halètements.

*

Leurs pieds enlacés dépassaient des draps chiffonnés.

Margot avait encore le goût de la langue affamée de Gabriel dans la bouche. Lorsqu'il lui faisait l'amour, tout en elle s'épanouissait ; elle en ressentait les échos dans chacune de ses cellules. Comme s'il orientait le soleil sur son corps transi de froid. Comme s'il lissait le plan froissé de sa vie.

Elle remonta sa jambe gauche en équerre sur le ventre moite de son amant et enfouit son visage au cœur de sa chevelure. Son odeur l'enveloppa comme un édredon douillet.

– Je n'arrive pas à savoir ce qui se cache là, murmura Gabriel en embrassant le front de Margot.

Elle tressaillit. La réalité venait de resserrer son étreinte. Une réalité où le cadavre de Latour pesait sur sa conscience. Une réalité qui empestait la mort.

Elle roula sur le dos, laissant errer son regard sur les poutres du plafond. Elle avait envie de lâcher prise, comme lorsque la jouissance avait explosé dans son ventre, quelques minutes plus tôt. Elle avait envie de laisser jaillir tous ces mots qui l'étouffaient.

Mais je ne peux pas... Je ne peux pas te dire que mon père a violé ma mère et que j'ai tué un homme. Je ne peux pas te révéler mon visage monstrueux. Tu partirais en courant. Et tu aurais raison. Mais je n'ai pas envie que tu partes, Gabriel. Pas du tout.

Il se tourna vers elle, sur le flanc, et prit appui sur son coude, la tête dans la main. Son index dessina une ligne imaginaire du menton au nombril de Margot.

– C'est compliqué, Gabriel.

– Je sais. J'imagine. J'imagine qu'à la mort de ta mère tout est devenu noir. Et dans le noir, parfois, on se trompe de chemin...

Il faisait certainement référence aux plaies qu'il avait soignées à son retour de Londres. À ces blessures infligées, selon lui, par un amant violent.

Margot tourna la tête vers lui. Ses yeux la scrutaient, comme s'ils essayaient de creuser un tunnel jusqu'à son âme.

– En mourant, ma mère m'a révélé que mon père n'était pas l'homme que je pensais... J'ai décidé d'essayer de le retrouver. Voilà.

Ils laissèrent retomber les mots entre eux comme les enfants contemplent les premiers flocons de neige.

Margot imagina les questions qui s'entassaient dans l'esprit de Gabriel, les réajustements de pensée, les phrases qui ne franchiraient pas le barrage de ses lèvres.

Il lui sourit. Un sourire si doux, débordant d'empathie, mais entaché de tristesse.

– Je suis désolé...

Elle ouvrit la bouche, la referma aussitôt. Elle ne pouvait pas aller plus loin. Elle ne pouvait rien révéler d'autre sans se mettre en danger.

Et peut-être même sans te mettre en danger.

Elle releva la tête, tendit ses lèvres vers les siennes et l'embrassa comme si sa bouche était un point d'eau en plein désert.

La chambre était plongée dans une obscurité totale. Margot chercha à tâtons la bouteille d'eau sur sa table de nuit et en but quelques gorgées pour chasser le cadavre de Latour qui planait sur son âme comme un rapace affamé. Ses angoisses s'amplifiaient. Ses questions.

Sur Latour. Sur l'identité de son père. Mais aussi sur elle-même.

Elle déplaça le bras de Gabriel qui reposait lourdement sur sa poitrine, se glissa hors des draps et, sans même s'habiller, gagna son bureau sur la pointe des pieds. Elle referma la porte derrière elle, alluma son ordinateur et retrouva la page qui l'intéressait : le profil de Pierre Deltorme sur Copains d'avant. Deltorme, l'homme qui avait mis en ligne la photo des cinq hommes bras dessus bras dessous, légendée « *JC Ransac, Hugues Limoni, Pierre Deltorme, Peynier, été 1979* ».

La vignette illustrant son profil montrait la Sainte-Victoire sous le pinceau de Cézanne. Elle chercha un portrait plus récent de lui mais ne trouva rien.

Pas grave, j'ai pas besoin de voir ta tête.

Elle enregistra les coordonnées de Deltorme, créa un nouveau compte e-mail et se mit à rédiger son message. Ses doigts volaient sur le clavier sans qu'elle réfléchisse. Margot s'inventa un patronyme à consonance française – si le gars était facho, ça aiderait. Elle se présentait comme une journaliste. Encore. Elle mentait. Encore. Une journaliste qui écrivait un article sur le grand chef Jean-Christophe Latour. Une journaliste à la recherche de témoignages de ses amis d'enfance et d'adolescence.

Oui, c'est très bien ça…

Elle savait qu'en titillant son ego et sa curiosité, elle avait plus de chances que Deltorme lui réponde.

Elle relut son message et garda l'index suspendu un moment au-dessus de sa souris, le curseur menaçant l'onglet « envoyer ».

Est-ce que tu vas me répondre ? En tout cas, ça ne coûte rien d'essayer. Envoyé !

Elle referma le clapet de son ordinateur et retourna se lover dans la chaleur de Gabriel.

8

Des tignasses grisonnantes dépassaient des deux chaises pliantes plantées dans le sable. Les bras de leurs occupantes s'agitaient, décrivant des cercles et des volutes avec presque autant d'énergie que des athlètes de gymnastique rythmique. Elles se jetaient des coups d'œil furtifs lorsqu'elles tombaient sur un scoop, puis reprenaient leur contemplation de la grande bleue, sans interrompre leur conversation.

Assise à même le sable sur la plage artificielle du Prado, Margot fixait des yeux les dossiers arrondis par les formes dodues des deux grands-mères. Leurs jupes évasées voletaient de part et d'autre de leurs chaises comme des papillons pris au piège. Portées par la brise marine, leurs voix chantantes accompagnaient le doux bruissement des vagues. Elles parlaient de Rose, leur voisine qui venait de marier sa fille de trente-sept ans (« Hébé ! il était temps peuchère ! »), des exploits scolaires de leurs petits-enfants et du feu qui avait ravagé la boulangerie à côté du Casino.

Margot consulta sa montre et se leva en s'époussetant les fesses. Elle marcha vers le David de Jules Cantini, « qui n'a rien à envier à celui de Michel Ange » avait toujours jugé sa mère, puis remonta l'avenue du Prado vers le parc Borély. Le célèbre jardin marseillais était bondé, et elle dut slalomer entre les poussettes et les amoureux jusqu'à la fontaine aux Oiseaux. Lorsqu'elles étaient adolescentes, elles se retrouvaient souvent là, avec Alice. Le petit étang était devenu leur oasis de sérénité. Elles aimaient son exotisme sans prétention et sa poésie. Margot s'assit sur une pierre face à la sculpture de Folon, l'interrogea du regard comme si elle allait se mettre à bouger ou à parler, et sortit une bouteille d'eau de son sac.

Le matin même, après le départ de Gabriel, elle avait vérifié ses e-mails. Deltorme avait répondu. Il acceptait de la rencontrer à 16 heures, à la roseraie du parc Borély.

La roseraie de Borély...

L'endroit du rendez-vous lui avait paru un peu étrange, mais il avait accepté de la voir et c'était tout ce qui comptait.

Je vais d'abord lui demander comment il a connu Latour. S'ils sont restés en contact. Ou, peut-être, tout simplement, le laisser parler...

Bientôt 16 heures. Margot se leva, le cœur cognant dans sa poitrine comme une musique de film annonçant une scène clé.

Une scène dramatique.

Sans pénétrer dans la roseraie, elle chercha du regard le blouson rouge de Deltorme, signe de reconnaissance convenu entre eux. Elle entendit des cris. Des cris d'enfants. Elle aperçut deux têtes brunes, de longs cheveux bouclés. Deux fillettes trottinaient dans la roseraie, pilaient devant une fleur et se perchaient sur la pointe des pieds pour plonger le nez entre les pétales, en agitant leurs minuscules mains dans le ciel comme si elles voulaient s'envoler. Juste derrière se trouvait un homme en blouson rouge. Deltorme. Il s'agenouilla sur le sol de gravillons et plaça ses bras en croix. Les deux petites coururent vers lui en zigzagant et s'y accrochèrent en criant de joie. Deltorme fit claquer des bises sur leurs joues rebondies, déclenchant des gloussements attendrissants, et elles se libérèrent de l'étreinte pour reprendre leur excursion.

Deltorme vérifia l'écran de son portable avant de jeter un coup d'œil alentour. Margot pivota sur elle-même, lui offrant son dos.

– Papé ! Viens voir ! Y a une mouche jaune et noir toute poilue ! s'égosilla l'une des fillettes.

Margot tourna lentement la tête et, du coin de l'œil, aperçut Deltorme qui courait vers elle. Sa petite-fille.

– Ma pupuce, non ! Touche pas ! lança-t-il en attrapant délicatement la main curieuse, tendue vers l'insecte butinant.

– Regarde comme elle est grosse, papé… Elle a un bébé dans le ventre ? Comme maman ?

Deltorme partit d'un franc éclat de rire.

– Non, ce n'est pas une mouche enceinte, ma pupuce, ça s'appelle un bourdon.

Margot sentit soudain une douleur fulgurante dans son dos.

Bon sang, qu'est-ce que c'est que…

Elle entendit déraper derrière elle. Elle fit volte-face, prête à bondir. Un petit garçon, coupe au bol, ramassait son avion. Il murmura un « pardon » et repartit en courant vers sa mère, qui leva les bras en guise d'excuse.

La main sur les reins, Margot reprit son observation. Deltorme était à l'autre bout de la roseraie, une petite dans les bras. Il consultait son portable.

Margot recula de quelques pas, les yeux rivés sur les fillettes. Elle hésita une seconde, puis fit demi-tour et se hâta vers la sortie du parc.

Elle garda longtemps les mains posées sur le volant sans mettre le contact. Elle le serrait si fort que les jointures de ses doigts en étaient toutes blanches. Quand sa rage explosa, elle se mit à frapper sur le volant, sur le tableau de bord et sur le siège passager, à coups de poing déchaînés. Puis, de façon aussi soudaine que si quelqu'un avait appuyé sur le bouton « stop », les cris et les coups cessèrent. Margot essuya la bave qui lui avait coulé sur le menton et à la commissure des lèvres, les larmes sur ses joues, et démarra.

Cinquante minutes plus tard, elle refermait la porte de chez elle. Elle se dirigea vers son bureau et alluma l'ordinateur. Dans la barre de recherche de Google, elle tapa « Hugues Limoni ».

On va voir ce que je trouve sur toi. Je m'occuperai de Deltorme plus tard.

*

Margot se gara à proximité de la place de Lenche et gravit les marches escarpées de la montée des Accoules jusqu'à la place Daviel. L'adresse de Limoni n'avait pas été difficile à trouver : il n'y en avait qu'un seul dans les Pages blanches.

La veille, elle avait décidé de s'y rendre sans prévenir, juste avant le déjeuner. Elle sonnerait à sa porte ou laisserait un mot dans la boîte aux lettres, on verrait bien. Elle ne voulait plus s'embarrasser de questions. Chaque décision était une bataille qu'elle se livrait à elle-même. Elle en sortait épuisée, contrariée et pleine de doutes, parfois blessée, souvent terrifiée.

Sur ce nouveau chemin de vie, Margot ressentait les échos douloureux de chacun de ses pas jusque dans ses os.

Le mieux, c'est de me laisser guider par mon instinct.

Elle aurait pu choisir de ne pas savoir. D'ignorer cette moitié d'elle-même. Mais il n'y avait pas d'autre chemin pour elle que cette quête paternelle – ou plutôt génétique. Elle avançait sans regarder au loin. Juste devant ses pieds.

J'ai perdu mon sens logique, ma droiture. J'ai perdu le contrôle. Je ne suis plus moi-même.

Elle flairait la piste de son géniteur, le nez au sol, et la suivait aveuglément sans penser aux obstacles. Elle était devenue une créature d'instinct, de besoin.

Je suis un animal.

Son portable vibra dans son sac. Elle décrocha.

– Margot ? Bonjour, c'est Hélène Janson.

Une volée d'enfants s'engouffra sur les marches en criant. Margot se colla contre la rampe métallique pour les laisser passer.

– Bonjour, Hélène.

– Mes recherches ont pris plus de temps que prévu : mes anciens collègues de la gendarmerie de Trets n'ont pas été faciles à localiser. Et malheureusement, ils ne savent absolument rien ; certains ne se souvenaient même pas de l'affaire.

Ou ne voulaient pas s'en souvenir, songea Margot.

– *Comme je le suspectais, l'enquête a été enterrée lorsque j'ai été mutée. Je suis désolée, Margot.*

Ce n'est pas grave. Moi, je sais où creuser.

Margot remercia Hélène Janson et gravit les derniers mètres de la montée des Accoules.

La place Daviel grouillait de monde.

Une kermesse ! J'ai bien choisi mon moment...

La foule enjouée se répartissait entre les stands de jeux d'adresse et de confiserie, barbe à papa, crêpes et pommes d'amour. Hilares et sautillant comme des puces, les enfants couraient d'une attraction à l'autre, leurs parents lançant des regards affolés dès qu'ils les perdaient de vue. Les prénoms fusaient, les retrouvailles réconfortaient, et la course reprenait.

Se frayant un passage, Margot longea le trottoir sur sa gauche et entama le tour de la place, le nez en l'air. Elle déchiffra les inscriptions usées et blanchies par le soleil sans trouver le numéro 10. Elle refit le tour de la place. En vain.

Assis sur une chaise en bois devant sa porte, les yeux étrécis en deux fentes plissées, un vieil homme mâchait sa pipe, le regard fixe, comme si l'agitation alentour n'existait pas.

Margot s'approcha.

– Pardon, monsieur, sauriez-vous où se trouve le numéro 10 de la place Daviel, s'il vous plaît ?

Il la détailla des pieds à la tête.

– Vous cherchez qui ? finit-il par demander.

Il avait parlé sans presque bouger les lèvres, d'une voix étonnamment intelligible.

– Le numéro 10, c'est tout ce que je sais, mentit-elle en souriant.

– Le 10, c'est le cabanon à côté de Notre-Dame, mais c'est aussi Notre-Dame. Alors bon, ça dépend qui vous cherchez...

Margot le remercia et gagna l'étroite maisonnette collée à l'église des Accoules. Le portillon était grand ouvert, elle pénétra dans la minuscule courette.

– Non, non, ce n'est pas par là. Venez.

Elle se retourna. Un homme en soutane lui faisait signe de le suivre. Il entra dans l'église, traversa la nef d'un pas énergique, tourna à droite devant l'autel et ouvrit une porte en bois sombre qui donnait dans le chœur.

– Voilà, tout est là, lança-t-il d'une voix forte.

D'un mouvement de tête, il désigna les cartons empilés près d'une petite table carrée et de deux chaises, seul mobilier de la sacristie.

– L'église et mes minuscules appartements sont répertoriés sous le numéro 10, ce qui ne facilite pas les choses ! Mais bon, les deux sont des maisons de Dieu !

Il partit d'un rire sonore et franc. Margot pénétra dans la sacristie sans rien dire, interdite.

Le front du curé se parchemina de rides, mais ses yeux continuaient de sourire.

– Vous n'êtes pas Brigitte, du Secours ?

Margot secoua la tête.

Il claqua ses paumes l'une contre l'autre.

– Oh pardon ! Excusez-moi ! Entre la préparation de la kermesse, la collecte pour le Secours et l'organisation des offices et du catéchisme, je speede un peu trop, en ce moment !

L'anglicisme, assez inattendu dans la bouche d'un prêtre, fit sourire Margot. Puis soudain ça lui revint : elle avait lu dans *La Provence*, quelques mois plus tôt, que l'église Notre-Dame-des-Accoules était en rénovation et devait bientôt rouvrir ses portes.

– J'attends donc une certaine Brigitte, du Secours catholique, à qui je dois remettre cette collecte. Excusez-moi de vous avoir kidnappée !

Il sourit, striant de fines rides le contour de ses yeux bleu pâle.

– Je peux peut-être vous aider ?

Le regard de Margot se posa sur son col romain. Ce rectangle blanc, affiché comme une empreinte divine. Un homme blanchi par Dieu.

– Je cherche un certain Hugues Limoni.

– Que puis-je pour vous ?

Margot allait réitérer sa question lorsqu'elle prit conscience que le prêtre lui tendait la main. Elle l'observa un instant comme un objet étrange, puis la saisit mollement, du bout des doigts.

– Je m'appelle Marie.

Le prénom lui était venu d'un coup. Sans doute chuchoté par les murs de l'église.

– Je cherche des informations sur le chef Jean-Christophe Latour.

Le visage de Limoni perdit sa lumière.

– Paix à son âme, murmura-t-il.

Elle baissa les yeux, comme si le prêtre avait pu y lire la culpabilité, le péché, et fouilla dans son sac. Elle en sortit une feuille de papier ordinaire pliée en deux et la tendit au prêtre.

Les sourcils froncés de curiosité, Limoni la saisit délicatement et la déplia. Il s'agissait de la photo que Deltorme avait postée sur le site Copains d'avant.

Il sourit. Un sourire si lourd de tristesse qu'il peinait à s'affirmer.

– Vous vous connaissiez lorsque vous étiez jeunes, n'est-ce pas ? demanda Margot.

– Oui, nous nous connaissions, répondit-il d'une voix rauque, sans lâcher des yeux le cliché. Cette photo doit dater des années quatre-vingt... chuchota-t-il comme une prière.

– 1979, précisa Margot.

– 1979…

Il secoua la tête, le même sourire velléitaire toujours plaqué sur le visage.

– C'était à Peynier. Sûrement l'été, puisqu'il y a les deux cousins d'Ardèche de Deltorme, dont j'ai d'ailleurs oublié les noms. Là, fit-il en tapotant la photo de l'index.

Margot se glissa à côté de lui. Il montrait les deux hommes sur la droite.

– C'était juste avant une virée à Aix, je pense. L'été, avec Ransac – enfin, Latour (il pointa son doigt sur l'homme à l'extrême gauche) –, Deltorme (son doigt glissa au centre du groupe) et ses cousins, on sortait très souvent sur Aix. Mais j'ai oublié qui a pris la photo…

Margot détailla Limoni. Il n'avait presque plus rien du jeune homme chevelu qu'il était trente ans plus tôt. Le menton fuyant était devenu volontaire, ses joues s'étaient creusées, faisant saillir les pommettes et la mâchoire, masculinisant son visage. L'idée que ce prêtre ait eu un jour une vie ordinaire, une vie où Dieu ne prenait pas autant de place, paraissait inconcevable. Margot aurait aimé lui demander ce qui l'avait conduit à choisir une existence aussi drastique. Mais elle n'était pas là pour ça.

Le regard toujours cramponné à ses souvenirs, Limoni s'assit sur une des vieilles chaises en bois rongé par les vers, qui craqua comme un corps usé par le poids des ans. Les coudes plantés sur la table, il se pencha vers le cliché. Il semblait avoir oublié la présence de Margot.

Au même moment, la porte de la sacristie se referma dans un grincement plaintif. Limoni sursauta.

– Pardon, je ne vous ai même pas proposé de vous asseoir. Je vous en prie.

Il désigna l'autre chaise, en face de la sienne. Margot s'installa.

– Vous voulez boire quelque chose ? Je peux vous proposer de l'eau, ou un thé ?

Margot repensa au thé intouché dans la cuisine de Latour, à Londres, qui avait refroidi en même temps que son cadavre.

– Non, merci, répondit-elle avec un sourire poli.

Le cliché happa de nouveau toute l'attention du prêtre.

– Cette vie vous semble à des années-lumière ? demanda Margot après une minute de silence.

– J'ai plutôt l'impression qu'elle n'a jamais été la mienne… Vous êtes sûre que vous ne voulez rien ?

Margot secoua la tête. Il se leva, remplit un verre à une fontaine cachée derrière un monticule de cartons et y trempa les lèvres avant de se rasseoir.

– Vous disiez être à la recherche d'informations sur Jean-Christophe Latour. Dans quel cadre s'inscrivent vos recherches ?

Margot hésita. Ses yeux s'attardèrent une nouvelle fois sur le col romain.

Un cercle de confiance ?

Elle se sentait complètement détendue. Malgré l'exiguïté de la pièce. Malgré l'inconfort de la chaise. Malgré la proximité physique avec cet inconnu.

– Dans un cadre personnel, souffla-t-elle.

La douceur du regard du prêtre lui fit l'effet d'une étreinte réconfortante. Elle caressa la table et sentit sous ses doigts les nervures rugueuses du bois.

– Je cherche à rassembler les… pans… de ma vie.

Elle leva la tête vers Limoni. Ses yeux débordaient de bienveillance, de respect, de compassion. Ses intentions n'étaient pas invasives. Il n'était pas là pour disséquer ses désirs, ses peurs ou son langage corporel. Il était là pour l'écouter.

– C'est pour ça que je cherche les personnes que Jean-Christophe Latour fréquentait lorsqu'il vivait à Peynier, à l'époque où cette photo a été prise.

– En 1979 ?

– Enfin, un peu plus tard. En 1981, pour être précise.

Elle inspira profondément, comme si elle plongeait en apnée.

– Au moment de ma conception. Il est possible qu'il ait été mon… géniteur.

Elle se tut pour mieux examiner le silence. Ils semblaient, tous les deux, attendre que l'écho du mot « géniteur » s'apaise.

– Comment puis-je vous aider, Marie ?

Margot posa ses mains à plat sur la table. Elle respirait avec la lenteur calculée d'un yogi.

– Latour n'est pas l'homme que vous pensez. En 1981, il a violé ma mère avec trois de ses copains et l'a laissée pour morte. Je suis l'enfant de ce viol.

Elle avait l'impression d'avoir mâché des débris de verre. Prononcer ces mots lui faisait cet effet-là.

Les yeux agrandis par l'horreur, Limoni ouvrit la bouche. Ses lèvres remuèrent sans produire aucun son.

Eh non, Dieu n'a pas créé de mot pour ça…

– Maman est morte. D'un cancer. Il y a quelques semaines.

Limoni serra si fort les paupières qu'elles se changèrent en deux balafres boursouflées. Il avait l'air d'un enfant qui, cherchant à fuir la réalité, espère rouvrir les yeux sur un monde nouveau. Des larmes s'en échappèrent, coururent dans les sillons de sa peau.

Il attrapa les mains de Margot et les enveloppa dans les siennes.

– Ma pauvre, pauvre, Marie… Tant de souffrance… tant de souffrance, murmura-t-il en secouant la tête.

Ce qu'il faut que vous sachiez, Marie… c'est que Deltorme et ses cousins n'y sont pour rien.

Le corps de Margot se contracta si brusquement qu'elle sentit ses veines saillir à la surface de sa peau. D'un geste brutal, elle se libéra de l'étreinte du prêtre pour agripper les rebords de la table.

Limoni la regardait droit dans les yeux.

– Même Dieu ne peut pardonner cet acte innommable, cette nuit où votre mère a connu l'Enfer. Même Dieu, dans toute sa mansuétude, ne peut absoudre ce péché. Non… Toute leur vie durant, et même dans la mort, ces criminels seront punis par Dieu. Et je prie pour qu'ils le soient.

– Qu'est-ce que vous savez ?

La voix de Margot était plate, son timbre maîtrisé. Mais chaque mot était projeté hors de sa bouche avec la violence d'un coup de feu.

– Je savais que ce moment arriverait. Que je devais être puni, comme les autres. C'est pour ça que je suis ici, dans cette église, dans le royaume de Dieu, à servir le Tout-Puissant et ses hommes, pour implorer un pardon qui ne viendra jamais. Chaque jour que Dieu fait, je demande pardon à Christiane, Marie…

Margot se leva d'un coup, renversant sa chaise. Son poing s'abattit violemment sur la table.

– J'ai dit : QU'EST-CE QUE VOUS SAVEZ ? cria-t-elle, les lèvres retroussées par une rage animale.

– Moi comme les autres. Moi comme les autres !

Limoni se frappait la poitrine, tambourinait sur son cœur.

– MOI COMME LES AUTRES !

Sa tête retomba mollement sur son buste.

– Moi comme les autres ! J'ai… J'ai…

Il hoquetait, avalant l'air et les mots avec, sans les recracher.

Margot sentit la colère se propager dans ses veines comme une drogue.

– J'ai violé votre mère…

Une claque sonore, sèche comme un coup de fouet, résonna dans la sacristie. Limoni serra les dents sans bouger. Résigné à subir son châtiment, il ne leva même pas les yeux vers Margot, qui contemplait l'empreinte rouge laissée par ses doigts sur la joue et l'oreille du prêtre.

Margot se sentit défaillir : ses genoux cognaient l'un contre l'autre, ses jambes allaient lâcher. Elle chercha la chaise à tâtons, la redressa et s'y laissa tomber. Bouche bée, elle balaya le sol du regard, comme si elle faisait la navette entre deux personnes.

– C'est qui, les autres ? demanda-t-elle en tremblant, les yeux toujours rivés sur les tomettes.

Limoni s'essuya le visage de la manche, maculant sa soutane de morve. Il renifla, avant de répondre d'une voix enrouée et engorgée de larmes.

– Ce soir-là... ce soir-là, il y avait moi... et mes deux amis de l'époque... Jean-Christophe et Stéphane...

La douleur qui lestait chaque syllabe ralentissait son débit.

– Plus deux autres que je n'avais jamais vus...

Deux autres ?

Margot eut l'impression qu'une meute de chiens se jetait sur elle pour lui dévorer le cœur. Elle secoua la tête.

– Comment ça, DEUX autres ? s'écria-t-elle.

– Oui... deux autres... que je ne connaissais pas... que je n'avais jamais vus. Et que je n'ai plus jamais revus. Après ce soir-là. Des connaissances de Jean-Christophe : un homme, JB, et une fille.

– Une fille ? s'étrangla Margot.

Limoni acquiesça.

– Elle faisait le guet sur la route, à côté de la voiture, mais je ne me souviens plus de son nom.

– Une fille faisait le guet, grimaça Margot, écœurée par le goût infect de ces mots.

Elle pencha la tête en arrière et inspira à fond, comme si on l'avait maintenue sous l'eau trop longtemps.

Vingt minutes plus tard, assise dans sa voiture, elle dut placer ses mains sous ses fesses pour empêcher ses bras de trembler.

Mon Dieu... qu'est-ce que j'ai fait ? Qu'est-ce que j'ai fait ?

*

Sa voiture l'avait conduite jusque devant chez Gabriel. Recroquevillée devant sa porte, Margot avait attendu qu'il rentre, obsédée par les mêmes phrases, qui défilaient dans son esprit comme des lettres lumineuses sur un bandeau publicitaire.

Qu'est-ce que j'ai fait ? Mon Dieu... qu'est-ce que j'ai fait ?

Lorsqu'il l'avait trouvée là, Gabriel s'était accroupi près d'elle. Il lui avait embrassé le visage à la manière d'un parent protecteur, posant ses lèvres avec une infinie douceur sur ses yeux perdus, assombris par la tristesse. Sans poser de question.

Ils s'étaient installés sur le canapé du salon, elle, blottie contre son torse, les bras de son amant l'enveloppant comme une délicate forteresse.

Margot ferma les yeux et la danse macabre reprit aussitôt.

Une femme. Le goût du sang. Pas Deltorme. Limoni. Cinq personnes. La douleur dans ma main. Père.

Elle avait l'impression d'éclairer son cerveau avec une lampe torche : les souvenirs, les mots surgissaient par flashs et son corps tout entier tressaillait. Comme là, à l'instant. Sa poitrine se souleva. Margot recracha l'air par saccades. Gabriel la serra un peu plus fort. Mais elle revit le prêtre, affalé sur sa chaise comme un pantin désarticulé.

De quel droit tu pleures ? C'est toi, le bourreau ! C'est TOI, le monstre ! Tu te croyais intouchable dans la maison de Dieu, hein ?! C'est ça ?

Le dos voûté, secoué par les sanglots, Limoni n'avait pas réagi à ses cris.

Gabriel lui caressait les cheveux. Margot avait l'impression d'entendre les questions tambouriner contre ses lèvres, les questions qu'il n'osait pas lui poser.

– Tu veux boire quelque chose ? Ou manger ?

Sa respiration lui chatouillait le front.

– Non. Merci, murmura Margot.

Ce que je veux, Gabriel, c'est oublier. Oublier le goût du sang dans ma bouche. Oublier qu'il y avait une femme avec eux. Oublier ce viol. Oublier tout.

« Je me soumets à votre volonté, Marie. Et à la volonté de Dieu. » Mais ça veut dire quoi ? C'est quoi, ma « volonté » ? Je veux quoi ? Le dénoncer ? L'humilier ? Le battre à mort ?

– Qu'est-ce que j'ai fait ? Mon Dieu... qu'est-ce que j'ai fait ?

– De quoi tu parles, ma puce ?

J'ai dit ça tout haut ?

La réponse, la vraie, était là, prête à éclore. Margot se massa du bout des doigts la main droite, encore endolorie.

Elle avait voulu qu'il cesse de geindre comme une victime, qu'il arrête de contempler sa tristesse. Elle avait cogné si fort sur la table que le meuble avait tangué. Mais le prêtre n'avait même pas cillé. Margot avait alors ressenti le besoin impérieux de sortir de cette pièce exiguë. De cette église. D'enfouir la réalité, cette partie de sa vie, avec les mensonges de Limoni, sous sa soutane. Son existence ne pouvait plus tourner autour de ce drame, de cette moitié de profil ADN manquant.

Elle caressa le torse de Gabriel avec sa joue comme on vérifie un oreiller moelleux avant le sommeil. Puis lâcha du lest. Un peu.

– Je me demande pourquoi je me suis lancée à la recherche de mon père biologique. Cette recherche exige trop de moi. Trop. Je perds…

Des sanglots s'étranglèrent dans sa gorge. Margot déglutit pour les faire fuir. Elle sentait toujours l'arrière-goût de fer dans sa bouche… Elle s'était mordu la langue jusqu'au sang, là-bas, dans l'église, pour dompter sa fureur. Elle ne savait pas quand exactement. Elle se souvenait juste de ce goût métallique qui avait envahi son palais.

– Plus j'avance, plus je me sens… mal.

– Qu'est-ce qui te pousse à continuer, Margot ? Vraiment ?

Il avait parlé d'une voix claire, ferme.

Je ne peux pas te le dire.

Elle leva la tête vers Gabriel. Ses lèvres s'étiraient en un sourire d'excuse.

– Qu'est-ce que ça t'apporterait de savoir qui il est, cet homme ?

Sa voix s'était enveloppée de douceur. Elle sentait ses doigts voyager dans sa chevelure.

– Il a donné de lui, à l'origine, d'accord, mais est-ce que tu te définis vraiment par cette série de gènes qu'il t'a transmis ? Par une couleur d'yeux ou une forme de nez ? Tu ne penses pas que la femme que tu es aujourd'hui, tu le dois à ta mère ? À son amour inconditionnel ? À l'éducation qu'elle t'a donnée ? À toutes les fois où elle t'a dit « non » ? Que vient faire cet homme dans l'équation de ta vie, Margot ? Et surtout, pourquoi continuer sur ce chemin de souffrance ?

Les mots de Gabriel couraient dans les veines de Margot, éveillant tout son être.

En effet. Pourquoi continuer sur ce chemin de souffrance ?

La sonnette leur fit l'effet d'une bombe. Gabriel se leva d'un bond.

– Et merde…

– Qu'est-ce qu'il y a ? demanda Margot, inquiète.

– Mes parents. Ils viennent dîner. J'ai complètement zappé…

– Tes parents ?

Les yeux de Margot s'agrandirent comme ceux d'une petite fille au bord des larmes.

– Mais je… je ne suis pas… prête !

– T'as dix secondes pour te préparer avant que ma mère se serve de ses clés.

– Quoi ?

– Un… deux…

Le bruit des verrous que l'on rétracte.

– Gabriel ?! C'est nous ! lança une voix féminine.

– Et dix ! Elle compte plus vite que son ombre, ma mère, fit-il avec un clin d'œil.

Margot était estomaquée.

Les parents, maintenant ? Vraiment ?

– On arrive ! cria Gabriel depuis le salon.

Il prit Margot par la main et se dirigea vers l'entrée.

– Comment ça, « on » ? demanda un petit bout de femme au visage rond et aux cheveux bruns coupés court.

– Gabriel, je t'ai ramené ta scie sau…

Un homme plus grand de deux têtes s'arrêta juste derrière elle. Il contempla Margot de ses yeux noirs débordant de douceur. Ceux de Gabriel en étaient la copie conforme.

– Tu vois Jo, je t'avais dit de sonner une deuxième fois ! Il n'est pas tout seul ! On est désolés de vous avoir dérangés, les enfants...

– Je vous présente Margot. Margot, mes parents, Joëlle et Roland, beaucoup moins envahissants qu'ils n'en ont l'air, c'est promis.

Margot tendit la main, un sourire poli plaqué sur le visage. Deux poignées fermes se succédèrent. Les yeux de Joëlle ne la lâchaient pas, lui faisant subir une inspection en bonne et due forme.

– On vous laisse la bouffe et on s'en va, d'accord, Jo ?

– Mais non, Roland, enfin ! On avait prévu de rester ! protesta Joëlle en boudant comme une enfant qui refuse de descendre d'un manège. Comme ça, on pourra faire la connaissance de l'amie de Gabriel ? Hein, chéri ?

Ce chantage affectif s'adressait à son fils, mais Gabriel n'eut pas le temps de répondre.

– Non, Jo ! On les laisse ! Tu vois pas qu'elle sait plus où se mettre, la petite ? Allez, ne fais pas ta belle-mère ! On s'en va !

Un sourire chatouilla les lèvres de Margot.

– Vous devriez rester, proposa-t-elle malgré elle. Je serais ravie de faire plus ample connaissance.

Gabriel la caressa du regard.

– Ah ! Tu vois, Roland, qu'ils veulent qu'on reste ! Allez, va faire réchauffer tes lasagnes, moi, je vais discuter avec Margot !

9

Les talons, vertigineux, dessinèrent une ligne parfaite sur la moquette, avant de disparaître dans le couloir conduisant aux ascenseurs du très chic Sofitel marseillais.

– T'en penses quoi ? demanda Alice en soufflant sur son thé.

– De quoi ? De ses shoes, ou de la collection ? répondit Margot, un sourire espiègle aux lèvres.

Alice rit de bon cœur et posa un regard plein de tendresse sur son amie. Un regard qui voulait dire : « C'est bon de te retrouver. »

– Que du bien, continua Margot en avalant son expresso d'un trait. Mais on a intérêt à se dépêcher si on veut mettre en ligne avant les soldes. Ça va être short !

Elle mordit dans un carré de chocolat et se cala dans son fauteuil en cuir blanc. Face à elle, une large baie vitrée dévoilait le Vieux-Port sous son profil le plus pittoresque. La ville s'étendait, telle une couronne d'ocre, sur la langue de mer qui léchait les flancs de l'ancienne calanque du Lacydon.

La dernière fois qu'elle avait posé les yeux sur le Vieux-Port, Margot se rendait aux Accoules. Deux mois s'étaient écoulés. Deux mois durant lesquels elle avait repoussé chaque pensée liée à ce passé encombrant. Ce passé qu'elle voulait mettre de côté pour vivre au présent. Et, petit à petit, pour réapprendre à aimer ce monde dépeuplé depuis la mort de sa mère.

– Alors, qu'est-ce que tu comptes lui acheter ? demanda Alice, les yeux pétillant de malice.

– Justement, je n'en ai aucune idée et c'est pour ce soir ! Qu'est-ce qu'on offre à la mère de son mec pour son anniversaire ? Je suppose que je suis attendue au tournant…

– Ne suppose pas, c'est une certitude !

– Quoi, alors ? Un foulard ? une broche ?

– Ah non ! Pas de broche ! Ce qui pique fâche !

– Euh… un plat à tarte, peut-être ?

– Pourquoi pas une essoreuse à salade ! Blague à part, tu devrais aller dans le Panier. Tu sais, la petite savonnerie à côté de la Vieille Charité ?

Margot hocha la tête.

– Ils ont racheté le bar qui a fermé, juste à côté, et ils se sont agrandis. Ils vendent maintenant leur propre ligne de produits de beauté. Tu pourrais lui trouver un truc sympa là-bas, non ?

– Ouais, c'est pas mal, ça, bonne idée… Je vais aller jeter un œil.

– Tu veux que je te dépose en rentrant sur Aubagne ?

– Non, ne t'embête pas, ça va te faire un détour. Je vais y aller à pied tranquillement.

Quelques minutes plus tard, Margot longeait le quai de Rive-Neuve, sur le Vieux-Port. L'air était tiède, un peu moite, et sentait l'été à plein nez. Les touristes levaient des visages gourmands vers le soleil radieux et le grand ciel turquoise ; les Provençaux, eux, ignoraient le beau temps avec l'arrogance des blasés. Margot contourna l'embarcadère du ferry-boat, puis, arrivée sur le quai du Port, remonta la rue Bonneterie.

Gabriel régnait sur ses pensées. Mais il n'y régnait pas en despote. Elle goûtait l'empressement des débuts de leur relation, tout en ressentant déjà l'empreinte des amours simples et profonds, cette sérénité qui permet d'être sans avoir besoin de faire. La nuit, Gabriel glissait sa main sous son ventre pour garder le contact avec elle jusque dans le sommeil, comme si leurs corps étaient la continuité l'un de l'autre.

Elle plaça sa main en visière pour vérifier à quel croisement elle se trouvait et eut un brusque mouvement de recul : en face d'elle se dressait noblement

Notre-Dame-des-Accoules. Elle flageola sur ses jambes et dut se rattraper à la grille d'une maisonnette pour ne pas flancher. Elle aspira une grande goulée d'air et la recracha par petites bouffées saccadées. Un sourire acide se dessina sur ses lèvres.

Quand l'inconscient prend les commandes…

Elle lâcha la grille, traversa la place Daviel d'un pas décidé et gravit le parvis de l'église. Parvenue devant l'épaisse porte de bois, elle la fixa avec un air de défi, comme un soldat, avant la bataille, toise son ennemi.

Alors, maintenant, on fait quoi ?

Margot poussa la lourde porte d'un geste franc.

Les bancs étaient déserts. Le silence hiératique. Bienfaiteur. Une odeur de pierres mouillées flottait dans l'église, comme s'il venait de pleuvoir sur les murs de granit et les dalles du sol.

Elle perçut un froissement. Simultanément, son œil enregistra un mouvement sur sa gauche. Une main repoussait un rideau de velours bordeaux. Le rideau d'un confessionnal en bois brun, collé contre le mur. Un jeune homme en sortit, dans des vêtements bien trop larges, et dépassa Margot d'une démarche chaloupée. Une bande de soleil éclaira vivement la nef quelques secondes, le temps que la porte se referme, puis l'église retomba dans la pénombre.

Au même moment, le panneau grillagé au centre du confessionnal s'ouvrit dans un grincement théâtral qui rebondit sur les murs et le plafond voûté. Un crâne grisonnant émergea du minuscule espace et une soutane apparut.

En reconnaissant Margot, Limoni se figea. Ses lèvres s'affaissèrent, il murmura quelque chose en reculant d'un pas et, avec un empressement presque comique, s'engouffra de nouveau dans la cabine en bois. Le portillon claqua.

Margot contourna les bancs, poussa la lourde tenture et prit place sur l'étroit siège sculpté. L'obscurité les enveloppa.

L'espace clos, sombre, créait une intimité rassurante, ravivant les souvenirs d'enfance de Margot, lorsqu'elle se blottissait au fond de son lit, ses pieds tenant l'édredon en l'air comme des piquets.

– Comment vous avez pu bander en voyant ma mère défigurée, ensanglantée ?

Sa voix n'était qu'un chuchotement, mais les mots tombaient avec la violence d'une guillotine.

Un geignement filtra à travers la cloison grillagée. Celui d'un animal blessé.

– Je ne sais pas... Je ne sais pas comment j'ai pu... agir comme un monstre, comme un démon. Je n'ai pas d'explication, Marie...

– Pourquoi vous ne vous êtes pas rendu à la police ? Pourquoi avoir gardé le silence ? Vous auriez pu dénoncer les autres violeurs !

– Je m'en suis remis à la justice de Dieu.

– Oui, c'est ça, bien sûr, le tribunal des lâches.

Une respiration longue et douloureuse en guise de réponse.

– Et la justice des hommes ? continua Margot.

– Je n'étais pas prêt... Prêt à me rendre, à affronter les conséquences de mes actes. Mais aujourd'hui, vous incarnez cette justice, et je vous laisse décider de mon sort.

– Vous n'étiez pas prêt ? Vous n'étiez pas PRÊT ?!

Margot lâcha un rire grinçant.

– C'est certain, je vous comprends, on est mieux dans une église qu'en prison. Et ça ne vous dérange pas d'absoudre les péchés des autres, alors que le vôtre est tellement infâme qu'il vous salira pour l'éternité ?

– Dieu connaît mes péchés.

– Dieu connaît vos péchés, oui, et Il connaît votre vrai visage. Mais pas les gens qui vous entourent. Eux, ils ne connaissent pas votre vrai visage. Votre visage de violeur.

Elle avait éructé ce dernier mot comme une menace, les lèvres collées aux croisillons de bois.

– Parlez-moi des autres, demanda-t-elle en se reculant.

– Des autres ?

– De la fille, de JB, de Stéphane.

– La fille… la fille était avec JB. C'est la première et la dernière fois que je les ai vus, tous les deux.

– Oui, ça, je sais. Vous l'avez dit la dernière fois. Mais ils étaient comment ? Ils ressemblaient à quoi ?

– Je… La fille était brune, grande, mince, mais… j'ai oublié son prénom. Ils étaient ensemble, avec JB, il l'appelait « chérie ». Je… je ne me rappelle pas son nom…

– Et ce Jean-Baptiste ?

– Son nom de famille ? Je n'en sais rien…

– Il ressemblait à quoi ? Quelque chose de spécial ? De mémorable ?

– C'est lui qui était venu chercher Ransac, ce soir-là, et comme on était avec lui… Oh, mon Dieu, pardonnez-moi, pardonnez-moi…

Sa voix s'étrangla. Il renifla.

– Il avait un visage si doux, si inoffensif, un visage d'ange… ajouta-t-il.

Margot secoua brutalement la tête. Sa voix monta d'une octave.

– Non ! Non, vous ne dites pas ça. Vous ne dites pas ça de lui !

– Pardon. Pardon. Non, je ne dis pas ça de lui.

– Non, vous ne dites pas ça de lui ! Je vous l'interdis !

Margot rouvrit les yeux et se passa la main sur le front.

– L'autre, maintenant. Le dernier.

– Stéphane.

– Oui, Stéphane.

– Il s'appelle Palazzo.

Ce nom fit à Margot l'effet d'un coup de poing dans le ventre.

– Palazzo, répéta-t-elle, comme hypnotisée.

*

Le foulard offert par Margot autour du cou, Joëlle déchira avec une joie enfantine le papier qui enveloppait le cadeau de son mari. Tous les quatre, ils célébraient son anniversaire à L'Épuisette, un bijou de restaurant marseillais niché au cœur du Vallon des Auffes.

Ses yeux s'agrandirent en découvrant la boîte en nacre.

– C'est le coffret qu'on avait vu dans cette boutique à Cassis ! Oh, mon Roland ! T'es un amour ! Viens ici que je t'embrasse !

Elle serra entre ses mains le visage de son époux et posa un baiser sonore sur ses lèvres. Gabriel chercha la main de Margot sous la table et l'étreignit avec douceur.

Nous aussi, on s'aimera comme ça, à leur âge ?

Cette pensée fit rougir Margot.

Un peu tôt pour se prononcer, non ?

– Tu ne l'ouvres pas… pour voir comment il est à l'intérieur ? demanda Roland.

– Ne me dis pas que tu m'as acheté une rivière de diamants, mon amour ! plaisanta Joëlle avec un clin d'œil gabriélien.

Lorsqu'elle souleva le couvercle, sa bouche forma un O de surprise. Elle releva des yeux humides vers son mari.

– C'est quoi, maman ? s'impatienta Gabriel.

Émue, Joëlle caressa la joue de Roland et sortit du coffret un morceau de papier qu'elle tendit à Gabriel.

– Ton père m'emmène à Capri…

– Oh, papa ! Quelle classe !

– On part le week-end prochain ! crâna Roland en bombant le torse.

Ils quittèrent L'Épuisette une demi-heure plus tard, après café et mignardises. Il était près de 23 heures. Margot n'avait pas vu le temps passer. Ces moments partagés en famille étaient pour elle comme une réconciliation avec le bonheur. Grâce à eux, elle oubliait le côté sombre de sa vie, elle pouvait s'échapper d'elle-même, toucher du doigt la normalité.

Elle embrassa Joëlle et Roland avec chaleur. Gabriel la raccompagna jusqu'à sa voiture. Il repartait avec la sienne directement à l'hôpital pour sa garde. Ils ne se reverraient pas avant le lendemain soir.

Mon Gabriel... Est-ce que c'est toi, maman, qui as envoyé un ange pour veiller sur moi ?

Gabriel était la lumière de sa vie. Alice l'avait, selon sa propre expression, « validé et approuvé », et Angèle, tout aussi fan, avait doublé les portions de ses petits plats.

Margot monta en voiture. À peine eut-elle refermé la portière que ses pensées l'assaillirent comme une nuée de guêpes dont on vient de détruire le nid.

Palazzo. Palazzo. Palazzo. Palazzo. Palazzo. Palazzo...

Le nom ne cessait de bourdonner à ses oreilles. Si fort, qu'elle n'entendait plus rien d'autre.

*

Le chemin de terre serpentait entre les vignes jusqu'à une imposante bastide aux volets bleus, agrippée aux flancs du mont Aurélien. Margot roulait au pas, fenêtres baissées, à l'affût de cet arôme si particulier qu'ont les terres couvées par le soleil.

Elle se gara bientôt sous une tonnelle chapeautée de lierre, sur une place réservée aux visiteurs, et gagna le gigantesque portail orné d'une couronne de fer forgé qui trouait le grand mur sable de la propriété. Elle monta à pied le chemin bordé d'oliviers jusqu'au parvis de la bâtisse, agréablement ombragé en cette fin de matinée.

Un grand homme en costume gris clair et chemise blanche discutait avec un couple. Des rires polis ponctuaient leur conversation. En apercevant Margot, il mit fin à l'entrevue par de chaleureuses poignées de mains et s'avança vers elle d'un pas élastique, tout sourire, un carnet relié en cuir sous le bras.

– Vous devez être Jeanne ? demanda-t-il d'une voix forte, en lui tendant la main.

Margot détailla les paumes massives, les larges ongles striés, les lèvres fines presque inexistantes, le menton fendu, le front court et plat, l'implantation des cheveux en forme de cœur.

Elles sont grandes, tes mains. Elles sont fortes. Puissantes. Je les imagine bien autour d'une gorge. Serrer fort. Étouffer. Ou repliées en poing. Donnant des coups. Des coups sauvages. Comme ceux que tu as infligés à ma mère.

– Enchantée, répondit-elle en hochant la tête, un sourire tendu plaqué sur le visage. Monsieur Palazzo, je suppose ?

– Vous supposez bien ! Alors, que pensez-vous de notre domaine ?

Il ouvrit largement les bras, d'un geste seigneurial.

Tu étais lequel, toi ? Le premier ? Le deuxième ? Le troisième ? Ou le quatrième ? Celui qui a écrasé son visage contre le sol ? Celui qui l'a brûlée avec sa cigarette ? Celui qui ne voulait pas ? Tu étais qui, hein ?

Margot déglutit pour ravaler sa haine.

– Sublime, déclara-t-elle d'une voix plate.

– Attendez ! Vous n'avez pas tout vu ! s'enthousiasma-t-il en se frottant les paumes.

Il contourna la bastide, ses chaussures pointues crissant sur les gravillons. Margot le suivit jusqu'à une immense terrasse offrant une vue imprenable sur la Sainte-Victoire et son profil ciselé.

– Alors ? On ne dirait pas que c'est depuis cette terrasse que Cézanne a peint le plus beau visage de la Provence ?

Les bras de Palazzo s'étaient de nouveau déployés.

– En effet, concéda-t-elle avec un sourire factice.

Ils se dirigèrent vers une table ronde à la surface mosaïquée, entourée de trois chaises en métal. Il en proposa une à Margot. Elle s'installa.

– Est-ce que je peux vous offrir quelque chose à boire ?

– Merci, répondit-elle en secouant la tête.

– Bon, alors, dites-moi tout ! scanda-t-il en s'asseyant à son tour. Pour quand est cette fête d'anniversaire dont vous m'avez parlé au téléphone ?

Il ouvrit son carnet et libéra un Montblanc de son encoche.

– Six mois.

– Combien de convives ?

– Cent cinquante à peu près.

– D'accord. À quel endroit se déroule votre célébration ?

Il posait ses questions sans décoller le nez de son carnet.

– Chez un particulier, à Aix.

– OK. Quel menu allez-vous proposer à vos invités ?

– Mise en bouche à base de légumes, foie gras en entrée, viande rouge en plat, fromages et fondant au chocolat pour le dessert, récita Margot sans ciller.

– Qui s'occupe du catering ?

Cette question, elle ne s'y attendait pas.

– Un chef italien, improvisa-t-elle.

Il fronça les sourcils et leva les yeux de sa feuille, surpris.

– C'est un ami de la famille, précisa-t-elle.

Cette réponse parut le satisfaire. Il griffonna quelques notes supplémentaires, puis ferma son carnet et jeta son stylo sur la couverture en cuir.

– Bien…

Il planta les coudes sur la table et croisa les doigts. Il balançait ses mains d'avant en arrière, les index levés en signe de réflexion.

– Alors… Que diriez-vous d'un blanc sec pour votre mise en bouche, suivi d'un blanc moelleux pour l'entrée ; ensuite on passerait sur un rouge lourd en bouche pour la viande et le fromage, puis on basculerait sur un blanc liquoreux pour le dessert.

Il tourna légèrement la tête et leva le menton, en fermant les yeux à demi comme s'il tendait l'oreille pour apprécier les soupirs d'admiration de son public.

– Ça me semble parfait.

– J'en suis ravi.

La voix de Palazzo était descendue d'une octave, plongeant dangereusement dans les graves. Il posa brièvement sa main sur celle de Margot, puis se leva.

– Bon, on va goûter tout ça ?

Elle acquiesça d'un signe de tête et le suivit, tentant de contrôler le dégoût profond que lui inspirait la proximité de cet homme.

Encore un peu, Margot. Retiens-toi encore un peu.

*

– Est-ce que vous avez noté vos rêves, cette semaine, Margot ?

– Oui, je les ai notés. Mais ce n'était vraiment pas la peine…

La chaise de Tavernel couina. Margot l'imagina penché en avant, les coudes sur son large bureau, les mains devant la bouche et les yeux arrondis par la concentration, rivés au divan où elle était allongée.

– Cette semaine, mes rêves ont été très…

Elle soupira et secoua la tête.

– Je ne sais pas quel mot convient le mieux pour décrire la sensation que j'ai… C'est un peu… En fait, dès que j'ouvre les yeux, le matin, mes rêves sont là comme si je venais de les vivre, et ils me restent en tête toute la journée.

– Quel est celui qui vous a le plus marquée ?

– Celui d'avant-hier.

Margot plaqua ses paumes sur son ventre et le pressa du bout des doigts.

– Je marchais, chez moi, en brassière et en bas de pyjama, le ventre à l'air. Mon ventre avait été ouvert comme un capot et des agrafes rapprochaient les bords de l'entaille. C'est dur à expliquer…

– Elle était comment cette entaille, exactement ? Vous pourriez me la décrire ?

Margot laissa courir son index sur son ventre.

– L'incision formait un rectangle parfait le long de mes flancs et au-dessus de mon pubis. L'entaille était large, encore sanguinolente. Profonde. Chirurgicale, aux bords nets. Comme si ma peau avait été découpée au scalpel pour une opération. Ou une autopsie.

Elle entendit le stylo de Tavernel danser sur une feuille.

– Et les agrafes ? Comment étaient-elles ?

– En métal, longues, mais fines.

– Elles avaient l'air solides ?

– Oui.

– Est-ce que votre blessure vous faisait souffrir ?

– Euh… non, en fait. Je ne me rappelle aucune sensation de douleur. Je me baladais dans la maison en mangeant une pomme.

– Vous étiez seule ?

– Oui.

Elle entendit le fauteuil geindre. Tavernel venait de s'appuyer sur le dossier et devait maintenant se laisser flotter, presque à l'horizontale, stylo en bouche.

– Alors, qu'est-ce qui s'est passé cette semaine, Margot ? Qu'est-ce qui vous a tant remué les tripes ?

Le soupir que Margot évacua par le nez lui parut interminable.

– Je… je me suis retrouvée, sans le vouloir, devant chez un des violeurs de maman…

Elle plissa les paupières comme un enfant qui s'attend à prendre une claque.

– Sans le vouloir ?

Elle les rouvrit prudemment.

– Oui, sans le voul… Enfin, vous voyez très bien ce que je veux dire…

Elle remua sur le sofa, décroisa les jambes, dégagea quelques mèches qui flirtaient avec ses cils et réajusta le coussin sous sa tête.

– Je ne souhaitais pas, consciemment, me retrouver devant chez lui : j'étais en route pour acheter un cadeau d'anniversaire à la mère de Gabriel.

– Mmh…

Oh non. Pas ça. Pas ce « mmh ». Ce « mmh » qui fait des liens là où on pensait qu'il n'y en avait pas.

– Et je l'ai vu. On a parlé.

Tavernel garda le silence.

– Il a répondu à mes questions. Mais ses réponses… ses réponses rendent ma vie plus complexe… plus dangereuse, même…

Margot repensa à sa rencontre avec Palazzo.

– Je sens que ça recommence. Que ça dérape. Mais paradoxalement, je sens que je maîtrise totalement la situation.

– C'est-à-dire ?

– Lorsque je lui posais mes questions, j'étais tellement… J'étais tendue, en colère, mais je n'avais pas peur.

Elle entrelaça ses doigts et les posa sur son ventre.

– Je me suis sentie beaucoup mieux, ces deux derniers mois. Depuis que j'avais décidé de ne plus chercher les agresseurs de ma mère, ni mon géniteur. J'ai repris en main mon travail, ma vie sentimentale… En fait, j'ai repris contact avec moi-même.

– Alors pourquoi reprendre cette quête ?

Lorsque la voix de Limoni s'était faite grumeleuse, séparant les mots les uns des autres, Margot avait compris ce qui était vital pour elle. Lorsqu'il lui avait proposé de faire un test de paternité, elle avait compris qu'elle se foutait de savoir à qui appartenait le spermatozoïde vainqueur. Ils étaient tous responsables du chaos de sa création. Tous les quatre. Ce qu'elle voulait, c'était les retrouver. Les regarder dans les yeux, et leur dire qu'elle savait.

– Parce qu'on ne peut rien construire sur des sables mouvants.

– Ça, c'est certain, Margot, je suis on ne peut plus d'accord avec vous. Mais vous ne pouvez pas négliger les aspects destructeurs de cette quête.

Elle entendit une série de sons métalliques. Tavernel avait dû faire tomber son stylo sur le bureau de verre.

– Vous vous souvenez dans quel état vous étiez, il y a deux mois ? Vous vous relevez à peine, Margot. À peine. Est-ce que vous voulez vraiment vous jeter en pleine tempête émotionnelle ? Êtes-vous vraiment prête à en affronter une autre ?

Elle repensa au message laissé par Palazzo sur son portable, une heure auparavant. À son invitation.

– Oui, cette fois, je suis prête.

10

Margot posa son sac sur ses cuisses et en dénoua le cordon. Il s'ouvrit comme une gueule béante. Elle y plongea le bras et inspecta le contenu d'une main sûre. Elle resserra les lanières, le passa en bandoulière, et sortit de la voiture.

Elle marcha pendant cinq minutes. Son cœur cognait dans sa poitrine, ses pas prolongeant l'écho de chaque battement. Arrivée devant l'entrée, elle rajusta son sac et sonna à l'interphone. Soudain, elle se raidit : elle avait entendu un chuintement, comme si quelqu'un avait dérapé sur le rebord lisse du trottoir. Elle se retourna, scanna la rue. Mais il n'y avait qu'elle. Elle, et cette peur qui lui nouait les tripes. Une sonnerie grinçante la fit sursauter. Elle humecta ses lèvres sèches et poussa la lourde porte.

Le hall, d'une élégance vieillotte, était aussi étriqué que mal éclairé. Un lustre style réverbère projetait une lumière faiblarde sur le sol carrelé de tomettes. Sur la droite, des marches couvertes d'une langue de moquette rouge grimpaient vers les étages.

Margot monta jusqu'au premier et appuya sur le poussoir de l'unique porte du palier. La sonnette lui rappela cette fois une vieille bicyclette. Un son du passé. Des semelles claquèrent de l'autre côté de la porte. Puis le silence. L'œil collé au judas. Ou au miroir de l'entrée – s'il y en avait un – pour réajuster un col de chemise, coiffer une mèche disgracieuse, brosser un grain de poussière sur l'épaule. Le cliquetis des verrous que l'on désarme. Le discret grincement de la porte. Stéphane Palazzo ouvrit en grand et se poussa sur le côté, afin de la laisser passer. Des notes échappées d'un saxophone s'enfuirent sur le palier.

– Entrez, Jeanne, je vous en prie, proposa-t-il avec une autorité mielleuse, les traits fripés par la pause.

Margot observa la fossette qui lui fendait le menton, les rides qui lui striaient le coin des yeux : elles encadraient son sourire comme de grandes parenthèses. Puis elle entra. Les battements de son cœur décuplèrent, comme pour répondre à la batterie qui avait rejoint le saxophone, dans le salon.

– Je peux vous débarrasser ? demanda Palazzo en refermant derrière elle.

Elle ôta sa veste et la lui tendit. Il la posa sur son avant-bras sans la quitter du regard. Un regard qui ne s'embarrassait pas de préliminaires. Un regard aussi flagrant qu'une érection.

Margot détourna les yeux.

– Installez-vous, je reviens dans une seconde, dit-il en indiquant le salon, face à l'entrée.

Elle avança prudemment jusqu'au canapé de cuir beige. Les semelles martelèrent de nouveau le carrelage et Palazzo apparut dans l'encadrement de la porte.

– Qu'est-ce qui vous ferait plaisir, Jeanne ? Un blanc moelleux qui vole un peu des arômes au sauternes, ça vous dirait ? C'est un de ceux que je vous ai suggérés pour votre réception, dit-il en frottant ses paumes l'une contre l'autre.

Elle répondit d'un hochement de tête assorti d'un sourire tendu. Il sortit de la pièce et revint deux minutes plus tard avec une bouteille de vin débouchée et deux verres à pied. Il déposa le tout sur la table basse et prit place à côté d'elle. Il versa un peu de vin dans chaque verre, en saisit un et l'approcha de son visage. Il l'inclina et examina le liquide jaune brillant dont les jambes se déployaient et s'accrochaient aux parois. Il plongea son nez au cœur du bouquet, fit tournoyer le vin d'une main experte, huma encore. Il prit une petite gorgée, qu'il fit suivre d'un filet d'air aspiré. Le vin clapota discrètement.

– À quoi trinquons-nous ?

Il tenait son verre à la hauteur de ses yeux. Margot attrapa le sien sur la table basse.

À quoi on trinque ? À ma mère, connard.

Elle se contenta d'une moue d'indécision.

– À une association fructueuse ? proposa-t-il.

Mouvement de tête d'approbation de Margot.

Elle goûta au vin du bout des lèvres, observant celles de Stéphane, goulûment posées sur le bord de son verre. Une violente nausée contracta son estomac. Elle déglutit plusieurs fois pour repousser la bile.

– Vous aimez ?

Non, j'aime pas ton vin. Il me dégoûte. Comme toi.

Nouveau hochement de tête. Elle aperçut deux cadres sur l'étagère, au-dessus de la télévision. Sur la première photo, un petit garçon brun, au pied d'un sapin de Noël, au milieu d'une montagne de cadeaux. Sur la seconde, un autre petit garçon, les cheveux plus clairs, accroupi près d'un château de sable.

– Mes fils. Thibaud et Valentin.

Des frissons roulèrent le long de la colonne vertébrale de Margot, comme si elle venait de plonger, la tête la première, dans un lac glacé.

Non. Non, ce ne sont pas mes demi-frères. Non, tu n'es pas mon père. J'en suis sûre. Tu n'es pas mon père…

– Ils ont vingt et vingt-deux ans maintenant.

Ils le savent, tes fils, ce que tu faisais quand t'étais jeune ? Et ta femme, elle le sait ? Elle le sait que ton passe-temps c'était de violer et de battre des jeunes filles avec tes copains ? Elle le sait, ta femme, que tu es un violeur ?

– Ils vivent avec leur mère.

Margot balada son regard alentour quelques secondes supplémentaires. Pour supprimer cet homme de son champ de vision. Pour échapper aux images d'une brutalité insupportable qui lui traversaient l'esprit quand ses yeux se posaient sur lui. Lorsqu'il réajustait le col de sa chemise et étendait le bras sur le dossier du canapé, à quelques centimètres d'elle. Lorsque sa voix de mâle en rut tombait dans les graves. Lorsqu'il expliquait qu'il était séparé de sa femme. Disponible. Libre.

Elle croisa les jambes et en profita pour se décaler imperceptiblement sur sa gauche. Elle sentit son sac à main blotti contre sa hanche.

Il faut que je me calme. Sinon je n'y arriverai pas. Je n'y arriverai pas si je ne me calme pas. Et il faut que je le fasse. Je veux le faire. Allez, respire un coup… Voilà… Encore… Voooilà… Calme-toi… Caaalme…

Elle regarda Palazzo droit dans les yeux, puis se pencha vers lui.

Lorsqu'elle était arrivée, Palazzo avait eu un doute. Un doute infime. Jeanne portait un jean, des baskets et un pull. Rien à voir avec le tailleur jupe et les talons de leur dernière rencontre, ni avec le traditionnel arsenal féminin de séduction. Mais maintenant, il l'avait sa réponse : ils étaient carrément sur la même longueur d'ondes. Il lui sourit. Il espérait que l'alcool ne lui donnerait pas trop mauvaise haleine.

Soudain une douleur atroce irradia son flanc gauche, paralysant tout son corps. Palazzo écarquilla les yeux. Ses lèvres se retroussèrent, révélant ses gencives. Il se mordit la langue et son menton retomba lourdement sur son torse.

Margot relâcha le bouton de la matraque électrique.

Palazzo sentit d'abord le goût du sang. Il déglutit. Sa langue était épaisse, engourdie comme après une bonne cuite. Son corps : une boule de douleur. Chaque muscle, chaque os, le brûlait. Il releva la tête. La pression sur ses tempes était intolérable. Il cligna des yeux. Une tâche noire se dessinait sur un fond jaune, vif comme le soleil. La forme s'allongea : un Y à l'envers. Il y avait quelqu'un devant lui. Une femme… Jeanne ?

Les mots restèrent enfouis dans sa gorge. De la salive lui coula sur la lèvre inférieure et sur le menton. Palazzo voulut s'essuyer, mais sa main refusait d'obéir. Il tenta de se dégager. Aussitôt, un élancement lui électrisa tout le bras, de l'épaule au bout des doigts. Un lien lui lacérait les poignets.

Palazzo baissa les yeux. Il était assis sur son canapé de cuir beige. Nu. Son regard descendit jusqu'à ses pieds. Une sangle de plastique les maintenait serrés l'un contre l'autre et lui mordait la chair.

– Merde, mais qu'est-ce que... Pourquoi vous m'avez attaché ?

Jeanne se tenait à trois mètres environ, les jambes légèrement écartées, les bras le long du corps et la tête penchée sur le côté. Étrangement immobile. Palazzo s'agita dans tous les sens. Il n'arrivait pas à bouger. Bon sang, il n'arrivait pas à bouger ! Ses lèvres se mirent à trembler. Ses dents à claquer. La sueur ruisselait sur ses flancs.

– Mais qu'est-ce que j'ai fait ? Quoi, putain ? Je comprends pas... Qu'est-ce que... Mais tu veux quoi ?! Tu veux quoi ?

Étranglée par les sanglots, sa voix prenait des accents puérils.

– Tu cries pas. Tu bouges pas. Compris ?

Le son de sa propre voix glaça Margot. Grave. Posée. Anormalement posée.

Je me sens calme. Tellement calme. Mon cœur bat si fort qu'il semble sur le point de rompre mes côtes, et pourtant je me sens presque sereine.

– Je vais te raconter une histoire, reprit-elle.

– Détache-moi, s'il te plaît. Détache-moi... Je vais écouter ton histoire, Jeanne, mais s'il te plaît, détache-moi...

– Je disais : je vais te racon...

– Pourquoi tu me fais ça ? Qu'est-ce que tu veux ? De l'argent, c'est ça ? Je te donne ce que tu veux mais détache-moi !

L'agressivité pointait dans sa voix chevrotante.

Margot ferma les yeux, soupira.

– Je disais : je vais te raconter une histoire, souffla-t-elle en scandant chaque mot.

– Mais j'en ai rien à foutre de ta putain d'histoire, espèce de folle !!

En deux enjambées, elle se propulsa à quelques centimètres de son visage.

– Si tu cries ou si tu bouges, tu te reprends une décharge, compris ? Tellement longue, cette fois, que tu finiras comme un légume. Pigé ?

Elle chuchotait, son nez presque collé au sien. Les yeux de Palazzo luisaient de peur. Il examina le petit boîtier noir. Elle le tenait entre le pouce et le majeur. Il acquiesça sans rien dire.

Margot se redressa lentement et reprit sa position initiale.

– Bon. C'est l'histoire d'une femme violée par quatre mecs. Une femme violée par quatre mecs et laissée pour morte. Tu la connais bien, cette histoire, puisque c'est toi qui l'as écrite. Toi et tes copains. Il y a trente ans. Tu te souviens ?

Palazzo écarquilla les yeux et Margot y lut quelque chose d'incroyable : de la terreur. Un frisson de plaisir lui parcourut la nuque.

– Tu sais de quoi je parle, hein ? Ça te revient ? Tu la vois, cette femme ? Elle avait vingt ans et tu l'as battue, torturée, mutilée, violée et abandonnée au bord de la route. Tu la revois, dans ta tête ? Réponds-moi !

Elle le visait du doigt comme avec un pistolet. Palazzo bougea rapidement la tête, les yeux exorbités.

– Oui... Je la vois...

– Tu la vois ? Eh bien, cette femme, c'était ma mère. Et c'est cette nuit-là que j'ai été conçue.

Il ouvrit la bouche, ses lèvres se tordant comme si un pêcheur y avait planté son hameçon.

– Je... Je...

– Je veux que tu payes pour ça. Oui, tu vas payer pour ce que tu lui as fait.

Elle se mit à marcher de gauche à droite en secouant la tête. Il la regardait aller et venir, électrisé par l'effroi.

Soudain, elle se figea.

– Je vais te crever. Tout doucement, je vais te crever, cracha-t-elle en fixant le sol à ses pieds.

Palazzo sentit un liquide chaud se répandre sous ses fesses et couler le long de ses jambes. Ses épaules s'agitèrent au rythme de ses pleurs silencieux.

Margot lui releva le menton et le regarda droit dans les yeux.

– Mais avant, je veux que tu me dises pourquoi. Que tu m'expliques ce qui t'est passé par la tête. Et je veux que tu me donnes le nom de Jean-Baptiste et de sa copine.

La flaque sous ses fesses avait refroidi et l'odeur âcre lui envahissait les narines.

– Je… Elle… lui do…er une l…on…

– Quoi ? J'entends pas. Relève la tête. Arrête de pleurer. Je comprends rien.

Il s'exécuta. La morve lui barrait les lèvres. Il renifla. Déglutit.

– On voulait juste… Elle… vait dé… du et on… on v… lait lui…

– Je comprends rien. Articule.

Le ton de Margot était devenu cassant. Son débit plus dur.

– Elle avait pris la défense d'une fille… Elle n'aurait… elle n'aurait pas dû s'en mêler… S'il vous plaît… détachez-moi, j'ai mal…

Margot se tenait maintenant à moins d'un mètre de lui.

– Tu étais lequel, toi ? Celui qui lui a brûlé le sein avec sa cigarette ?

– On voulait juste lui donner une leçon !

L'esprit de Margot buta sur les mots.

– Juste… répéta-t-elle tout haut, les yeux perdus dans le vide.

Maman, tu entends ça ? Ils voulaient « juste » te donner une « leçon ». Ils t'ont violée, battue, mutilée pour « juste » te donner une « leçon ». Ils t'ont cassé trois côtes, le genou et le poignet gauches, pour « juste » te donner une « leçon ». Tu entends ça, maman ? Moi je peux pas, je peux pas entendre ça. Je peux pas. Non, non. Je peux pas.

Elle ferma les yeux, mais perçut un froissement et les rouvrit aussitôt.

Palazzo se jeta sur elle en rugissant, plié en deux, la tête en avant en guise de bélier. Son crâne percuta la poitrine de Margot. La violence du coup la fit tomber à la renverse, le souffle court, une douleur fulgurante lui barrant les côtes.

Palazzo avait réussi à se redresser et sautait à pieds joints vers la porte du salon. Margot se mit à ramper sur le sol et parvint à lui attraper les chevilles d'une main, l'autre fouillant la poche de son jean pour saisir la matraque électrique, qu'elle lui colla sur le mollet. Palazzo s'écroula, secoué de spasmes violents. Le bruit lourd, sourd, de sa chute résonna dans le salon. Suivi d'un silence. Un silence terrifiant.

*

Margot sentit comme un appel d'air au niveau de son plexus solaire. Comme si son estomac était descendu sur ses intestins pour prendre de l'élan et s'était propulsé au bord de ses lèvres. Ses mains agrippèrent la cuvette, son corps tout entier se raidit. Elle vomit.

Quelques minutes plus tard, elle se recroquevillait comme une fleur fanée au pied des toilettes. Elle s'essuya la bouche du revers de la main et ferma les yeux.

Elle entendait encore ce silence effroyable qui signifiait que tout avait basculé.

Soudain, des spasmes l'emportèrent, comme si le sol s'était mis à trembler. Elle se hissa au-dessus de la cuvette, plissa les yeux de dégoût et ouvrit grand la bouche, faisant saillir les muscles de son cou. Mais tout ce qu'elle put vomir fut un râle, un râle de désespoir. Elle se laissa retomber contre le WC, secouée par des sanglots secs et rauques.

Comment j'ai pu faire ça ? TOUT ça ?

Son sac gisait ouvert dans le couloir, sur le flanc. Elle s'en était débarrassée en arrivant, avant de courir aux toilettes. Une partie de son contenu s'en était échappée et avait glissé sur le carrelage. Elle regarda avec horreur le Taser, le téléphone portable à carte et le pied du verre à vin qui portait ses empreintes, le reste certainement en morceaux dans son sac. Son arsenal de torture.

Oui, de torture. Je voulais qu'il avoue en souffrant. Jusqu'à en crever. Je le lui ai dit. Je lui ai dit : « Je vais te crever. Tout doucement, je vais te crever. »

– Je vais te crever. Tout doucement, je vais te crever, répéta-t-elle à voix haute comme pour modeler de la chair autour de ces mots irréels.

Ses yeux s'écarquillèrent. Là, droit devant elle, s'étalait toute l'horreur de son plan. Avec une lucidité et une détermination effrayantes, elle s'était organisée pour torturer un homme. Elle avait vu son humanité se déliter alors qu'il sombrait dans l'épouvante. Elle avait vu la peur noircir son regard, mais elle avait continué. Elle avait rigoureusement et froidement suivi chaque étape de son plan, sans ciller.

Je ne suis plus moi. Comment j'ai pu devenir cette femme-là ? Mais... Et si j'avais toujours été cette femme ? Est-ce que, cachée dans un recoin de mon cerveau, cette autre personnalité destructrice et calculatrice attendait qu'on l'éveille ?

Elle secoua brutalement la tête, ses cheveux volant de part et d'autre de son visage.

Non. Non. Ce sont les événements qui ont pris cette tournure. Malgré moi. Je voulais les faire souffrir, comme ils ont fait souffrir maman. Je voulais que Palazzo souffre dans sa chair. Déchirer un pan de sa vie. Et qu'il ait peur. Peur comme maman a eu peur, cette nuit-là. Qu'il se demande si j'allais le tuer ou pas. C'est tout.

Elle serra les poings et se frappa les genoux avec une violence animale.

Mais je n'ai pas voulu leur mort ! Je ne voulais pas que Latour meure, je ne voulais pas que Palazzo meure ! Pourquoi j'aurais voulu leur mort ? J'étais protégée, de toute façon.

Elle s'arrêta soudain de cogner et ses mains se mirent à scander ses pensées en dansant devant son visage.

J'étais protégée parce que, s'ils me dénonçaient, je les dénonçais.

Elle prit appui sur les toilettes et se releva, lentement, en tentant de solliciter un muscle après l'autre. Puis elle ramassa ses affaires éparpillées dans le couloir et les remit dans son sac, qu'elle cacha au fond de l'armoire, derrière une pile de vieux draps.

Elle s'en débarrasserait le lendemain matin.

Finalement, je ressemble de plus en plus à mon père.

Elle se déshabilla dans la salle de bains et s'examina devant le miroir. Du bout des doigts, elle appuya délicatement sur ses seins et sur ses côtes, là où Palazzo avait enfoncé son crâne. Chaque pression, aussi légère fût-elle, la faisait souffrir comme si elle était couverte d'ecchymoses. Mais l'attaque n'avait laissé aucune marque visible.

Elle offrit son dos à la glace. Rien, là non plus. Pas une seule égratignure. Elle se brossa les dents et la langue pendant plusieurs minutes puis prit une douche.

Elle avalait un Doliprane 1 000 lorsqu'elle entendit le cliquetis des clés dans la serrure. Elle jeta un coup d'œil à sa montre posée sur l'étagère, au-dessus du lavabo. Il était presque 1 heure du matin.

– Je pensais pas que tu serais levée. J'avais envie de...

Sa phrase resta en suspend lorsqu'il aperçut Margot.

– Qu'est-ce qui t'arrive, mon cœur ? Tu es malade ?

Sa voix avait perdu son sourire. Margot se blottit dans ses bras, au creux de l'odeur familière.

– Je ne me sens pas très bien.

C'était comme si elle avait parlé le visage enfoui dans un coussin. Gabriel lui caressa les cheveux avec la douceur et l'inquiétude d'un père.

– Viens.

Il la conduisit dans son lit. Elle se glissa sous la couette et se cala sur le flanc. Il s'assit face à elle.

– Fais voir.

Il posa sa paume sur son front moite.

– Non, t'as pas de fièvre. T'as mal au cœur ? Au ventre ?

– Je... Je me sens patraque.

– Tu as vomi ?

Elle acquiesça d'un hochement de tête.

– Tu as mal quelque part ?

– Un peu partout, répondit-elle du bout des lèvres.

– Tu as pris quelque chose ?

– Je viens de prendre un Doliprane 1 000.

Il caressa sa joue du revers de la main.

– OK... je te ferai une prise de sang à jeun demain matin, avant de partir à l'hôpital. Et tu iras voir un docteur avec les résultats après-demain.

– C'est pas la peine...

– Pour me rassurer, d'accord ? Depuis deux semaines je te trouve... fatiguée, mon cœur...

Depuis que j'ai revu Limoni. Depuis que j'ai recommencé à... chercher.

– Je veux juste vérifier que tout va bien, d'accord ?

L'angoisse assombrit son regard. Elle tendit le bras et posa ses doigts sur ses lèvres. Il les embrassa en fermant les yeux.

Oui, tu as raison. Je suis fatiguée. Fatiguée de tout ça.

*

Une lumière rose orangé de fin d'après-midi inondait le salon, révélant des particules de poussière qui s'agitaient dans la pièce comme des milliers de lucioles. Margot avala une gorgée d'eau et reposa le verre sur la table basse.

Elle s'était allongée sur le canapé lorsque Gabriel était parti à l'hôpital, juste après le déjeuner, et elle n'avait plus bougé. Son corps lui paraissait extrêmement lourd, comme si la gravitation défiait soudain les lois physiques et la plaquait aux coussins du sofa. Sans parler des nausées. Latentes, comme une crise de foie qui n'en finissait pas.

Mal. Au cœur. Drôle d'expression… Peut-être que mon cœur saigne vraiment…

Elle sursauta. Des coups de feu. Encore. La télé était restée allumée tout l'après-midi et les séries policières s'étaient enchaînées, les unes après les autres. Il fallait croire que la mort divertissait les gens. Margot l'avait mise en marche pendant que Gabriel préparait le repas. Elle avait zappé d'une main absente puis l'avait laissée bourdonner. Soudain, Gabriel s'était figé, assiettes et couverts en main, une ride verticale séparant ses sourcils froncés, absorbé par les images qui défilaient à l'écran : différents angles d'une rue bloquée par des policiers en uniforme, la mine grave. La rue où vivait Stéphane Palazzo. La rue où il était mort. La rue où elle l'avait tué.

Le cœur de Margot s'était emballé, ses battements frénétiques recouvrant la voix du reporter. Elle avait tourné la tête vers Gabriel. Il avait repris le dressage de la table et prêtait une oreille distraite au commentaire.

Et si la police trouve des preuves qui m'incriminent ? Et si je suis arrêtée ? Condamnée ?

L'oxygène était resté coincé, comprimé au fond de sa gorge, comme si ses poumons avaient fermé les vannes.

Comment tu réagirais si je te disais que j'ai accidentellement tué deux hommes, hein, mon Gabriel ? « Accidentellement. » Est-ce que j'ai le droit d'utiliser ce mot dans le cas de Palazzo ? Qu'est-ce qu'il y a vraiment eu d'accidentel, hier soir ?

Cette pensée lui avait donné chaud et froid en même temps et la chair de poule avait hérissé sa peau perlée de sueur.

Elle s'était attablée, chancelante, en adressant à Gabriel un sourire triste. Elle avait vissé son regard à l'écran pour éviter le sien, bourré de questions inquiètes, et forcé la nourriture dans sa bouche. Ils avaient débarrassé dans un silence pesant, seulement perturbé par le cliquetis des couverts raclant les assiettes et le murmure de la télévision.

Je lui dois la vérité. La vérité sur ça. La vérité sur moi. Je ne peux pas continuer à lui mentir, à le mettre en danger. Il doit avoir le choix de rester ou pas. De rester avec moi... ou pas. Mais il me quittera. Il me quittera, c'est sûr. Qui resterait avec une meurtrière ?

Il avait mis son blouson, l'avait embrassée doucettement sur les lèvres, ses mains délicatement posées sur ses joues, puis était parti. Elle s'était laissée tomber sur le canapé et son corps, plus lourd que du plomb, avait sombré comme l'épave d'un navire englouti par les eaux.

Je touche le fond...

Un voile noir avait tout recouvert. Même les caresses de Gabriel. Jusqu'à devenir un rideau opaque.

Mon obsession m'a conduite au bord d'un précipice.

Elle ne pouvait pas réécrire le passé. Faire table rase, ça n'existait pas. Deux options s'offraient à elle désormais. Ou plutôt trois. Mais la troisième l'effrayait trop.

Non, je ne peux pas. Je ne peux pas me rendre à la police...

Mais elle pouvait assumer ses choix. Jusqu'au bout.

Je vais parler à Gabriel du viol de maman. Je vais lui parler de Latour. De Palazzo. De tout. D'absolument tout.

La clé tourna dans la serrure.

Margot se redressa, tendue vers le bruit métallique des gonds mal huilés, le chuintement de la porte.

Je vais lui parler maintenant.

Gabriel ne prit pas le temps d'enlever son blouson ni d'ôter ses chaussures. Sa démarche était lourde, traînante, son dos légèrement voûté.

Qu'est-ce qu'il a ?

Il s'agenouilla au pied du sofa, enveloppa les mains de Margot dans une étreinte chaude et protectrice, et plongea son regard fatigué dans ses yeux. Margot y décela autre chose que de la fatigue. Quelque chose qui l'angoissa terriblement.

– Qu'est-ce qu'il y a ? murmura-t-elle, la gorge serrée par la peur.

Les lèvres de Gabriel s'entrouvrirent un instant avant de se refermer. Il inspira et expira lentement.

– J'ai les résultats de ta prise de sang, répondit-il.

Margot ne croyait pas à la justice divine. Dieu ne s'asseyait pas sur le rebord du monde pour juger ses mortels, les protéger ou les condamner. Elle ne croyait pas non plus au pouvoir préventif ou curatif des prières. Mais, en cet instant précis, elle eut envie de coller ses paumes l'une contre l'autre et de prier. De prier pour ne pas être atteinte du même mal que sa mère.

Gabriel dégagea quelques mèches du front de Margot en peignant ses cheveux du bout des doigts, et l'embrassa tendrement sur les lèvres.

– Tu es enceinte.

11

Le drap blanc tombait à un centimètre du sol, donnant une apparence fantomatique à ce qu'il recouvrait. Alice se tenait à côté, dans une posture solennelle.

– J'y vais ? Vous êtes prêts ? demanda-t-elle avec des trémolos dans la voix.

Les mains croisées sur son ventre rebondi, Margot acquiesça avec énergie.

– Vas-y ! lança Gabriel, tout joyeux.

Telle une artiste dévoilant sa dernière œuvre au public, Alice souleva le drap d'un geste théâtral, révélant un berceau à bascule en bois blanc. Un bras en l'air telle l'assistante d'un magicien, elle fit tourner le petit lit sur lui-même, afin de montrer à ses amis la lune et le soleil entrelacés qu'elle avait peints à la tête et au pied.

– Ça vous plaît ? C'était mon berceau, celui de ma mère et celui de ma grand-mère avant ça. Bon, je l'ai repeint en blanc car on ne sait pas encore s'il s'agit d'un baby boy ou d'une baby girl. Enfin, VOUS ne voulez pas savoir ! glissa-t-elle avec une moue boudeuse. Il ou elle arrive dans quatre semaines, il était temps qu'on lui trouve un lit, à ce petiot, non ?

– C'est magnifique, Alice ! s'exclama Gabriel.

– Elle assure, la marraine, hein ?

– Alice… c'est… merci b…

La fin de la phrase mourut dans la gorge de Margot. Quelques larmes s'accrochèrent à ses cils avant de glisser sur ses joues. Elle tenta de se lever, mais retomba sur les fesses. Gabriel l'aida à se mettre debout. Elle avança en se balançant d'une jambe sur l'autre, une main sous son ventre, faisant signe de l'autre à son amie de s'approcher. Alice fit un pas de côté pour éviter son ventre proéminent, et enlaça Margot.

– Bon, faut qu'on y aille, ma chérie belle, sinon tu vas être en retard. Gabriel, tu peux garder le drap pour transporter le berceau, si tu veux, comme ça, tu évites de ruiner mon chef-d'œuvre. OK, papa ?

Elle ponctua sa phrase par un clin d'œil.

Quelques minutes plus tard, descendus au parking, Gabriel embrassait Margot sur les lèvres, puis sur le ventre, en murmurant quelques mots que les deux amies ne comprirent pas.

– Soyez sages, les filles, OK ? fit-il en s'éloignant vers sa voiture, le berceau à bout de bras.

– Hé, attends, il y a peut-être un petit bonhomme là-dedans ! objecta Alice en montrant le ventre de Margot.

– Non, non, non. Je suis sûre que c'est une fille ! La fifille à son papa !

Elles pouffèrent de rire.

– Allez, papa gâteau, c'est l'heure d'aller au boulot ! Oust ! répondit Margot, toute guillerette.

– À ce soir ! lança Gabriel en démarrant.

Une demi-heure plus tard, les deux amies se garaient dans le parking souterrain de la place des Cardeurs, à Aix.

– Je t'attends au café d'à côté, comme d'hab ? demanda Alice en aidant Margot à s'extirper de la voiture.

– Parfait !

Elles rejoignirent l'avenue des Cordeliers par la rue Lieutaud, Alice marchant à la cadence de Margot, dont l'énorme ventre ralentissait chaque pas.

Elles s'arrêtèrent devant le porche vert bouteille et Alice claqua une bise sur la main de Margot avant de remonter l'avenue vers la mairie. Margot composa le digicode, poussa la porte qu'elle trouvait de plus en plus lourde, traversa le hall, puis la cour bétonnée, jusqu'à la porte vitrée.

Comme à son habitude, Tavernel ne lui laissa pas le temps de s'asseoir dans l'étroit vestibule et, sitôt qu'elle fut entrée, passa la tête dans l'entrebâillement de la porte pour l'inviter à prendre place dans le cabinet.

Margot se dirigea vers la banquette et s'y assit en lâchant un soupir sonore. Elle ne voyait plus ses pieds et sa bedaine s'arrondissait chaque jour davantage, accentuant son élégante démarche de canard.

Elle s'allongea et son ventre boucha son champ de vision. Impossible de le rater, il était toujours là. Margot laissa échapper un gloussement.

– Oui ?

Le mot flotta un moment dans la pièce.

– Je... je trouve ça incroyable.

Un mélange d'excitation et de solennité avait altéré sa voix.

– L'arrivée du bébé... Je suis émerveillée. De notre bébé, à Gabriel et moi...

Notre bébé...

Elle aimait l'alliance de ces mots, leur sonorité, leur saveur. Elle aimait les garder en bouche comme un bonbon qui fond lentement sur la langue.

– Enfanter, devenir parent, construire ma famille, je n'y avais jamais réfléchi avant. Quelque part, ça ne faisait pas partie de mon univers... Et là, regardez-moi : j'adore que mon corps soit habité par mon enfant, j'aime mes formes onduleuses, « vallonnées », comme dit Gabriel, je lis des bouquins sur l'allaitement, sur le développement du nourrisson... Bref, j'ai l'impression d'avoir pris une passerelle qui m'a conduite dans un nouveau monde...

Elle inspira et expira lentement. Un sourire serein se dessina sur ses lèvres.

– Tout me semble si loin... dit-elle en secouant légèrement la tête.

Tavernel respecta son silence une trentaine de secondes avant de la relancer.

– Tout ?

– Oui... Tout. La vérité sur ma naissance, mes recherches, mes découvertes... Ma décision d'arrêter ces recherches. Et, aussi, le soir où j'ai su, il y a presque six mois... quand Gabriel est arrivé à la maison et m'a dit que j'étais enceinte. C'était... je n'ai pas compris ce qui arrivait !

Son rire tinta comme celui d'une petite fille.

– Faut dire qu'il ne m'a pas laissé le temps de comprendre ! Il m'a tout de suite demandé si l'enfant était de lui ! Tout ce que j'avais en tête à ce moment-là, c'était : « Comment j'ai pu rater le fait que je n'ai pas eu mes règles ? », je comptais mentalement les jours, sidérée d'avoir pu oublier mon corps à ce point. Et immédiatement, je me suis demandé comment le bébé avait pu résister à tant de chocs émotionnels…

Elle s'arrêta net.

Et physiques…

Elle venait de buter sur un souvenir insupportable. Elle prit le temps de l'observer. Elle revit Palazzo charger tête la première, comme un taureau, et la projeter au sol.

Comme tu as dû t'accrocher, mon bébé, pour rester avec moi…

Puis elle s'en détourna.

– Je ne sais pas combien de temps il m'a fallu pour répondre à Gabriel : « Bien sûr que c'est le tien. » À ce moment-là, il a dénoué ma robe de chambre, soulevé ma chemise de nuit et il m'a embrassé le ventre. Cela ne faisait qu'un peu plus de deux mois qu'on était ensemble et pourtant, on ne s'est pas posé la question une seconde. On le gardait, c'était une évidence. Comme nous. Comme notre couple. C'est pour ça que je m'émerveille. Chaque jour.

Ses mains parcoururent toute la circonférence de son ventre dans une longue caresse qui se termina sur son nombril.

– Même les cauchemars se sont espacés.

– Mmh. « Espacés. »

Margot tourna la tête.

– Oui, je rêve encore… d'eux.

Elle marqua une pause et exhala un soupir las.

– Et aussi de ceux qui ne seront jamais démasqués. Jamais, puisque je ne veux plus les chercher. Ça ne m'intéresse plus de les retrouver, je ne veux plus savoir.

– Mmh.

– Je sais, je sais, rétorqua-t-elle aussitôt d'un ton acide. Non, je n'ai toujours rien dit à Gabriel.

Ses doigts jouaient avec les plis de sa robe.

– Je n'ai pas trouvé le bon moment. Je n'y arrive pas... J'ai peur de... Je tire un trait sur tout ça et puis c'est tout. Je vais être maman. On va devenir parents et c'est tout ce qui compte maintenant.

Elle dessina une ligne horizontale en l'air, d'un mouvement catégorique. La chaise de Tavernel racla le sol.

– Votre rêve a-t-il changé ? S'est-il modifié ?

Elle acquiesça d'un mouvement de tête.

– Le début reste le même : les violeurs de ma mère se penchent au-dessus du berceau. Au-dessus de mon bébé. Ils me tournent le dos et me cachent mon enfant.

Elle déglutit et eut l'impression d'avoir avalé une bulle d'air.

– Ce qui a changé, c'est la suite : je suis à côté, clouée dans mon lit d'hôpital, et je n'arrive pas à me lever. Je suis trop faible et j'ai des tuyaux partout, des perfusions dans les bras... Et je les entends se demander à qui le bébé ressemble le plus.

Margot posa ses mains sur son ventre et tritura ses doigts.

– Puis ils s'écartent et je peux enfin voir le bébé. Et ce bébé, c'est moi.

Alice était attablée en plein soleil devant une tasse de café, ses doigts volant sur le clavier de son Ipad. Margot la rejoignit de sa démarche dandinante.

– Bon sang, il fait chaud !

Alice sursauta et lâcha son appareil. Il atterrit sur la table de bistrot avec un bruit de cymbales.

– Mon Dieu, tu m'as fait peur ! Je ne t'avais pas vue arriver !

– Ah bon ?! Pourtant c'est difficile de me rater, je fais autant d'ombre qu'une éclipse.

Alice sourit.

– Oh ! Regarde ! C'est Tavernel ! fit Margot en fronçant les sourcils.

– Qui ?

– Tavernel, mon psy !

– Où ça ? demanda Alice, en scannant la terrasse des yeux.

– Là ! Dans la décapotable qui sort du parking !

Alice tourna la tête et plaça sa main en visière.

– Mais il a l'air super charmant !

– Un peu grisonnant, non ? Il doit bien avoir la cinquantaine !

La voiture s'engagea dans la rue du Cancel et disparut en projetant un nuage de fumée.

– De toute façon, je ne suis pas fan de la décapotable vintage, ça fait vieux beau, je trouve… Bon sang ! Ce qu'elle crache, sa bagnole. Elle est vraiment pourrie, sa caisse.

Margot se laissa tomber avec un soupir sur le fauteuil en plastique.

– Ça va ? C'était pas trop loin ? s'enquit Alice.

– Non, non, te fais pas de bile.

– Le café à côté du cabinet était bondé, et puis on est bien, sur la place des Cardeurs. Il y a toujours des tables libres, ici. T'as faim ?

Margot saisit la carte qu'elle lui tendait avec empressement.

– J'ai la dalle, j'en peux plus, je te raconte pas !

– Tu veux quoi ?

Le serveur passa devant elles et déposa sur la table voisine une planche de fromages et de charcuterie, et un carpaccio de bœuf. Margot lorgna les assiettes.

– Dis donc, il ne te manque plus que le filet de bave ! Dans quelques semaines on se fera une entrecôte bien saignante, je te le promets, ma chérie belle, la consola Alice en lui tapotant la cuisse.

Margot lui adressa une moue dépitée et se résigna à regarder le menu.

Le serveur s'approcha de leur table, attrapa le stylo calé derrière son oreille et le fit tourner sur son index replié.

– Qu'est-ce que je peux vous servir ?

Elles commandèrent un poulet grillé-salade, assorti d'une portion de frites pour Margot.

Vingt minutes plus tard, elle dégustait une mousse au chocolat, les yeux agrandis par la gourmandise.

– Alors, comment ça se passe avec ton psy ? Tu sens que tu avances ? demanda Alice.

– Oh... Bof... Il appuie toujours là où ça fait mal.

– Je suppose que c'est son rôle...

– Certainement...

Margot reposa sa cuillère sur la table. L'inox renvoya un flash de lumière blanche.

– Oui, c'est certainement son rôle, mais j'en ai marre d'avoir les yeux rivés sur le rétro, Alice. Je veux oublier, et regarder droit devant.

*

– Ça va, ma chérie ?

Le contact de la main fraîche sur son bras fit sursauter Margot. Elle cligna des yeux comme si elle était restée trop longtemps face au soleil, puis sourit à la mère de Gabriel.

– Pardon, je ne voulais pas te faire peur. Ça va ?

Froncées d'inquiétude, les paupières de Joëlle s'affaissaient légèrement sur les côtés. Les iris bleu pâle l'observaient avec une douceur toute maternelle.

– Excusez-moi, tout va bien, oui. Je suis juste un peu fatiguée...

– Bien sûr que tu es fatiguée : tu vis pour deux !

Joëlle repoussa une mèche et la cala derrière l'oreille de Margot. Elle laissa ses doigts courir jusqu'à la pointe de la boucle en une ultime caresse. La peau de Margot se hérissa.

Comme faisait maman...

– Et le déménagement n'a rien arrangé ! J'ai proposé à Gabriel de vous accueillir chez nous pendant deux petites semaines, le temps qu'il arrange l'appartement, mais il n'a rien voulu savoir. Têtu comme son père, celui-là !

Elle jeta un coup d'œil alentour, les lèvres plissées en une moue satisfaite.

– Mais je vois que ça y est, il n'y a plus de cartons, c'est déjà ça. C'est bon ni pour toi, ni pour le bébé, de respirer autant de poussière. Quand est-ce qu'ils ont prévu de monter la table à langer et la commode, les deux zigotos ?

Elle pencha la tête en direction de la cuisine, où Gabriel et son père préparaient le dîner. Les casseroles claquaient comme un orchestre de djembés, l'huile crépitait et les rires fusaient. Une appétissante odeur d'oignon blondissant vint narguer l'estomac de Margot.

– Cette semaine, je pense.

Joëlle posa le revers de sa main sur le front de Margot.

– Tu es sûre que tu ne veux pas aller t'allonger un peu, ma chérie ? Tu es vraiment pâlotte...

– Non, merci Joëlle, ne vous faites pas de souci. J'irai m'étendre après dîner.

– Tu veux quelque chose à boire ?

– Vous êtes adorable, mais ça va, je vous assure, répondit Margot du bout des lèvres, en pressant tendrement la main de sa belle-mère, douce comme une peau d'abricot.

Joëlle la jaugea du regard, ses sourcils formant deux accents circonflexes au-dessus de ses yeux.

– Bon, d'accord. Mais tu me dis si tu as besoin de quoi que ce soit, hein, chérie ?

Margot acquiesça en silence et Joëlle se replongea dans son magazine.

Le flair de sa belle-mère fonctionnait à merveille : Margot se sentait vraiment patraque. Depuis son retour de chez le psy, un poids écrasait sa poitrine et commençait à se ramifier vers son cœur et son estomac. Fallait-il l'attribuer à son déjeuner trop copieux, ou à la séance avec Tavernel ?

Elle tira sur le tissu de sa robe qui grignait au niveau de son estomac.

Tout ne me semble pas si loin. Ce n'est pas vrai.

Elle avait prétendu le contraire quelques heures plus tôt. Mais elle se trompait. Elle se fourvoyait complètement, même. Tout ne lui semblait pas si loin. Sa mère lui manquait atrocement et elle ne s'accoutumait pas à son absence. L'arrivée du bébé avait même accentué le manque et la douleur de la perte. Elle aurait aimé partager avec elle ses joies, ses questions, ses émerveillements, ses doutes, ses peurs liées à sa grossesse, à son futur rôle de mère. Avec elle et aucune autre. Aucune main ne pouvait remplacer celle de sa mère dans ses cheveux, aucune voix ne saurait l'apaiser ni la rassurer autant. Non, aucune.

Tu es partie sans qu'on ait eu le temps de rien, maman. Tu ne m'as jamais dit quel bébé j'étais, si je faisais mes nuits, si tu m'as allaitée, si je...

– Qu'est-ce que tu dis, chérie ? Tu murmures, j'ai pas entendu.

Margot sursauta.

Je croyais que j'avais arrêté de penser tout haut...

– Je... Je me disais que maman ne m'a jamais parlé de moi, bébé.

Joëlle attrapa les mains de sa belle-fille, les pressa l'une contre l'autre comme en signe de prière et les embrassa, les yeux fermés. Elle mettait tout son être dans ce baiser.

– Je sais que c'est dur, ma chérie, de ne plus avoir ta mère… soupira-t-elle sans relâcher son étreinte.

Margot fixa la pile de livres parfaitement arrangée sur la table basse.

– J'aurais tellement voulu que maman me voie enceinte, qu'elle rencontre Gabriel, qu'elle connaisse notre enfant…

– Ta mère vis en toi, ma chérie. À travers ce qu'elle t'a appris, ce qu'elle t'a transmis. Crois-moi, l'amour d'une mère est inscrit dans la chair de ses enfants.

Au même moment, une bosse se dessina sur le ventre de Margot : le bébé venait de bouger.

*

Margot essaya de tendre le bras pour attraper sa bouteille d'eau sur la table de nuit, mais il était aussi lourd qu'une barre de fer. Il semblait comme entravé. Elle souleva la tête et un tiraillement se propagea de sa nuque à ses épaules. C'est là qu'elle aperçut le lien en plastique blanc autour de son poignet. Le bracelet d'hôpital.

– Gabriel !

Le prénom claqua contre les murs, si fort qu'elle ferma les yeux.

Personne ne répondit. Pourtant, elle percevait de l'agitation dans le couloir ; un mélange de voix étouffées, d'ordres jetés, de brancards poussés, raclant le sol en PVC.

Soudain, la poignée de la porte de la chambre s'actionna. Gabriel entra. Son visage était radieux. Il berçait un bébé emmailloté.

Margot sentit un goût salé sur ses lèvres et essuya ses larmes du revers de la main.

– Oh, mon Dieu… Il va bien ?

Sans se départir de son sourire extatique, Gabriel acquiesça. Margot tendit les bras. Elle voulait sentir son bébé sur son sein, contre sa peau, voir comme il était beau. Mais elle les replia aussitôt. Tout son corps se contractait. Une douleur vive irradiait son ventre, encerclant ses reins. Elle repoussa le drap d'un geste sec et remonta sa chemise de nuit. Son ventre était aussi gros que lorsqu'elle était enceinte. Son cœur se mit à tambouriner d'angoisse. Elle releva la tête. Ce n'était plus Gabriel qui berçait le bébé dans ses bras, mais Limoni. Palazzo et Latour étaient assis près du berceau et la regardaient fixement.

La bouche de Margot s'assécha. Elle déglutit.

– Rendez-moi mon bébé !

– On attend les autres, répondit calmement Latour.

– Quels autres ?

La voix de Margot tremblait de panique.

– Ceux que tu veux retrouver. Les deux autres. Les deux derniers.

Elle ouvrit les yeux.

Gabriel respirait calmement à côté d'elle. La pièce était plongée dans l'obscurité.

Elle était chez eux, dans leur lit, en sécurité. Elle se tourna sur le flanc et sentit le bébé s'agiter.

Tu n'aimes pas ça, hein, mon cœur, lorsque maman fait des cauchemars.

Maman…

Ce mot lui paraissait toujours aussi étrange, presque une faute de grammaire.

Margot repoussa la couette, s'assit sur le matelas et respira profondément. La pression sur sa poitrine n'avait pas diminué, elle avait l'impression d'avoir un bouchon sur les poumons. Elle attrapa la bouteille sur la table de nuit et avala deux gorgées d'eau minérale.

Elle eut beau passer et repasser les événements de la journée, elle ne comprenait pas ce qui avait pu la contrarier à ce point. Elle sursauta. Le bébé appuyait sur sa vessie. Un sourire étira ses lèvres.

Toi alors, tu n'es pas de tout repos !

Margot se pencha légèrement en avant, poussa sur ses bras et se releva. Elle sortit de la chambre et se dirigea vers les toilettes.

Ceux que tu veux retrouver. Les deux autres. Les deux derniers.

Elle se figea sur place. Son cauchemar. Les mots de Latour dans son cauchemar lui revenaient en mémoire.

Elle oublia son envie d'uriner.

Ceux que tu veux retrouver. Les deux autres. Les deux derniers.

Ces paroles se cramponnaient à ses pensées, comme des chauves-souris à une branche.

C'est ça ? C'est ça qui me perturbe ? Qui m'empêche de tourner la page ?

Elle expira par le nez en se massant les paupières et le front.

– Et merde !

Le juron avait filtré entre ses dents serrées.

Elle secoua la tête en signe de reddition et se dirigea vers le placard de l'entrée. Il y avait encore un carton. Un carton que Joëlle n'avait pas vu. Il contenait les affaires de sa mère.

Margot arracha les deux bandes de Scotch marron collées en croix et fouilla parmi les photos et les documents. Elle retrouva le carnet rouge tout au fond. Elle l'avait caché pour ne plus le voir, pour s'aider à oublier. Elle s'en empara et retourna au salon. Confortablement installée sur le canapé, elle le posa sur son ventre et l'ouvrit à la première page, le cœur cognant dans sa poitrine comme un dératé.

Elle lut. Son corps tout entier transi de chagrin.

C'est à la onzième page qu'elle comprit. Elle avait mis le doigt sur ce qui l'oppressait. Elle comprit ce que son esprit, quelques heures plus tôt, avait relevé sans parvenir à l'analyser. Sans réussir à faire le lien.

Elle comprit l'incompréhensible.

12

Le téléphone collé à l'oreille, Margot écoutait les tonalités s'égrener.

– *Allô ?*

– Lucie Mérina ?

– *Oui, c'est moi...*

Un bâillement. Normal. Il était tout juste 6 heures 30.

– Bonjour Lucie, c'est Margot Bellaud à l'appareil, la fille de Christiane, de Peynier. Nous nous sommes rencontrées il y a huit mois de ça, à peu près. À Aix ?

– *Ouiiiii, Margot, bien sûr ! Nous avons parlé de votre maman... De ce qui était arrivé à votre maman...*

– Je suis désolée de vous appeler si tôt, mais c'est assez urgent. Vous auriez une minute à m'accorder ?

– *Mais bien sûr, ma petite, mais bien sûr.*

Margot entendit une bouilloire siffler.

– *Donnez-moi une seconde... Allez-y, je vous écoute*, reprit Lucie Mérina.

– Je voudrais revenir sur cette nuit-là... Vous souvenez-vous du véhicule des agresseurs ?

– *Vous voulez dire : la marque de la voiture, la couleur, tout ça ?*

– Oui.

– *Alors, là, pas du tout. Tout s'est passé tellement vite, il faisait noir... Désolée, mais j'en sais absolument rien.*

Margot jeta un coup d'œil au papier posé devant elle : la copie de la déposition de Lucie, transmise par Hélène Janson huit mois plus tôt.

– Vous êtes certaine de n'avoir rien mentionné à la police ou à la presse, à ce sujet ?

– *J'ai jamais pu me souvenir exactement de cette bagnole, je l'ai toujours dit à la police, et puis je vois pas comment j'aurais pu en parler à la presse, aucun journaliste est jamais venu me parler, de toute façon.*

Elle toussa, s'éclaircit la gorge.

– *La seule chose que je me rappelle, c'est ce bras qui pendait sur la portière et qui triturait un bout de tissu de manière bizarre : le doigt du milieu tendu, avec l'index replié dessus qui caressait le tissu. Ça, par contre, j'oublierai jamais. Mais c'est tout ce que je sais. Et je vous en avais parlé, de ça, non ?*

– Tout à fait, oui... Bon... Merci beaucoup, Lucie, et encore désolée de vous avoir dérangée si tôt.

– *Mais, c'est rien du tout... Comment vous allez, sinon, Margot ?*

Margot répondit poliment aux questions de Lucie, tout en descendant prudemment l'escalier, son gros ventre lui cachant les marches.

Elle raccrocha en montant dans le taxi qui l'attendait au bout de la rue.

Trente-cinq minutes plus tard, le chauffeur la déposait devant le cube de verre strié d'acier qui abritait les bureaux de *Marseille-Matin*.

À l'entrée, elle retrouva le jeune homme dégingandé.

– Madame Robert est dans son bureau ?

– Oui, elle vient d'arriver. Vous...

– Je connais le chemin, ça ira, merci.

– Mais ç...

Il bafouilla quelque chose que Margot n'entendit pas : elle avait déjà tourné les talons.

Elle prit l'ascenseur jusqu'au premier étage, puis traversa l'open space complètement désert jusqu'au bureau de la rédactrice en chef.

Sa porte était ouverte. Sylvie Robert se tenait devant une machine à café à bout de souffle, à en juger par les bruits de moteur mal huilé qui s'en échappaient.

– Madame Robert ?

La rédactrice en chef pivota sur elle-même avec la grâce d'une danseuse, dérangeant à peine son carré strict et lisse. Ses yeux ébène firent la navette entre le visage de sa visiteuse et son ventre rebondi, pour finalement plonger dans ceux de Margot. Ses fines lèvres maquillées s'étirèrent en un sourire placide.

– Margot Bellaud, c'est ça ? demanda-t-elle en arquant imperceptiblement les sourcils.

Margot acquiesça d'un bref mouvement de tête.

– Je suppose qu'il s'agit d'une affaire urgente, pour que vous veniez me voir à une heure si matinale. Asseyez-vous, je vous en prie, dit-elle avec une élégance masculine, proche de la galanterie.

Margot s'avança vers une longue table de conférence, tira un des hauts fauteuils et s'y assit avec précaution.

– Vous voulez boire quelque chose ?

Margot secoua la tête.

Sylvie Robert récupéra sa tasse fumante et ferma la porte du bureau.

– C'est pour bientôt ? demanda-t-elle en prenant place à son tour.

Elle avala une gorgée de café.

– Quatre semaines, répondit Margot en fixant l'empreinte rouge vif des lèvres de Sylvie Robert sur la céramique blanche.

La journaliste hocha lentement la tête, les mains serrées autour de sa tasse.

– Alors, dites-moi, Margot, que puis-je pour vous ?

Margot cligna des yeux comme si on venait de l'arracher à un rêve éveillé.

– Lorsque j'ai appris que j'étais enceinte, j'ai décidé d'arrêter mes recherches sur le viol de ma mère. Cette quête s'était révélée bien plus destructrice pour moi que je ne l'aurais pensé. J'allais devenir mère, je ne pouvais plus laisser le passé guider ma vie. Je devais établir des bases saines pour mon enfant.

Un sourire incrédule se plaqua sur sa bouche. La rédactrice en chef la regardait, la tête légèrement inclinée, une mèche de cheveux barrant sa joue droite comme une sale griffure.

– J'aurai tenu parole six mois. Jusqu'à la nuit dernière, en fait. Mais, à 2 heures du matin, mon cerveau a régurgité une information qu'il avait enfouie tout ce temps. Une amie, hier midi, a déclenché le processus sans le savoir. Une décapotable sortait d'un parking et elle a parlé de « voiture pourrie ». « Voiture. » « Pourrie. » J'ai repris mes notes, relu les dépositions, et j'ai compris pourquoi mon subconscient avait réagi à ces mots : parce que je les avais déjà entendus. Une seule personne les a associés, à propos du véhicule utilisé par les violeurs. Une seule personne.

Margot cala son dos contre le dossier du fauteuil. Le cuir grinça.

Sylvie Robert avala une nouvelle gorgée de café.

– Lucie Mérina, la première cible des violeurs ce soir-là, n'a rien mentionné à ce sujet dans sa déposition, et elle n'a jamais parlé à la presse non plus. Ma mère... Ma mère était incapable de faire la différence entre un 4 × 4 et un coupé sport. Alors, qui d'autre pouvait avoir connaissance d'un détail pareil, à part les témoins de la scène ? Qui ? Les cinq individus qui étaient dans la voiture, cette nuit-là. C'est-à-dire, les quatre violeurs et la jeune femme qui les accompagnait. La jeune femme qui faisait le guet ce soir-là.

Elle harponna Sylvie Robert du regard.

– C'est vous, madame Robert, qui m'avez parlé de cette « bagnole pourrie », le jour de notre entretien dans ce même bureau. C'est vous qui m'en avez parlé. Et c'est donc vous qui faisiez le guet. Vous.

Margot secoua la tête, ses yeux toujours rivés sur Robert.

– Jamais, jamais quelqu'un ne m'a inspiré autant de dégoût que vous.

Les commissures de ses lèvres s'affaissèrent, constellant son menton de petits cratères.

– Comment avez-vous pu entendre ma mère crier, implorer, souffrir, sans rien dire ? Sans rien faire ?

Comment avez-vous pu attendre, tranquillement assise dans cette voiture, qu'ils aient fini de la violer ? De la battre ? Comment avez-vous pu aller à l'hôpital et rester avec elle dans sa chambre ? Comment avez-vous pu écrire cet article alors que vous étiez l'un d'entre eux ? Comment avez-vous pu vous taire, pendant toutes ces années ?

Elle sentit de l'eau salée couler dans ses narines, dans sa gorge, comme si elle venait de boire la tasse.

– Comment avez-vous pu ?

Sa respiration s'accéléra, ses narines se dilatèrent comme celle d'un taureau piétinant le sol avant de fondre sur son ennemi.

– Je veux... le nom... du quatrième homme, celui qui vous accompagnait, siffla Margot, tremblante de rage.

Les larmes glissaient sur ses cils, telles des perles, et brouillaient sa vision. D'autres, déjà froides, lui dégoulinaient dans le cou. Mais ses yeux ne lâchaient pas Sylvie Robert, comme s'ils la tenaient en joue.

– Son. Nom.

Ses lèvres frémirent à peine en laissant passer ces mots. Comme un silencieux qui vient de cracher deux balles.

Sylvie Robert se leva. Margot crispa les mains sur ses accoudoirs.

Elle n'osera pas m'attaquer ici, quand même ?

Margot la vit contourner son fauteuil. Marcher jusqu'au bahut au fond de la pièce. Prendre une autre tasse. La remplir de breuvage fumant. Revenir s'asseoir, café en main. Avec une nonchalance insupportable.

– Vous lisez la presse, Margot ? demanda-t-elle d'un ton détaché en posant sa tasse sur la table.

Elle croisa les doigts, ses ongles rouges formant des taches ovales sur ses mains. Les sourcils de Margot s'arquèrent.

– Moi, je la lis tous les jours. Régionale, nationale, parfois étrangère, je la dévore. (Ses yeux s'écarquillèrent brièvement.) C'est mon métier qui veut ça, mais c'est aussi devenu un plaisir ; une addiction même, pourrais-je dire. Et, il y a huit mois, j'ai lu que le chef étoilé Jean-Christophe Latour avait été battu à mort dans son restaurant londonien. Deux mois plus tard, je lisais que c'était au tour de Stéphane Palazzo de mourir, chez lui, d'une commotion cérébrale, suite à une violente agression.

Ses yeux noirs se plantèrent comme une paire de griffes dans les prunelles de Margot.

– Moi aussi, Margot, je *sais*. Je sais beaucoup de choses sur vous. Lorsque vous êtes sortie de ce bureau, le jour de notre première rencontre, je me suis dit qu'il pourrait être intéressant et utile de vous connaître un peu mieux. (Sa voix se fit chantante.)

Savoir à qui vous parlez. De quoi vous parlez. Avec qui vous couchez. Dès le lendemain, j'ai compris que j'avais bien fait de vous coller quelqu'un au train. Car dès le lendemain, vous commenciez à fourrer votre nez là où il ne fallait pas.

Elle haussa les épaules, feignant l'innocence, singeant la bonne foi.

–Je croyais sincèrement qu'en vous faisant peur vous abandonneriez vos recherches. Mais je me suis trompée. Vous êtes bien plus entêtée et coriace que je le suspectais. Et comme, contrairement à ce que vous pensez, je n'ai pas l'âme d'une criminelle, je n'ai pas insisté. J'ai juste opté pour une surveillance plus discrète et plus… passive.

La peau de Margot se recouvrit d'une fine pellicule de sueur.

Peynier. La sensation d'être suivie. Sa course effrénée dans la vieille ville. L'accident de voiture. La présence dans sa chambre, pendant sa nuit à l'hôpital. Puis, quelque temps plus tard, devant chez Palazzo. Encore une fois.

Il y avait donc bien quelqu'un.

Sylvie Robert empoigna sa tasse et avala une rasade de café.

–Je sais donc que lorsque Latour a été tué à Londres, vous étiez en déplacement là-bas, Margot. Je sais que vous avez séjourné au Connaught, selon votre habitude. Que vous avez mangé au Calabrun, le restaurant de Latour. Je sais aussi que vous avez retrouvé Hugues Limoni dans la maison de Dieu où il se cache. Et que Palazzo avait rendez-vous avec une certaine Jeanne M., le soir de sa mort. Quelque chose me dit qu'elle vous ressemble trait pour trait, cette Jeanne M... Ce qui me conduit à penser que l'ADN étranger retrouvé sur les scènes des crimes de Latour et de Palazzo provient de la même personne. Si on s'amusait à les comparer, je suis certaine qu'on se rendrait compte qu'il n'y a pas deux cartes génétiques, mais une seule. Qu'elle désigne donc une seule personne. Et cette personne, Margot, c'est vous. Vous.

Les battements du cœur de Margot résonnaient jusque dans son ventre, comme si le bébé s'était mis à taper dans un tambour.

– Moi aussi je sais ce que vous, vous avez fait, continua Sylvie Robert en pointant un index rouge vers elle.

Margot eut soudain l'impression que son cœur se désintégrait.

Rétrécis en deux fentes sombres, les yeux de Sylvie Robert la fixaient avec la détermination d'un prédateur prêt à passer à l'attaque. Margot pensa au requin, capable de détecter les pulsations cardiaques de ses proies à des kilomètres.

– Donc, vous imaginez bien que, contrairement à Latour et Palazzo, je vous ai vue venir. Contrairement à eux, j'étais préparée à vous voir débarquer ici. Mais moi, je ne me laisserai pas avoir par un de vos petits jeux de rôle.

Robert marqua une pause, pencha la tête et détailla le visage de Margot, telle une artiste observant son modèle avant de le peindre sur sa toile.

– Je ne sais pas ce que vous me réserviez, Margot, mais je vais vous dire ce que, moi, j'ai prévu pour vous : si, par le plus grand des hasards, je devais mourir d'une mort violente, des documents extrêmement compromettants seraient remis à la police. Le genre de documents qui vous fait finir votre vie en prison.

Les lèvres de Sylvie Robert se tordirent en une moue badine. Ses yeux luisaient d'amusement.

– Alors, je crois que je vais prendre le risque de vous dire non, chère Margot. Non, je ne vous révélerai pas l'identité du quatrième homme qui a violé votre mère. Ne pensez pas que je le protège ; c'est loin d'être le cas. C'est moi et ma famille que j'entends protéger, Margot, pas ces minables. Depuis que j'ai les moyens de le faire, je garde un œil sur eux, car je ne permettrai à personne de venir ruiner ce que j'ai construit en me battant comme une lionne. Eux, par contre, ne savent plus rien de moi depuis cette nuit-là. Et c'est très bien comme ça.

Elle se passa la langue sur les lèvres et releva légèrement le menton.

– Il ne me semble pas que vous soyez en position de me demander quoi que ce soit ou de me faire la leçon. Qu'en pensez-vous, Margot ?

Un souffle froid enveloppa Margot. Elle entoura son ventre d'une étreinte protectrice.

– C'est bien ce que je pensais. L'idée de donner la vie en prison est intolérable, n'est-ce pas ? Pourtant, dans votre cas, accoucher derrière les barreaux ne serait pas le pire. Vous savez ce qui serait encore plus terrible que ça, Margot ? Outre le fait évident qu'en restant enfermée vingt bonnes années, vous ne verrez pas votre enfant grandir, le plus déchirant, dans tout ça, c'est que cet enfant, votre enfant, aura honte de vous et vous jugera, car toute sa vie durant il n'aura d'autre choix que de porter votre fardeau. Toute sa vie, il payera, lui aussi, pour vos crimes, car personne ne lui permettra d'oublier que sa mère est une meurtrière. Personne ne pourra lui faire oublier que sa mère est aussi barbare que les hommes qu'elle a pourchassés.

*

Margot traversa la place d'une démarche de somnambule. Elle traînait ses jambes lourdes et ses chevilles douloureuses comme des boulets de condamné.

Elle avait donné l'adresse au taxi sans réfléchir. Elle n'avait aucune envie de rentrer chez elle. De retrouver Gabriel ou Alice. Elle voulait le voir, lui.

Elle ne comptait ni analyser ni décortiquer son désir. Elle n'en avait pas la force. Passive et impuissante, elle le subissait comme on s'accommode d'un hématome, réduit à attendre qu'il s'efface.

Elle traversa la nef et poussa la porte de la sacristie.

Limoni se retourna, les bras chargés de bocaux pleins d'hosties. Quand il vit les yeux cernés de Margot, son ventre rebondi, les bocaux glissèrent de ses bras et s'écrasèrent par terre. Mais ni Margot, ni lui ne perçurent le fracas assourdissant du verre brisé. Ils n'entendaient que leurs cœurs qui grondaient comme des tambours.

Les disques blancs jonchaient le sol tel un amas de confettis aux pieds de Limoni. Il tendit les bras vers Margot et s'avança prudemment vers elle, écrasant le tapis d'hosties qui craquèrent sous ses pas comme des feuilles mortes.

Margot tira une des chaises calées sous la table, s'y assit et ferma les yeux.

Son corps était scindé en deux. Écartelé entre le besoin viscéral de voir Limoni et la colère que ce besoin générait. Une colère sourde. Attisée par des vagues de culpabilité.

J'ai l'impression d'embrasser l'ennemi sur la bouche. Et d'aimer ça.

Elle rouvrit les yeux. Limoni lui faisait face. Le regard posé sur elle avec la douceur d'une caresse maternelle.

C'est le bout du chemin… Si je veux protéger mon enfant, ce doit être le bout du chemin.

– J'ai besoin de comprendre…

Elle se mordit la lèvre inférieure pour la retenir de trembler.

– Je ne peux pas continuer comme ça. À détruire tout ce que je construis.

Elle secoua la tête. Des larmes volèrent et mouillèrent son chemisier comme des gouttes de pluie.

– J'ai besoin de comprendre pour pouvoir digérer. Pour pouvoir regarder dans une autre direction. Je veux que vous m'expliquiez ce qui s'est passé dans votre tête, cette nuit-là.

Le visage de Limoni fondit sous la tristesse. Tout son visage, ses yeux, sa bouche dégoulinaient vers le bas comme de la cire chaude.

– Tout s'est passé si vite… JB a voulu qu'on ralentisse quand il a vu cette fille au bord de la route, il a commencé à la molester, puis votre mère l'a défendue. Il a alors demandé qu'on fasse demi-tour. Il a ouvert la portière, a percuté votre mère et l'a traînée dans les bois. Ransac et Palazzo l'ont suivi. La copine de JB a apporté les deux lampes torches, puis est retournée à la voiture…

La copine de JB. Sylvie Robert.

Margot sentit une mauvaise graine pousser dans sa gorge : la colère l'étouffait. Elle se leva d'un bond, oubliant son ventre proéminent et son corps endolori, sortit de la sacristie et claqua la porte. Elle resta derrière, comme une amante éconduite attendant qu'on la supplie de revenir. Soudain, elle se sentit vide de tout, comme si le bébé n'était plus là. Elle n'avait plus de force pour cette rage qui lui soulevait le cœur.

Elle tira la porte et revint s'asseoir face à Limoni. Il leva vers elle des yeux imbibés de larmes.

Margot pencha la tête sur le côté.

– Vous les avez suivis…

Limoni s'humecta les lèvres.

– Je les ai suivis. Je ne sais pas pourquoi, mais je les ai suivis… Quand je les ai rejoints, ils avaient déjà commencé… et c'était…

Il tourna la tête et son visage tout entier se fripa.

– Les cris…

Deux longues raies chaudes coulèrent sur ses joues.

– Puis ils m'ont dit que c'était à moi. Que c'était mon tour. Elle me suppliait. Elle me suppliait avec ses yeux. Je voulais juste la prendre dans mes bras et lui dire que c'était fini… Qu'ils ne lui feraient plus de mal… Mais je ne pouvais pas. Pas avec les trois autres autour. J'ai pensé partir. J'ai cherché comment m'enfuir. Si j'avais refusé de le faire, JB m'aurait battu à mort. Comme il l'avait battue elle. Votre mère.

Ma mère.

Margot sentit la tristesse la clouer au sol. L'engloutir.

– Je lui ai demandé pardon. Pardon, encore et encore. Et j'ai essayé d'oublier son visage. Ses yeux implorants. Et j'ai fait… j'ai fait comme les autres. Le lâche que j'étais a fait comme les autres.

*

– Alice, arrête de piquer dans l'assiette de Margot !

Angèle donna une petite tape sur la main de sa fille, qui ne renonça pas pour autant au ravioli marbré de sauce tomate.

– Mais elle n'en veut plus, la pauvre ! répondit Alice en mastiquant joyeusement. Depuis qu'elle est enceinte, tu la gaves comme une oie, maman !

– Elle doit manger pour deux. Et manger équilibré. C'est très important pour le bébé. Elle a pris que du ventre, tu vois pas !

– Et tu voudrais quoi, maman ? Qu'elle ait la circonférence d'un tonneau pour arriver à la maternité en faisant des roulés-boulés ?

L'image arracha un sourire à Margot.

Les échanges animés entre mère et fille avaient rythmé le repas, détournant par moments ses pensées de son horrible matinée.

Sylvie Robert... Sylvie Robert, le cinquième homme...

– Samedi, je comptais faire des moules gratinées en entrée, puis des belles entrecôtes accompagnées de mes aubergines parmesanes, et mes îles flottantes pour le dessert. T'en penses quoi, Margot ? Y mangent les coquillages, tes beaux-parents ? Ou alors je leur fais ma daube avec patates rôties à l'ail ?

– Comme tu veux, Angèle, répondit Margot d'une voix faible.

– Il était temps que je les connaisse, quand même, dis donc. Je finissais par me demander si t'avais pas honte de moi. Et toi, ma fille, quand est-ce que tu me fais un petit ?

– Ma foi, si l'immaculée conception existe, j'ai encore une chance !

– Ton Gabriel aurait pas des copains à présenter à Alice, hein, Margot ?

Alice leva les yeux au ciel.

– Bon, maman, si tu donnais à Margot le trousseau que tu as tricoté pour le bébé, hein ?

– Ah voui voui ! C'est vrai ! J'y vais ! Tu débarrasses, s'il te plaît, mon amour ? Et tu mets les assiettes à liseré doré pour le dessert ?

Angèle se leva en trottinant et disparut dans le couloir. Alice tourna vers Margot une mine inquiète.

– Qu'est-ce qui ne va pas, ma chérie belle ? Tu te sens malade ? Ça va, avec Gabriel ?

– Oui, je…

Margot adressa un sourire triste à son amie.

– Oui, tout va bien, ne te fais pas de souci, enchaîna-t-elle. Je commence à stresser, c'est tout. Je réalise que je vais devenir maman… Tout est allé si vite…

– Mais justement ! Toi qui as toujours pesé le pour et le contre avec tant de minutie, si tu t'es lancée dans cette aventure aussi vite, c'est que c'était le choix évident, le bon choix, tu ne crois pas ?

Alice prit les mains de Margot dans les siennes.

– Tu le sais au fond de toi, ma chérie belle. Tu sais que tu as fait le bon choix. Ce sont juste les hormones qui parlent pour toi, c'est tout. Et tu verras que, quand votre bébé pointera le bout de son nez, tu seras heureuse à en faire mourir de jalousie toutes les héroïnes de contes de fées.

*

« *Votre enfant aura honte de vous et vous jugera, car toute sa vie durant il n'aura d'autre choix que de porter votre fardeau… Personne ne lui permettra d'oublier que sa mère est une meurtrière.* »

Margot avait passé l'après-midi allongée sur le canapé, la télé à tue-tête pour couvrir le bruit insupportable des mots de Sylvie Robert. Gravés dans son esprit, ils lui faisaient aussi mal qu'une plaie purulente. Mais elle n'était parvenue ni à les repousser, ni à les dompter. Comme des parasites, ils la dévoraient vivante.

Comment je peux vivre avec cette épée de Damoclès au-dessus de ma tête ? Passer ma vie à avoir peur !

– Tu es sûre que tu ne veux rien d'autre, mon cœur ?

Gabriel déposa la tisane sur la table basse et s'accroupit près du canapé.

– Non, ça va, merci. Je vais juste me détendre un peu.

Les doigts de Gabriel se mirent à dessiner des petits cercles sur son bras.

– Tu ne veux pas aller dans la chambre, plutôt ? On va faire du bruit en montant la table à langer et la commode…

– Non, j'ai envie de vous entendre, justement…

Il l'embrassa tendrement sur la joue et la recouvrit du plaid de laine.

– OK, c'est comme tu veux, mon cœur. Mais sache que ça va finir en engueulade : Papi Roland n'aime pas bricoler en équipe !

Notice en main, lunettes demi-lune perchées sur le bout du nez, le père de Gabriel esquissa une moue de désapprobation.

– Le vrai problème, c'est que Gabriel tient de sa mère : il a toujours raison, même quand il a tort. Mais ça, tu le sais déjà, Margot, non ?

Il gratifia Margot d'un clin d'œil. Elle se força à sourire. Roland donna une tape amicale dans le dos de son fils, ils éventrèrent le premier carton, sortirent la table à langer en pièces détachées et se mirent au travail.

Les coins de la bouche de Margot s'avachirent. Elle n'avait plus besoin de sourire.

Elle revoyait l'ongle rouge pointé vers elle et le regard noir. L'absence de peur et de doute. Une vision diabolique.

« *Moi aussi je sais ce que vous, vous avez fait.* »

Elle avait eu l'impression d'être suspendue à une corde, au-dessus d'un ravin. Une corde tenue par Sylvie Robert.

Comment je peux être sûre qu'elle ne me dénoncera pas ?

Elle imagina sa cellule à l'étroitesse suffocante. Gabriel. Lire dans son regard la souffrance de la trahison. Son enfant. Son enfant qu'elle ne verrait pas grandir. Elle sentit dans sa nuque le souffle de la fin, le râle de la mort. Son corps se glaça. Une vie en prison n'était pas une vie. Une vie loin de Gabriel et loin de leur enfant n'était pas une vie.

Éperonné par la peur, son cœur s'emballa.

Il faut que je rationalise tout ça. Je ne peux pas me laisser dominer par l'angoisse.

Elle ferma les yeux.

Il faut que je mette de l'ordre dans mes pensées.

Attraper au vol les réflexions, les idées, les raisonnements empoisonnés. Les intercepter avant qu'ils ne puissent l'atteindre. Et la blesser.

Elle ne peut pas me dénoncer. Elle ne peut pas me dénoncer, parce qu'exposer mon crime, c'est exposer le sien. Et un scandale pareil anéantirait sa carrière. Briserait sa vie. Je suis protégée par ce que je sais. C'est ce que je dois me dire. Je suis protégée par ce que je sais.

Des rires fusèrent.

– Pour de bon, papa ? Tu veux pas aller préparer à manger, plutôt ? Parce que là, franchement…

– J'ai compris ton petit jeu : tu veux dire à ton enfant que c'est toi qui as monté les meubles de sa chambre, tout seul, comme un grand ! Tu veux toute la gloire ! Saligaud, va ! Bon allez, je vais faire la bouffe. Bolognaise, ça vous va ? Margot ? demanda-t-il en se frottant les mains.

– C'est parfait, Roland, merci, répondit-elle en ravivant son sourire factice.

Il faut que je voie Tavernel, demain matin, à la première heure. Je vais lui parler de tout ça. D'absolument tout. Pour me décharger de ce poids. Il m'aidera à digérer. À accepter l'inacceptable. Il le faut. Sinon... Sinon, je ne tiendrai pas.

Elle attrapa le téléphone sans fil coincé entre le plaid et le coussin du canapé, et composa le numéro. Elle le plaqua à son oreille en comprenant qu'il était trop tard : Tavernel aurait quitté son cabinet et n'écouterait ses messages que le lendemain matin. Elle devait le contacter sur sa ligne mobile. Et ce numéro était enregistré dans le répertoire de son portable.

Oh non...

Son portable était encore dans son sac et son sac, dans l'entrée.

Elle plissa les yeux de fatigue. L'idée de traverser l'appartement l'exténuait déjà. Elle jeta un coup d'œil aux deux hommes qui s'affairaient dans la maison : assis par terre, tournevis en main, Gabriel montait le troisième et dernier tiroir de la commode ; Roland sifflait en jetant oignons et carottes coupés en morceaux dans la poêle crépitante d'huile d'olive. Ils en faisaient assez. Elle allait se débrouiller comme une grande.

Elle bascula ses jambes lourdes et les laissa tomber au sol. Elle s'accrocha à l'accoudoir, se pencha légèrement en avant pour déplacer son poids et se mit debout. Elle avançait lentement, comme si elle glissait sur des patins, les mains posées sous son ventre.

La fatigue et le stress de la journée entravaient sa démarche : elle avait l'impression de porter une combinaison d'astronaute et des chaussures de scaphandrier lestées de plomb. Soudain, elle se figea dans une posture presque clownesque : le dos voûté, la bouche béante, les yeux écarquillés.

Son cerveau venait d'enregistrer un détail atroce. Intolérable. Son estomac se tordit, son cœur s'emballa et ses jambes cédèrent. Elle tomba à genoux avec un bruit sourd. Roland courut à sa rencontre.

– Margot ?

Ses yeux la fixaient avec anxiété.

– Margot, tu m'entends ? Ça va ?

Elle était pliée en deux. La bouche grande ouverte, ses lèvres remuaient sans qu'aucun son n'en sorte. Elle déglutit, s'accrocha au bras de son beau-père. Il fallait qu'elle se relève. Dans cette position, elle avait le souffle coupé.

– Mon cœur, qu'est-ce qui se passe ? Tu as mal ?

La voix de Gabriel, tremblante d'angoisse.

Ça doit être une coïncidence. Une coïncidence. Faites que ce soit une coïncidence.

Elle s'humecta les lèvres. Elle n'avait plus la force de rien. L'effort était surhumain.

Elle sentit une main se glisser entre son sexe et le sol.

C'est Gabriel. Il veut voir si j'ai perdu les eaux.

Elle serra les jambes tant qu'elle put et secoua la tête.

– Papa, aide-moi à la transporter sur le sofa.

Quatre bras puissants l'empoignèrent.

– Laissez-moi !

Les mots raclèrent les parois de sa gorge et vrombirent hors de sa bouche. Gabriel et Roland la lâchèrent, stupéfaits.

Margot se traîna jusqu'au bar, s'y agrippa comme un naufragé à une épave.

– Jean-Baptiste ?

Son ton était rêche, sa voix plongeait dans les graves.

– Jean-Baptiste ? Ma chérie, de qui tu parles ?

Les mains tendues, comme pour indiquer qu'il n'allait pas lui faire de mal, Gabriel s'approchait d'elle tout doucement.

– C'est un ami ? un médecin ? C'est qui, Margot ? enchaîna Roland qui n'osait pas bouger.

La mâchoire inférieure de Margot se mit à trembler si fort qu'ils entendirent ses dents claquer.

– J. B.

Les deux lettres s'échappèrent entre deux claquements.

Elle déglutit, renifla, puis son visage tout entier se contracta, comme sous le coup d'un immense dégoût.

Elle pencha la tête sur le côté, ouvrit la bouche, un filet de bave lui coulait dans le cou.

– Roland… c'est vous… JB ?

Sa voix suppliante avait pris une tonalité enfantine.

– Ça fait des années qu'on ne m'a plus appelé comme ça, Margot, pourq…

Le gémissement de Margot retentit dans l'appartement comme un hurlement animal.

En allant chercher son portable, elle avait vu la main gauche de Roland qui pendait le long de son corps. Elle avait vu le torchon de cuisine coincé entre son majeur et son index. Le majeur dressé et l'index recroquevillé qui frottait sur le tissu. Le geste décrit par Lucie.

– Papa, qu'est-ce qui se passe ? demanda Gabriel, le souffle court.

– Je sais pas. J'en sais rien. Je comprends pas plus que toi ce qui se passe, Gabriel.

– Pourquoi JB ? Je comprends pas ! Putain, papa, qu'est-ce que c'est, c't'histoire ! Regarde dans quel état elle est !

– Mais calme-toi, enfin ! C'est un truc de ma jeunesse, Gabriel, c'est tout ! Je devais avoir vingt ans quand on m'appelait JB ! Parce que le whisky, c'était mon truc. Je buvais du JB à l'époque. Voilà. Mais je ne comprends pas le rapport avec tout ça ! Je sais pas ce qu'elle a, moi !

Margot essuya son visage baigné de larmes du revers de la main.

– Il le sait, votre fils ? Il le sait que vous êtes un violeur ?

Elle avait craché ses mots dans une pluie de postillons, sans hausser le ton.

– Margot, qu'est-ce que tu racontes ? Qu'est-ce qui te prend ?

La voix de Gabriel était montée dans les aigus. Roland s'avança vers elle.

– Calme-toi, Margot… Tu veux pas venir t'asseoir ?

– Ne me touchez pas ! hurla-t-elle en reculant.

Elle trébucha et se rattrapa de justesse au dossier d'un des tabourets de bar.

– Enfin, Margot, calme-toi, s'il te plaît, supplia Gabriel.

– Ton père est un violeur ! Il a violé une femme il y a trente ans ! Il l'a violée et l'a laissée pour morte !

– Margot, mais tu réalises ce que tu es en train de dire ?

– C'est ma mère qu'il a violée ! MA MÈRE !!!!

– Ta… Ta mère ?

– Oui, Christiane Langer, ma mère. Et c'est cette nuit-là que j'ai été conçue. Je suis l'enfant de ce viol. Vous comprenez ce que ça veut dire, Roland ? Vous comprenez ?

Les yeux de Gabriel naviguaient entre Margot et son père, s'écarquillant davantage à chaque fois.

– C'est faux ce qu'elle raconte, Gabriel ! C'est complètement faux ! Tu vois pas qu'elle délire ?!

– Papa... Qu'est-ce que c'est que cette histoire de viol ?

Gabriel avait parlé en détachant les mots les uns des autres, le souffle de plus en plus court.

– Mais ce n'est pas vrai ! Ce n'est pas vrai, Gabriel ! cria Roland en agitant ses mains devant son visage.

– Papa...

Le mot traîna, menaçant.

– Mais tu connais c'te fille depuis même pas un an, Gabriel ! Pourquoi tu donnes autant de foi à ce qu'elle raconte, hein ?!

– Parce que je sais que, jamais, jamais, Margot ne pourrait inventer une chose aussi... horr...

Étranglé par sa gorge nouée, le mot mourut dans un murmure.

– Gabriel, je...

La voix de Roland chevrota à la manière de celle d'un vieillard.

Gabriel inclina la tête, incapable de regarder son père dans les yeux. Il leva un index autoritaire qui se mit à scander ses paroles.

– Papa, est-ce que tu as violé... sa mère ?

La tête de Roland sombra entre ses épaules. Il leva ses paumes vers le ciel à la manière d'un prêtre implorant l'Éternel.

– On était en bande… tu comprends…

La bouche et les yeux de Gabriel s'arrondirent, il s'affaissa comme s'il avait reçu un coup de poing en plein ventre.

– On avait bu… On voulait juste… C'est une erreur de jeunesse, Gabriel…

Gabriel ferma violemment les yeux et les rouvrit avec une extrême lenteur. Le choc avait flétri ses paupières ; elles semblaient presque coulantes, comme si des fils invisibles en tiraient les coins vers le bas, en direction de sa bouche. Ses lèvres frémirent, puis le tremblement s'accentua, jusqu'à friper son menton.

– Tu as violé sa mère ?! SA MÈRE ?! Margot est ma demi-sœur, putain ! J'ai fait un enfant avec ma demi-sœur !

– Non non non… On n'est pas sûrs de ça, Gabriel ! On était quatre, ce soir-là… Je ne suis peut-être pas son père ! gémit-il, les sanglots altérant sa voix suppliante.

– Qu… Quoi ? Vous l'avez violée… à quatre ? Vous avez violé… la mère de Margot… À QUATRE ?

Dans ses yeux, Margot lut la douleur qui écartelait tout son être.

– Mais t'es un monstre ! Un MONSTRE !

Les lèvres retroussées, la bouche écumante de haine, Gabriel plongea son visage dans ses mains et y étouffa un hurlement guttural. Roland bondit vers lui, l'attrapa par les épaules et le secoua. Le corps de Gabriel se balança d'avant en arrière comme celui d'une poupée molle.

– Gabriel ! Écoute-moi ! Je t'en prie… Je t'en prie, Gabriel !

Margot entendit un cri rauque. Guerrier. Puis elle vit le dos de Gabriel se voûter et ses bras décrire deux grands cercles sur les côtés.

Roland est propulsé en arrière. Il s'écroule sur le sol et se redresse d'un bond. Il lève les bras à la hauteur de son visage, en signe de reddition. Il murmure quelques mots, recouverts par un nouveau hurlement.

C'est moi. C'est moi qui ai poussé ce cri d'une violence animale. Une douleur insoutenable m'étreint le ventre. J'ai l'impression qu'on me larde l'abdomen, le dos, le pubis de coups de couteau. Mes genoux cèdent. Je me retiens au tabouret.

C'est le bébé. C'est le bébé qui vient.

Cette pensée efface la douleur durant quelques secondes. Une peur panique la remplace, tout aussi dévorante.

C'est pas le moment… c'est pas le moment, mon bébé…

Les contractions reprennent avec fureur et me coupent les jambes. J'oublie où je suis. Avec qui. Ce qui se passe à deux mètres de moi. Je vois Gabriel, plié en deux, repartir à l'attaque. Je vois Roland, bras tendu à l'horizontale, l'attraper par le cou, stoppant net sa course et son cri. Relâcher aussitôt son emprise, comme s'il s'était brûlé. Je vois tout ça, mais mon cerveau l'ignore. Le seul élément qu'il enregistre, c'est le téléphone portable de Gabriel, à l'autre bout du bar. Le téléphone qui va me permettre d'appeler les secours. De sauver mon bébé. Je m'accroche à chaque tabouret avec la sensation d'avancer dans le vide. Lorsque ma main se referme enfin sur le téléphone, j'aperçois Roland qui s'avance dans ma direction. Je compose le seul numéro d'urgence qui me vient en tête. Le 18. Gabriel se décale sur le côté. La bouche grande ouverte à la recherche d'oxygène, le corps recroquevillé par la douleur, il se plante entre nous. Je crie mon adresse à l'homme à l'autre bout du fil. Au même moment, un liquide chaud se met à couler entre mes cuisses. Mon regard bascule vers le sol. Mes pieds trempent dans une flaque rougie. Une flaque d'eau sanguinolente. Je relève la tête juste au moment où Gabriel plonge en arrière. Je vois sa bouche tordue, ses yeux révulsés. Puis le noir. Le néant.

13

J'y arrive pas... J'y arriverai pas...

Margot laissa retomber sa tête sur le fauteuil d'accouchement. Les larmes se mirent à goutter dans ses oreilles. Une aide-soignante dégagea délicatement les cheveux collés par la sueur sur son front et ses joues.

– Poussez, poussez, poussez... l'encouragea la sage-femme.

Margot plaqua son menton contre sa poitrine et serra les dents.

– Plus fort que ça.

– Je peux pas ! J'ai mal ! gémit-elle.

Son crâne tapa contre l'appuie-tête.

– J'ai trop mal !

Des sanglots secouèrent sa poitrine.

– La seule façon de vous soulager c'est de pousser. Allez...

– Gabriel… Mon compagnon… Il est où, Gabriel ? Je veux le voir ! Allez le chercher !

– Il est en train d'être soigné, il vous rejoindra dès qu'il pourra. Mais maintenant, il faut que vous poussiez.

Ferme et sans appel, le ton de la sage-femme lui fit l'effet d'un électrochoc. Margot décolla le dos du fauteuil d'accouchement, s'accrocha aux rebords, puis contracta son ventre. La douleur, inouïe, traversa son vagin, encercla ses reins et remonta jusque dans ses côtes.

– Maintenez, maintenez, maintenez !

Elle perçut un son métallique. Un cliquetis.

– Encore, encore, encore.

La porte. Gabriel. C'est Gabriel.

– Voilà… Super. Encore, encore, encore…

Il fallait qu'elle pousse, qu'elle pousse de toutes ses forces. Et après, elle pourrait prendre la main de Gabriel.

– Reprenez plein d'air maintenant.

Elle ouvrit grand la bouche et aspira une longue goulée d'air. Sa cage thoracique se gonfla comme un ballon de baudruche.

– Gabriel ? cria-t-elle, pantelante.

– C'est moi, ma chérie belle.

La voix d'Alice, douce comme une caresse.

– Allez. Faites une longue poussée, Margot.

– Et Gabriel ? Où il...

– Il faut que vous poussiez, Margot. Vous le verrez après, Gabriel. Allez, poussez encore un peu. Comme la dernière fois.

Alice passa son bras dans le dos de son amie et l'aida à se pencher en avant.

Margot ferma les yeux, serra les mâchoires et poussa tant qu'elle put. La peau de son visage se plissa sous l'effort colossal. La souffrance était insoutenable.

– C'est super ce que vous faites, Margot ! C'est magnifique ! Allez, continuez comme ça !

Un cri perçant jaillit de sa gorge. Il s'étira, entrecoupé de halètements.

– Il est en train de passer la plus grosse partie de sa tête. Reprenez un petit peu d'air.

Elle rechargea ses poumons d'oxygène, son corps se raidit comme une barre de fer et elle se remit à pousser.

– Voilà, voilà, voilà.

Un cri rauque proche du rugissement rebondit contre les murs de la pièce.

– Poussez-le fort fort fort fort fort !

Soudain son bas-ventre se relâcha, et elle eut l'impression que l'on recouvrait son sexe de compresses tièdes.

– Ça y est ! Regardez-moi cette belle petite fille !

La douleur disparut comme si elle n'avait jamais existé. Margot n'en percevait aucun écho dans son corps. Aucune trace. Tout ce qu'elle sentait, c'était cette chair mouillée et chaude contre sa poitrine. Elle observa les yeux fripés et le corps secoué par les pleurs. Le nez de la taille d'un ongle. Elle caressa du bout de l'index le duvet blond qui recouvrait le crâne minuscule. Une plume de velours posée sur son sein. Sa fille.

*

Margot observait la petite bouche entrouverte comme un bourgeon sur le point d'éclore. Le fauteuil roulant s'arrêta devant une chambre.

– Allez, mademoiselle Bellaud, on va mettre votre fifille dans son lit et vous allez vous reposer un peu. Vous me la donnez ? demanda l'aide-soignante.

– Il est où, son lit ?

– À côté du vôtre, dans votre chambre.

– Mon compagnon, Gabriel, il est là ?

– Pas que je sache, non. Allez, donnez-moi le petit ange.

Margot embrassa le nez minuscule et caressa du sien le petit front délicieusement bombé. Elle déplia légèrement les bras et l'aide-soignante glissa les mains sous le bébé, calant la tête à la pliure de son coude gauche, les petits pieds emmaillotés reposant sur son avant-bras.

– Attendez-moi là, je reviens vous aider à vous lever.

– Non, ça ira. Je vous rejoins dans la chambre.

– Non non non non non. Vous ne bougez pas vos fesses de là !

L'aide-soignante ouvrit la porte de sa main libre.

Assise près de la fenêtre, Alice se leva, un sourire illuminant son visage à la vue du bébé.

– Coucou petit trésor !

– La maman est juste derrière, je vais aller la chercher, précisa l'aide-soignante en déposant le bébé dans le berceau en plastique transparent.

– Bougez pas, j'y vais.

Une main sous le ventre, Margot poussait déjà la porte de la chambre. L'aide-soignante leva les yeux au ciel.

– Je vous avais dit de ne pas bouger ! Vous, alors !

Alice pressa le pas.

– Tu as vu Gabriel ? Il est où ? Tu sais comment il va ? demanda Margot en progressant le nez rivé sur ses pieds.

– Non, je n'ai pas de news de Gabriel. On est à la maternité, là. Il doit être à l'hôpital. J'ai demandé à l'accueil, mais ils savent rien. Je voulais attendre que vous arriviez en chambre toutes les deux avant d'aller voir directement à l'hôpital.

– Je vous laisse, mademoiselle Bellaud. Je reviens un peu plus tard pour qu'on nourrisse la fifille, d'accord ?

Margot acquiesça d'un mouvement de tête sans détacher les yeux du sol. Elle posa ses fesses sur le rebord du lit en poussant un soupir de soulagement, et Alice l'aida à soulever ses jambes et à les étendre sur le matelas.

La fatigue, immense, ligotait son corps et ses pensées. Elle voulait juste s'allonger, fermer les yeux quelques instants, se reposer. Après, elle affronterait le chaos. Le chaos qu'elle avait semé.

– Oui, Alice, ce serait bien qu…

Margot venait d'apercevoir le grand homme mince qui se tenait debout, à droite, au fond de la chambre.

– Bonjour, mademoiselle Bellaud. Lieutenant Saville, se présenta-t-il en s'avançant jusqu'au pied du lit.

Ça y est… ils ont fait le lien. Ils doivent être en train d'interroger Gabriel… Et Roland… Oh mon Dieu… C'est fini… C'est fini…

Sans lâcher le policier des yeux, la main de Margot chercha à tâtons celle d'Alice sur le drap rêche. Alice l'attrapa et la blottit entre les siennes, concentrant tout son amour dans cette pression légère. L'étreinte douce et chaude exerça la même magie salvatrice qu'une main maternelle : elle se transforma en une forteresse érigée pour protéger l'être aimé.

– Je ne sais pas pourquoi il est là, il n'a rien voulu me dire, répondit Alice en lançant un regard noir au lieutenant.

Margot déglutit, pétrifiée par la peur.

– Madame Bellaud, j'imagine que vous devez être fatiguée, mais j'aurais besoin que vous répondiez à quelques questions. Je n'en ai pas pour longtemps.

Il toussa dans son poing, puis reprit :

– Est-ce que vous pourriez m'expliquer ce qui s'est passé chez vous, avant d'arriver à la maternité ?

– Je... J'ai perdu les eaux, puis, après ça, c'est le noir total... Je me suis retrouvée dans l'ambulance... Mais est-ce...

– Que s'est-il passé avant que vous ne perdiez les eaux ?

– Mon beau-père cuisinait, mon compagnon montait la commode du bébé. Je me suis levée pour aller aux toilettes...

Puis j'ai découvert l'impensable... J'ai découvert que mon beau-père était le violeur de ma mère. Et qu'il était peut-être mon père.

– J'ai eu des contractions... j'ai... j'ai perdu les eaux et... il y avait du sang... beaucoup de sang... donc on a préféré appeler les secours... pour ne pas prendre de risques avec le bébé... j'ai dû faire un malaise juste après, je pense... je sais pas...

– Y avait-il quelqu'un d'autre chez vous ?

Margot secoua la tête.

– Nous trois, c'est tout. Mais est-ce que vous pourriez me dire comment va Gabriel, mon compagnon ?

– Il n'y a pas eu de dispute, de tension, avec votre beau-père ou votre compagnon ? Ou entre eux deux ?

– Non, pas du tout, je...

– Et votre bosse sur le front ?

Margot se toucha le front. Elle sentit le renflement au-dessus de son arcade sourcilière droite.

– En... en tombant, quand j'ai fait mon malaise, je suppose... Pourriez-vous répondre à...

– Vous n'avez pas entendu de coup de feu ?

Les yeux du lieutenant s'étaient réduits en deux fentes soupçonneuses qui scrutaient le visage de Margot, livide.

– Des coups de feu ? Non... Mais qu'est-ce qui s'est passé ?

– Votre beau-père s'est suicidé avec un des fusils de chasse que possédait votre compagnon.

Margot ferma les yeux. Son cœur se mit à battre de manière irrégulière, comme s'il était alimenté par une pile usagée. Trop. Beaucoup trop de sensations extrêmes l'assaillaient.

– Où est Gabriel ? Il faut que je le voie.

– Une violente dispute a dû surgir entre votre compagnon et son père. Votre compagnon s'est cogné la tête contre le bar, ou bien votre beau-père l'a poussé, on ne sait pas encore. Il est dans le coma. Je suis désolé.

Margot eut l'impression que son cœur s'atrophiait dans sa poitrine. Elle pressa ses paumes en plein dessus, comme on appuie sur une blessure profonde pour l'empêcher de saigner. Elle ouvrit grand la bouche et se mit à hoqueter. Des sanglots raclèrent ses poumons et sa gorge, avant de secouer tout son corps.

*

Le besoin de le sentir, de le toucher, l'avait rongée pendant ces longues minutes où elle avait traversé l'hôpital pour se rendre dans sa chambre. Un besoin irrépressible, comme une soif qui brûle la gorge.

Elle allait couvrir son visage de baisers. Presser ses lèvres contre ses paumes. Les laisser y fondre leur empreinte. Elle allait peigner ses cheveux de ses doigts. Enfouir son nez au creux de son odeur sucrée et boisée. Et la respirer jusqu'à la tatouer dans sa mémoire. Caresser son cœur avec sa joue. Et lui parler. Lui parler de leur fille qui venait de naître. De cette nouvelle vie à trois. Et de toutes ces belles choses qui l'attendaient lorsqu'il rouvrirait les yeux.

Margot s'arrêta dans l'encadrement de la porte, haletante, giflée par la réalité. Le corps inerte de Gabriel. Les bips dissonants des machines. Les tuyaux insérés dans sa bouche, dans ses narines. Le bandage autour de son crâne. Son corps, réduit à une poussière d'humanité.

Elle s'avança vers le lit, chancelante, et posa une main sur sa joue. Elle était râpeuse, à cause de sa barbe naissante, et chaude, comme le matin, au réveil. Elle déposa un baiser sur le coin de sa bouche, effleurant le plastique froid du tuyau coincé entre ses dents.

L'homme que j'aime patiente dans l'antichambre de la mort. Le père de mon enfant.

Elle s'humecta les lèvres et tout son visage se plissa, comme si elle avait avalé quelque chose d'amer.

Et cet homme est peut-être mon demi-frère.

Ses jambes devinrent cotonneuses. Elle agrippa le fauteuil à côté du lit, s'y assit.

Gabriel, mon demi-frère ? Et notre enfant, alors ? L'enfant de…

Elle serra les mâchoires et secoua la tête pour chasser cette pensée. Pour chasser le mot. L'effacer.

Inceste.

– Non. Non. Non, murmura-t-elle, sans cesser de secouer la tête.

– Qu'est-ce qui s'est passé, Margot ? Qu'est-ce qui est arrivé à mon bébé ?

Altérée par le chagrin et imbibée de sanglots, la voix de Joëlle engloutissait les mots.

Margot se leva. Les yeux boursouflés de sa belle-mère fixaient Gabriel. Ses joues étaient si creusées qu'elle semblait les mordre de l'intérieur.

– Ils m'ont pris Roland aussi, Margot... Roland est parti... Il m'a laissée...

Joëlle se jeta dans les bras de sa belle-fille avec une urgence enfantine. Les pleurs secouaient son corps comme des spasmes douloureux.

Soudain, elle releva vers Margot des yeux ahuris. Elle se recula et l'inspecta de la tête aux pieds.

– Mais tu... Où est...

– C'est une petite fille. Elle est avec Alice, dans ma chambre, à la maternité.

Les lèvres de Joëlle s'étirèrent en un sourire sec, creusant ses joues de sillons.

– Tu as vu, Gabriel avait dit que ce serait une fille.

Elle s'approcha du lit et se mit à caresser le bras de son fils.

– Il avait raison, mon Gabriel. Tu avais raison, mon chéri. Mon chéri...

Sa main allait et venait sur le bras immobile. Des pleurs roulèrent silencieusement sur ses joues et gouttèrent sur le drap blanc.

– Qu'est-ce qui s'est passé, Margot ? Qu'est-ce qui est arrivé à mon bébé ? À mon Roland ? Mon Dieu...

Margot inspira et souffla par le nez, sa poitrine se soulevant au rythme de sa fureur.

– C'est Roland. C'est votre mari qui a fait ça à votre fils.

Joëlle lui lança un regard haineux.

– Gabriel a découvert quel homme était vraiment son père. Il a découvert ce que son père a fait il y a trente ans.

– Margot, ne dis pas ça devant Gabriel, chuchota Joëlle. Il nous entend. Même s'il est endormi, il nous entend.

Un sourire forcé incurva ses lèvres.

– Ton père t'aime plus que tout, mon chéri. Plus… que… tout… murmura-t-elle à Gabriel en lui embrassant le front.

– Vous aussi, vous savez très bien ce que Roland a fait, Joëlle.

Les mots de Margot claquèrent avec la violence d'un fouet.

– Vous saviez que c'était un violeur et vous n'avez rien dit. Durant toutes ces années, vous n'avez rien dit.

– Margot, ça suffit maintenant !

La bouche de Joëlle s'était fripée en une moue menaçante. Elle attrapa Margot par le bras et la tira hors de la chambre.

– Ça suffit, tu entends ?! cracha-t-elle en refermant la porte.

Elle lui lâcha le bras et s'essuya la main sur sa jupe, les lèvres tordues par le dégoût.

– Tu ne dis pas de mal de Roland ! Je ne te permets pas de dire du mal de mon mari devant mon fils, tu as compris ?

– C'est ma mère que Roland a violée il y a trente ans, Joëlle, continua Margot d'une voix étonnamment calme. Christiane Langer, c'était ma mère.

Les yeux de Joëlle s'agrandirent. Sa bouche se scella en une ligne plate.

– Et vous savez quoi, Joëlle ? C'est cette nuit-là que j'ai été conçue.

Sans lâcher Margot des yeux, Joëlle recula de deux pas en chancelant et s'appuya contre le mur.

– Vous pensiez qu'oublier allait suffire à effacer le crime de Roland ? Mais vous avez construit votre vie sur des fondations pourries, Joëlle. Ne soyez pas étonnée que tout s'écroule.

Joëlle releva le menton en clignant des yeux. Elle ressemblait à une reine déchue. Une reine déchue qui essaie de rassembler le peu de dignité qu'il lui reste dans une posture tristement princière.

– Il faut penser à Gabriel, finit-elle par dire d'une voix haut perchée. Gabriel doit se réveiller. Aller mieux. Voir sa fille grandir.

Elle déglutit en lissant les plis de son pull à la taille.

– Va t'occuper de ta fille. Il faut qu'elle soit en pleine forme quand Gabriel se réveillera. Va remplir ton devoir de mère, et laisse-moi faire le mien.

14

Margot essuya la goutte de lait qui était restée accrochée à la petite bouche gourmande. Elle caressa la joue rebondie de son index replié, puis embrassa la nuque chaude. Elle eut l'impression d'enfouir son nez au creux d'une étoffe de soie réchauffée par le timide soleil de printemps ; une étoffe de soie imprégnée d'une odeur de lait frais et d'amande douce.

Elle rabattit le pan droit de son soutien-gorge, découvrit son autre sein et changea sa fille de position. À peine installée au creux de son coude, Christine chercha le téton en ouvrant et en fermant la bouche, mimant la succion. Margot sourit, amusée, et glissa le sein entre les lèvres impatientes, qui se mirent aussitôt à téter goulûment.

Mon bébé, ma Christine, mon petit cœur... Ta maman sera toujours là pour toi. Toujours... Nous serons tout l'une pour l'autre...

Christine ferma les yeux de plaisir et son corps se détendit. Sa main s'ouvrit comme un soleil et se posa sur la poitrine maternelle.

Margot attrapa la bouteille d'eau sur la table basse et son regard rencontra l'enveloppe blanche, encore scellée. Elle traînait dans la chambre de sa fille depuis huit jours.

Si seulement j'avais...

Elle secoua la tête. Elle ne devait plus essayer de raccommoder le passé et réécrire leur histoire avec des « si ». « Les "si" sont nocifs », lui répétait Tavernel.

Les « si » sont nocifs...

Elle devait composer avec ce qui peuplait sa vie, aujourd'hui. Et que pouvait-elle demander de plus que cette enfant en bonne santé, le prolongement de leur amour, la plus belle des surprises ?

Elle effleura de son pouce les plis délicats du cou de sa fille.

Progressivement, elle parviendrait à dompter les questions inutiles. Pas à les effacer, non, mais à les dompter. Accepter leur présence, sans avoir à coller une réponse derrière le point d'interrogation. Bientôt, elle ne les entendrait même plus chuchoter, elle le savait.

Bientôt.

Le regard de Margot se mit à errer dans la petite chambre. Le berceau offert par Alice. La table à langer et la commode, montées par Gabriel.

Gabriel…

Il avait entièrement décoré la chambre de leur fille, posé le papier peint où des animaux dansaient la farandole, les rideaux assortis ; il avait même pensé à accrocher une photo de Christiane, juste à côté de la psyché, relique de l'ancien appartement de Margot dont elle n'avait pu se séparer.

Elle observa son reflet dans le miroir. Puis le portrait de Christiane, sur le mur.

La tête légèrement inclinée sur le côté, Christiane affichait un sourire sans joie, un sourire mécanique.

Margot se redressa et, offrant son visage au miroir, mima ce sourire factice.

– Moi, je ressemble à ma mère… dit-elle tout haut, en fixant la psyché. À qui tu vas ressembler, toi, ma Christine ? À ta maman ? À ton papa ? Qu'est-ce que tu auras de ton papa ?

Les petites jambes du bébé s'agitèrent comme celles d'une grenouille.

– Ton papa, ma Christine, est un homme bon, un ange, continua-t-elle en caressant le corps potelé, sans lâcher le miroir des yeux.

Elle pencha lentement la tête sur le côté et arrangea quelques mèches bouclées sur son épaule.

– Mais si les anges rappellent ton papa parmi eux, je te protégerai, continua-t-elle d'une voix monocorde en se regardant droit dans les yeux. Maman te protégera. Contre tout. Contre tous. Personne ne te fera du mal. Aucun homme ne te fera du mal. Jamais.

Ses yeux basculèrent de son reflet à la photo de Christiane.

– Maman te protégera mieux que sa mère ne l'a protégée. Beaucoup mieux.

Elle aperçut l'enveloppe blanche et cligna des yeux, comme un reptile engourdi par le soleil.

– Tu n'as pas eu de chance, ma Christine. Comme Margot. Comme ta maman, tu n'as pas eu de chance. Vos origines à toutes les deux sont enveloppées d'un voile de mystère.

Elle avait chuchoté d'une voix enfantine.

– Mais c'est beaucoup mieux comme ça, mon petit cœur, enchaîna-t-elle avec fermeté en fixant l'enveloppe blanche. C'est mieux de ne pas savoir si ton papa et ta maman ont le même père. C'est mieux de ne pas savoir si papa et maman sont frère et sœur.

Elle tourna la tête et sourit à son reflet.

– Nous ne parlerons plus jamais de tout ça, je te le promets, mon petit cœur. Plus jamais. Nous n'en parlerons à personne. Ce sera notre secret, d'accord ? Notre secret à toutes les deux.

Remerciements

Un grand merci à Lilas Seewald, notre éditrice, pour sa confiance et la passion avec laquelle elle a travaillé sur ce livre.

Merci également à Badri et Mattias pour leur soutien inébranlable, à Nanin, Jean-Louis et Odile pour leur aide précieuse, et à Elsa Lagunas de chez Honey B. Production, pour sa créativité.

Nous remercions aussi Marie Ménager-Guérin pour son concours, Patrick Weiss, Lucien Sanchez, Éric Robert et Noah Aoun, ainsi que les archivistes du Centre de documentation de *La Provence*.

Pour conclure, merci du fond du cœur à toutes les femmes victimes de violences qui ont accepté de partager leur histoire avec nous.

Composé par Nord Compo Multimédia
7, rue de Fives, 59650 Villeneuve-d'Ascq

Impression réalisée par
CPI BRODARD ET TAUPIN
La Flèche

pour le compte des Éditions Fayard
en avril 2013

PAPIER À BASE DE
FIBRES CERTIFIÉES

Fayard s'engage pour
l'environnement en réduisant
l'empreinte carbone de ses livres.
Celle de cet exemplaire est de :
1,200 kg éq. CO_2
Rendez-vous sur
www.fayard-durable.fr

Imprimé en France
Dépôt légal : mai 2013
36-17-4328-5/01
N° d'impression : 73116